AF513836

PAN FYDD DRYSAU'N CAU

Mae **Miriam Halahmy** wedi cyhoeddi nofelau, straeon byrion a barddoniaeth i oedolion a phobl ifanc. Mae ei straeon a'i cherddi wedi ymddangos mewn casgliadau, wedi cael eu darllen ar y radio, wedi cael eu perfformio ar lwyfannau, ac wedi cael eu gosod i gerddoriaeth. Cymeriadau cryf a sefyllfaoedd o fywyd go iawn yw cerrig sylfaen ei nofelau. Barn Miriam yw y dylai pawb barchu gobeithion, ofnau, breuddwydion ac, yn fwy na dim, berthnasau pobl yn eu harddegau.

Mae Miriam yn byw yn Llundain. Mae hi'n briod ac mae ganddi ddau o blant sy'n oedolion bellach. Pan na fydd hi'n ysgrifennu, mae hi'n mwynhau paentio, teithio, ymweld â'i hoff le ar lan y môr, a threulio amser yng nghwmni'i theulu. Mae Miriam yn dal i weithio ar nofelau i bobl ifanc, ac mae'n mwynhau cwrdd â'i chynulleidfa mewn ysgolion a cholegau ac mewn gwyliau llyfrau o amgylch y Deyrnas Unedig ac ar y cyfandir.

PAN FYDD DRYSAU'N CAU

MIRIAM HALAHMY

Addasiad Cymraeg gan Rhys Iorwerth

GRAFFEG

Pan Fydd Drysau'n Cau
Cyhoeddwyd yng Nghymru yn 2025
gan Graffeg Cyf.

ISBN 9781802587142

Ysgrifennwyd gan Miriam Halahmy hawlfraint © 2018.
Addasiad Cymraeg gan Rhys Iorwerth.
Dyluniwyd a chynhyrchwyd gan Graffeg Cyf.
hawlfraint © 2025.

Graffeg Cyf., 24 Canolfan Fusnes Parc y Strade,
Ffordd Mwrwg, Llangennech, Llanelli,
Sir Gaerfyrddin, SA14 8YP, Cymru, DU.
Ffôn: 01554 824000. www.graffeg.com.

Cyhoeddwyd gyntaf yn 2018 gan Firefly Press
25 Heol Gabalfa, Ystum Taf, Caerdydd, CF14 2JJ www.fireflypress.co.uk
Cysodwyd gan Elaine Sharples.

Adnabyddir Miriam Halahmy drwy hyn fel awdur y gwaith hwn
yn unol ag adran 77 Deddf Hawlfraint, Dyluniadau
a Phatentau 1988.

Mae cofnod Catalog CIP ar gyfer y llyfr hwn ar gael o'r
Llyfrgell Brydeinig.

Cedwir pob hawl. Ni chaniateir atgynhyrchu unrhyw ran o'r cyhoeddiad hwn, na'i storio mewn system adalw na'i drosglwyddo, mewn unrhyw ffurf na thrwy unrhyw gyfrwng, boed yn electronig, yn fecanyddol, llungopïo, recordio neu fel arall, heb ganiatâd gan y cyhoeddwyr ymlaen llaw.

Mae'r cyhoeddwr yn cydnabod cefnogaeth ariannol
Cyngor Llyfrau Cymru. www.gwales.com.

1 2 3 4 5 6 7 8 9

Ariennir gan
Lywodraeth Cymru
Funded by
Welsh Government

I Ruth

sydd wastad yn gwrando ac sydd wastad yno

Does unman yn debyg i adra
meddan nhw wrtha fi.
Does unman yn debyg i adra, na,
ond mae adra'n debyg iawn i chdi.
Gwyneth Glyn

PENNOD 1
Josie

'Tan o'n i'n ddeg oed, o'n i'n meddwl bod pawb yn cael Dolig yn eu llofftydd.'

Mae pawb yn y ciw am y bws yn gwichian chwerthin. O mam bach!

Dwi'n tynnu 'nghlustffonau o 'nghlustiau. Dyna fi wedi rhoi 'nhroed ynddi eto. Wedi siarad yn uchel wrth wrando ar gerddoriaeth. Ond mae pawb wedi bod yn trafod y Dolig, er mai dim ond wythnos gynta mis Hydref ydi hi. Dwi wedi laru arnyn nhw.

'Yn eu llofftydd?' medda Tasha Brown, heb godi'i phen o'i ffôn. 'Ti mor od!'

Dyma blygu 'mhen a throi i chwilio am y bws, gan deimlo'r gwrid yn llifo i lawr fy ngwddw.

'Mae hynna'n swnio'n cŵl,' medda Dom, gan wenu'n garedig. 'Fyddai 'mrodyr bach i wrth eu bodda'n cael coedan Dolig yn eu llofft.'

Ffrind Tasha ydi Dom. 'Dom bach annwyl' mae hi'n ei alw fo, sydd braidd yn nawddoglyd.

'Os ti'n deud,' medda Tasha, mewn llais llawn syrffed. 'Be tasan nhw'n cael sioc drydanol gan y goleuadau bach? Swnio'n cŵl iawn.'

Dydi hi'n dal ddim yn codi'i phen o'i ffôn. Mae Tasha yn edrych fel Goth hyd yn oed mewn gwisg ysgol. Y teits du, y bŵts a'u careiau, y sgert fer. Dwi'n siŵr ei bod hi'n lliwio'i gwallt yn ddu, sy'n gwneud i'w chroen hi edrych yn hynod o welw. Mae 'nghroen i'n fwy cochlyd, a dwi'n gwrido mewn amrantiad.

Mae 'ngwisg ysgol i wedi cael ei hailgylchu. Mae Mam yn casglu pethau, er mwyn achub y blaned.

''Dan ni'n mynd i Sbaen dros y Dolig eleni,' medda rhywun, ac mae'r clebran yn troi at ficinis topiau uchel.

Dwi'n rhoi 'nghlustffonau yn ôl am fy nghlustiau i smalio 'mod i'n gwrando ar gerddoriaeth, ond dwi'n dal i allu clywed llais cwynfanllyd Tasha. 'Yr unig beth da am y Dolig ydi'r pres.'

Dydi hi ddim hyd yn oed yn edrych ar ei Dom bach annwyl ond mae o'n gwenu ac yn nodio, ei ben o'n symud i fyny ac i lawr fel llo bach. Maen nhw'n bâr od iawn. Serch hynny, mi fyddai hi'n well gen i fod yn rhan o'r criw, yn hytrach na bod ar y cyrion o hyd.

Ond be wyt ti'n ei ddisgwyl, Josie Tate, a chdithau'n sôn am bethau fel cael Dolig yn dy lofft? Dwi'n teimlo fy hun yn crynu eto. Mae'n gas gen i pan fydd pobl yn gwybod am ein busnes preifat ni.

Mae'r bws sy'n mynd i'r pwll nofio'n cyrraedd a dyma 'nghyfle i ddianc. Mae pawb arall yn dal y bws i'r siopau. Ond dwi angen cawod. Fuodd yna ddim dŵr poeth yn y bloc ymarfer corff drwy'r wythnos a dwi ddim wedi golchi 'ngwallt ers dydd Llun. Mi adeiladon nhw'r pwll nofio newydd ddwy flynedd yn ôl, filltiroedd i ffwrdd ar gyrion y dre. Mae'r cawodydd yn union fel y gawod dwi'i heisiau yn fy fflat fy hun ryw ddydd. Yn bwerus, a'r dŵr wastad yn boeth.

Ar ôl i fi gael cawod a gwisgo, mae hi mor hwyr dydw i ddim hyd yn oed yn trafferthu sychu 'ngwallt. Mae o'n fwy crychiog pan mae o'n wlyb, yn rhyw liw mwdlyd brown, ac yn hongian o gwmpas fy sgwyddau. Mae Mam yn torri fy ffrinj i, ond dydan ni byth yn mynd i'r lle trin gwallt.

'Maen nhw'n licio hel clecs,' medda Mam, 'fel pawb arall. Does ganddyn nhw'm hawl i fusnesu yn fy mywyd i.'

Mae'i gwallt hi yr un lliw â 'ngwallt i, ond yn sythach. Mae gennyn ni'n dwy lygaid gwyrdd. Mae Mam fymryn byrrach na fi erbyn hyn, ac mae hi'n weddol denau, efo wyneb go fain. Mae fy wyneb i'n llawnach ac mae gennyn ni'n dwy groen gwelw sydd ddim yn gweld llawer o olau dydd. 'Pobl dan do' ydan ni, medda Mam. Dydan ni byth yn torheulo na dim byd felly.

Dwi'n edrych yn y drych ond does yna ddim amser i dynnu brwsh drwy 'ngwallt, hyd yn oed. Dwi'n stwffio 'mhethau i 'mag ac yn rhuthro i'r coridor. Mae 'ngwallt i'n diferu yn fy llygaid i, a dwi'n taro i mewn i rywun. Mae 'mag i'n tywallt dros y llawr a dwi'n syrthio ar fy mhengliniau i godi 'nhrowsus, y rhai polca dot. Allai heddiw fod yn fwy o embaras?

'Hei, gad i mi helpu.'

Gan godi 'mhen, dwi'n gweld hogyn yn plygu i lawr. Mae ganddo fo liw haul, a breichiau hir iawn. Mae o'n noeth!

'*Gwisga rwbath*,' dwi'n hisian, ond dwi'm yn meddwl iddo fo 'nghlywed i. Be os gwelodd o'r trowsus yna? Ond wedyn, pam fyddai o'n malio? Dydi o ddim yn gwisgo *dim byd*.

Dwi'n trio gwthio 'ngwallt o fy llygaid ac yn ailbacio fy stwff. Erbyn i fi godi 'mhen eto, mae'r hogyn wedi sythu ac mae o'n gwisgo pâr o *speedos* du. Dwi'n teimlo ton o ryddhad.

'Dy bast dannedd di?' medda fo, yn gafael yn hwnnw yn ei law dde.

Mae o mor dal, chwe throedfedd o leia, ond yn denau a'i goesau a'i freichiau o'n hir. Mae ei winedd o'n sgleiniog a glân, fel hanner lleuadau gwyn yn disgleirio yn erbyn y croen aur. Ac mae ganddo fo'r llygaid anhygoel yma. Japaneaidd? Tsieineaidd?

'Diolch,' medda fi, gan godi a chymryd y tiwb sydd wedi hen golli'i siâp. Dwi'n ei wthio fo i 'mag.

Mae yna sŵn yn dod o ben draw'r coridor. A dyma ddwy

hogan yn dod tuag aton ni, cyrff main hir, mewn gwisgoedd nofio du a'r gair *Torpidos* mewn lliw arian ar y glun.

'Ti'n dod?' medda un o'r genod, a'i gwallt hi'n gynffon felen dros ei hysgwydd.

'Ddim nawr, em, Chantelle,' medda'r hogyn, ac am ryw reswm dwi'n teimlo ton fach arall o ryddhad.

Mae Chantelle yn codi'i sgwyddau ac yn dal ati i gerdded efo'i ffrindiau.

Mae'r hogyn yn troi rownd ata i ac yn dweud, 'O'n i am fynd i'r cantîn cyn nofio 'to. Ti moyn coffi?'

'Alla i ddim,' medda fi. 'Dwi'n hwyr.'

'O.'

Mae yna rywbeth cyfarwydd am sut mae'i geg o'n sythu'n sydyn. Rhyddhad? Dwi'n edrych ar linell hir, denau ei lygaid o. Maen nhw wedi cilio yn ôl i'r socedi ac wedi diflannu, fwy neu lai. Mae o'n syllu i lawr y coridor ar y lleill, yn edrych bron yn hiraethus, ac mae o'n ysgwyd ei ben.

Ac wedyn dwi'n sylweddoli. Mae o'n unig, fel fi. Dim rhyddhad oedd ar ei wyneb o. Dwi bron â pheidio â gwneud fy rownd bapur. Ond ar ddydd Gwener dwi'n cael fy nhalu ac mae arna i angen y pres.

'Mae gen i waith i fynd iddo fo,' medda fi, gan wenu.

'Oes glei,' medda fo, a'i freichiau'n hongian yn llac wrth ei ochr.

Rydan ni'n sefyll yno'n fudan am funud. Dwi ar fin

gadael ond wedyn mae o'n dweud, 'Allen ni fynd i nofio rywdro. Fi'n dod 'ma bob bore.'

Dwi'n agor fy ngheg i ddweud wrtho fo nad ydw i'n gallu nofio, ac nad oes gen i wisg nofio hyd yn oed. Ond wedyn dwi'n ei chau hi.

'Bob bora?' medda fi.

'Odw glei. Beth am fory?'

'Iawn glei.'

Mae ei geg o'n symud ryw fymryn, fel tasai o'n falch. Dwi'n cerdded i ffwrdd a gwên yn lledu dros fy wyneb.

Yr holl ffordd adre ar y bws dwi'n llefaru'r geiriau 'iawn glei' yn fy ngheg. Mae ganddo fo acen hwntw ac mae 'glei' yn air hwntw, dydi? Mae o'n air mor gryf a hyderus, yn lot gwell na dim ond 'iawn', neu 'ocê', neu 'ella', neu un o'r holl bethau eraill y gallai o fod wedi'u dweud.

Mae fy rownd bapur i'n gwibio heibio, a dwi'n gweiddi 'iawn glei' ar y cwsmeriaid wrth eu drysau. Dwi wedi gorffen erbyn hanner awr wedi chwech, ac yn mynd â 'mhecyn cyflog i Gaffi Terry. Yr un rwtîn sydd gen i bob tro: mŵg o de, cyfrif fy nghyflog, a'i rannu'n dri phentwr: Costau, Pres Ysgol, Cynilion.

Dwi'n trio cynilo i brynu fy fflat fy hun. Dyna un ffordd o ddangos i Tasha Brown be ydi be, dwi'n penderfynu, wrth godi'r arian oddi ar y bwrdd.

Stiwdio fyddwn i'n ei hoffi go iawn: un llofft, cegin/stafell fyw, a bathrwm. Dwi angen £500 o flaendal. Dwi wedi cynilo £35.50, felly cynllun tymor hir ydi hwn. Wythnos nesa, mae gen i rownd bapur ychwanegol yn y bore, felly mi ddylai hynny roi hwb i'r cynilion. Dwi eisiau 'nghawod drydan fy hun a 'nhoiled fy hun.

Wrth i fi gerdded adre dwi'n dechrau pendroni i ba ysgol mae'r Nofddyn yn mynd. Mae o'n hŷn na fi, yn ddeunaw efallai. Efallai ei fod o yn y coleg. Sut mae hi'n bosib i rywun mor gorjys efo llais hwntw dwfn, hyfryd a llygaid Tsieineaidd fod yn unig? Rhaid bod ganddo fo gannoedd o ffrindiau a llwyth o gariadon. Mi oedd y Chantelle yna'n edrych fel model.

Dydi o ddim yn unig, siŵr. Ti'n wallgo, Josie Tate, medda fi wrtha i fy hun gan droi i lawr fy stryd i.

Mae yna bâr yn loetran reit y tu allan i'n drws ffrynt ni. Does gennyn ni ddim gardd ffrynt, a dydan ni byth yn agor y drws pan fydd pobl o gwmpas. Mi fydd yn rhaid i fi aros rŵan tan eu bod nhw'n symud yn eu blaenau. Dwi'n edrych ar fy oriawr ac yn cerdded heibio, gan rythu arnyn nhw. Ond dydyn nhw ddim fel tasen nhw'n sylwi.

Mae'r ddynes yn gweiddi, 'Coda fi am naw.'

'Iawn.'

Mae'r dyn yn gafael ynddi eto ac maen nhw'n cusanu'n hurt o hir.

Maen nhw fwy neu lai yn pwyso yn erbyn ein drws ni.

O'r diwedd maen nhw'n cerdded i ffwrdd i gyfeiriadau gwahanol. Dwi'n estyn fy ngoriad, yn ei droi yn y clo, yn gwasgu drwy'r gofod bach ac yn cicio'r drws ar gau ar fy ôl.

'Mam?'

'Fyny fama.'

Dwi'n troi wysg fy ochr ac yn fy llusgo fy hun drwy'r lle cul yn y cyntedd, gan ofalu peidio â tharo'r bocsys yn y pen pella sy'n gwyro tuag ata i fel brics wedi'u stacio'n beryglus. Dwi'n cyrraedd y grisiau, ond ers i fi adael bore 'ma, mae'r rheini bron iawn wedi diflannu dan draed.

'Be sy 'di digwydd fama?' dwi'n gweiddi.

'Jest yn sortio petha. Bydd yn ofalus ar y grisia.'

'Be ti'n feddwl dwi'n neud,' medda fi dan fwmian, gan stryffaglu dros y ddwy ris gynta a bustachu i'r llawr ucha.

Mae'r landin yn llawn dop o bapurau newydd, bocsys, tomenni o ddillad, poteli plastig a chaniau. Mae drws y bathrwm yn sownd ar agor o hyd, a'r bath yn llawn i'r ymylon o fwy o drugareddau. Mae yna gynifer o sachau a bocsys ar y llawr nes bod hanner y sinc o'r golwg. Mae'n rhaid i chi roi eich traed ar ben sach ddu foliog er mwyn eistedd ar y toiled.

Dwi'n sylweddoli nad oes yna ddim byd wedi newid i fyny grisiau, diolch i'r drefn.

Dyma roi 'mhen yn nrws llofft Mam. 'Sortio be?'

'Sana a photeli plastig.'

Mae Mam yn eistedd ar y gwely a'i choesau wedi'u croesi. Mae yna bentyrrau o sanau a photeli gwag wedi'u gwasgaru dros yr hanner hwnnw o'r gynfas lle nad oes yna fagiau o bob math. Mi gollodd hi'i gwaith mewn swyddfa fisoedd yn ôl, ac mae hi eisiau gweithio mewn canolfan ailgylchu, ond dydi hi ddim wedi dod o hyd i waith o'r fath eto.

'Mi fydd y pres diswyddo'n para oes, Josie, felly paid â phoeni.' Dyna mae hi'n ei ddweud wrtha i o hyd.

Mae hi'n helpu mewn siopau elusen rhwng dydd Llun a dydd Iau, a phrin ei bod hi'n trafferthu gwisgo ar ddydd Gwener. Yn hytrach, mae hi'n lolian o gwmpas y lle mewn trowsus tracwisg ac yn yr un siwmper flêr o hyd.

Dwi'n rhythu arni. ''Dan ni angen y grisia, Mam. Mae pawb angen grisia.'

'Stopia neud ffŷs a phenderfyna pa rai o'r rhain ddyla fynd i elusen a pha rai ddylen ni'u cadw.'

Dwi'n edrych ar y pentwr. 'Penderfyna di,' medda fi mewn llais blinedig, cyn dianc lawr y landin i fy llofft.

Dwi'n gwthio'r drws. Gan amla, mae o'n hedfan yn llydan agored. Ond heddiw, dim ond cilagor y mae o.

'Be ddiawl...! Mam! Alla i'm agor drws fy llofft i!' Dydi Mam ddim yn ateb.

Dwi'n dechrau teimlo'n sâl wrth wthio fy ffordd i mewn i fy llofft.

'Be gebyst!'

Alla i ddim coelio'r peth. Mae yna domenni ar ben tomenni o sachau wedi ymddangos yn fy llofft tra o'n i yn yr ysgol ac ar fy rownd bapur. Mae 'nesg i o'r golwg yn llwyr.

'Y gwaith cwrs Cymraeg!' dwi'n sgrechian, gan drio gwthio pethau oddi ar y ddesg. Ond does yna ddim lle yn unman iddyn nhw. Mae hyd yn oed y ffenest yn cuddio y tu ôl i bentwr o focsys sydd bron â chyrraedd y nenfwd.

Dwi'n lloerig wrth fynd yn ôl i lofft Mam a rhuo, 'Be ti 'di neud! Ti'm yn poeni am neb ond chdi dy hun!'

'Y blaned...' medda hi, ond dwi'n rhoi sgrech orffwyll.

Mae hi'n rhythu arna i, yn gegrwth.

'Dwi 'di cael llond bol ar dy blaned di! Gobeithio y gwneith hi ffrwydro'n deilchion efo dy holl stwff di...'

'Josie! Am beth ofnadwy i'w ddeud. Alla i'm coelio…'

'Wel, mae'n WELL i chdi goelio!'

Mae Mam yn eistedd yno, ei cheg yn gwneud siâp O mawr.

Alla i ddim dioddef y sefyllfa yma. Dwi'n troi ac yn sydyn dwi'n codi bocsys, bagiau, tomenni o bapurau newydd, unrhyw beth y galla i gael fy machau arno, ac yn eu taflu nhw dros bob man.

'Rho'r gora iddi y funud yma!'

Alla i ddim rhoi'r gorau iddi. Mae yna wal o sachau a bocsys yn syrthio tuag ata i fel ton anferth. A rhywbeth miniog yn rhwygo 'nhalcen i. Dwi'n gafael mewn rhywbeth sy'n teimlo'n debyg i ffrâm luniau. Mae'r corneli'n filain o finiog. Mae yna waed ar fy wyneb i.

Dwi'n troi'r ffrâm rownd, ac yn gweld llun o fwthyn prydferth mewn gardd flodeuog. Ar y gwaelod mewn llythrennau melyn llachar mae'r geiriau, *Does unman yn debyg i adra.*

'Mae'n rhaid i fi symud allan!' Gan fagu cymaint o nerth â phosib, dwi'n taflu'r llun dros y pentwr o focsys.

'Am hogan annifyr!' medda Mam wrth ddod i'r golwg uwch fy mhen i.

'Fi? Mae dy gasgliad di'n trio fy lladd i!'

'O, stopia neud ffŷs a choda ar dy draed, wir. Ti angen plaster.' Mae hi'n troi ei chefn, ac yn codi'r bocsys eto i greu pentwr mwy peryglus fyth.

Mae'n rhaid i fi ddianc. Dwi'n codi, yn gwasgu drwy'r cyntedd ac allan drwy'r drws ffrynt.

Mae meddwl am y Nofddyn a'i groen euraidd a'i winedd perffaith yn fy ngweld i rŵan yn gwneud i fi fod eisiau marw o gywilydd. Dwi'n baglu i lawr y stryd, y dagrau a'r gwaed bron â 'nallu. Yr unig beth sydd ar fy meddwl i ydi: does yna unman yn debyg i 'nghartre i, mae hynny'n saff!

PENNOD 2

Mae yna fferyllfa yng nghanol y rhes o siopau yn y stryd nesa. I fanno y bydda i'n mynd os bydda i angen unrhyw beth. Mae Mam yn casáu doctoriaid, deintyddion, a phawb sy'n 'busnesu yn ein bywydau ni'. Felly dydw i erioed wedi bod at y doctor. Mae Mel, y fferyllydd, yn rhoi cyngor i fi am boen y misglwyf ac unrhyw beth arall.

Dwi'n rhuthro fel corwynt i lawr y ffordd, gan obeithio y ca i blaster ganddi hi. Mae meddwl am wario'r pres dwi wedi'i gynilo ar gymorth cynta yn fy ngwneud i'n lloerig.

Wna i ddim cael swper, dwi'n penderfynu, ac wedyn pan fydda i'n llewygu o flaen Mam, yn newynu i farwolaeth, mi fydd hi'n difaru ei bod hi wedi creu'r fath lanast yn fy llofft i ac yn mynd ati i glirio'r holl stwff.

Ond dwi'n gwybod na wneith hynny byth ddigwydd. Mae'n *amhosib* i Mam weld y tu hwnt i'r holl gasglu yma. Mae hi'n mynd i siopau elusen bob dydd yn grwn, ac mae hi rŵan yn gweithio mewn un, hyd yn oed. Mae hi fel plentyn mewn siop fferins yn dod â mwy a mwy o stwff adre.

'Fy egwyddorion i, Josie,' ydi un o'i hoff ddywediadau hi. 'Yr holl wastraff yma, ym mhobman ti'n edrych. Cyn bo hir mi fydd yr holl blaned yma'n un domen sbwriel fawr.'

Dwi wedi clywed hyn ar hyd fy oes. Ond rywsut, ers i fi droi'n bymtheg hydref diwetha, mae hi wedi mynd yn fwy ac yn fwy anodd dygymod efo egwyddorion Mam, ac efo'i chasgliad sy'n tyfu'n ddi-stop.

Mi oedd y gegin yn llawn dop at y drws erbyn 'mod i'n ddeg oed, a dyna pryd ges i fy rownd bapur. Weithiau, fyddai dim bwyd ar gael. Dwi wedi bod yn cael cawod allan o'r tŷ ers i fi gychwyn yn yr ysgol uwchradd, ac yn y misoedd diwetha dwi wedi penderfynu symud allan y funud y bydda i'n gallu fforddio gwneud hynny.

Gorau po gynta, dwi'n taeru, wrth gyrraedd y rhes o siopau.

'Be ddigwyddodd i chdi?' ydi gwaedd Mel wrth i fi gamu i'r fferyllfa i gyfeiliant y gloch fach uwchben y drws.

Mae'r siop yn wag, diolch i'r drefn.

'Baglu,' medda fi. Mae'r hances bapur dwi'n ei dal ar y clwyf ar fin chwalu.

'Gad i fi weld.' Mae Mel yn dod rownd y cownter, yn gwisgo menig plastig fel parafeddyg. Mae ganddi wallt melyn hollol syth, sy'n disgleirio yn y golau llachar, ac mae hi'n gwisgo côt wen lân. Dwi'n teimlo 'mod i'n creu llanast yn y lle.

Mae hi'n estyn weip antiseptig ac yn ei roi o ar y briw. ''Di o'm yn ddwfn. Ti jest angen plaster. Dal hwnna.'

Dwi'n rhoi fy llaw dros y weip ac mae hi'n mynd i chwilio

am becyn o blasteri. Ar ôl iddi lyfnhau plaster clir dros y briw, dwi'n teimlo'n well o lawer. Dwi'n craffu ar un o'r drychau siafio ar y silffoedd. Dydi o ddim yn edrych yn rhy ddrwg. Wneith y Nofddyn sylwi? Dwi awydd mynd yn ôl i'r pwll fory i weld a fydd o yno. Pam fyddai rhywun yn mynd i nofio bob un bore? Dwi'n crynu wrth feddwl am y peth.

'Welais i dy fam mewn siop elusen wythnos yma. Yn prynu lot o stwff,' medda Mel. Mae hi yn ôl ar ei hochr hi o'r cownter, yn tacluso'r ffisig peswch.

'Paid â sôn,' medda fi dan ochneidio.

Mae hi wedi saith o'r gloch, a dwi'n llwgu. Rydan ni'n cael pysgod a tsips gan amla ar nos Wener, yn eistedd ar wely Mam, yn trafod ein hwythnos. Mae Mam yn llysieuwraig, wrth gwrs. Dydi hi ddim yn coelio mewn cadw anifeiliaid i gynhyrchu bwyd, gan fod hynny'n dinistrio'r tir. Ond mae pysgod yn eithriad. Fy hun, dwi'n bwyta popeth dan haul.

Ddylwn i fynd adre, tybed, a finnau â 'mhen yn fy mhlu?

'Lle mae hi'n rhoi'r holl stwff yna?' Mae rhywbeth am dôn llais Mel sy'n codi cyfog arna i.

'Dydi ein tŷ ni ddim yn fusnes i neb arall.' Dyna mae Mam wedi'i ddweud ar hyd ei hoes. 'Pan fyddwn ni'n cau'r drws, dyma'n byd bach ni. Paid â sôn wrth dy ffrindia, fyddan nhw'm yn dallt.'

Sy'n golygu: Paid â dod â nhw yma. Felly, fydda i byth yn cael gwahoddiad i unman. Dwi erioed wedi cysgu yn nhŷ neb arall.

Na chael cariad, Josie Tate, medda llais bach yn fy nghlust. Dyma lun o'r Nofddyn yn dod i fy meddwl, yn sefyll uwch fy mhen i, efo'i gorff aur hir a'i lygaid unig.

'Lle fyddwn i'n cael gwisg nofio mor hwyr â hyn?' dwi'n gofyn i Mel.

Mae hi'n edrych arna i o 'nghorun i'm sawdl ac yn dweud, 'Gen i un gei di.'

'Ga i'i benthyg hi?'

'Na, mae hi'n newydd sbon. Ges i hi gan ffrind. Dwi byth yn nofio. Gei di hi, os wyt ti'i hisio hi.'

Be os bydda i'n casáu'r wisg? Ond all rhywun ddim bod yn ffysi. 'Grêt. Diolch yn fawr.'

'Dwi ar fin cau, felly ty'd i fyny i'w nôl hi.'

Mewn ychydig funudau rydan ni allan o'r siop ac mae Mel yn rhoi goriad yn y drws ffrynt sydd gerllaw.

Wrth iddi agor y drws, mae rhywun yn gweiddi, 'Iawn, Mel? Sut mae dy nain a dy daid?'

Mae yna ddyn yn loetran wrth y siop anifeiliaid anwes ddau ddrws i lawr. Mae o bron yn foel ac mae ganddo fo fol anferth a bresys yn dal ei drowsus i fyny.

'Maen nhw'n iawn, Ron,' medda Mel dan frathu. Mae hi'n gwthio'r drws ffrynt ar agor, yn amneidio ata i, cyn clepian y drws ar gau. 'Wastad yn busnesu,' medda hi dan ei hanadl, a dwi'n ei dilyn hi i fyny'r grisiau.

Rydan ni'n mynd i'r stafell fyw lle mae yna bâr hen iawn yr olwg, dynes sy'n darllen cylchgrawn a dyn sy'n rhythu ar y teledu. Dydi'r dyn ddim yn symud gewyn nac yn edrych arnon ni.

'O, pobl ddiarth, am neis. Ivy dwi, a Len ydi hwn. Pwy wyt ti, cariad?' medda'r ddynes.

'Josie. Dwi'n byw lawr y lôn.'

Mae Mel wedi diflannu. Mae Ivy'n parablu'n ddi-stop. Mae popeth amdani hi'n fychan fach. Mae'i choesau hi'n fyr ac yn denau yn ei theits hen wreigan, mae ganddi sgidiau a fyddai'n ffitio merch chwech oed, a dydi ei hwyneb crychiog hi ddim llawer mwy na wyneb dol fawr. Mae ei llais hi, hyd yn oed, yn fain, fel tasai ei gwddw hi ond yn gwneud synau pitw.

Pan dwi'n teimlo na alla i wrando ar air yn rhagor, mae Mel yn cyrraedd yn ei hôl, yn gafael mewn gwisg nofio werdd efo streipen ddu yn croesi'r tu blaen.

'O, mae hi'n mynd yn berffaith efo dy lygaid gwyrdd prydferth di,' medda Ivy.

'Be ti'n feddwl?' medda Mel.

'Ti'n siŵr? Mi allwn i roi, em, rwbath i chdi amdani hi.' Rhaid ei bod hi wedi costio ffortiwn – mae yna logo bychan sy'n edrych yn ddrud iawn ar yr ochr.

'Na, chdi piau hi.' Mae yna rywbeth am y ffordd mae Mel yn edrych arna i sy'n gwneud i fi synhwyro ei bod hi'n bryd i fi adael.

'Diolch, Mel,' medda fi, cyn nodio ar yr hen bobl. 'Neis eich cyfarfod chi'ch dau.'

Dydi'r hen ddyn ddim yn symud gewyn. Mae Ivy'n gwenu fel giât ac yn dweud wrtha i am alw draw unrhyw bryd, ond mae Mel eisoes yn symud at y drws.

Wrth gerdded adre, dwi'n meddwl am fflat Mel. Fflat fel yna'n union y byddwn i'n ei hoffi. Efallai fod ei nain a'i thaid hi'n aros yno am sbel, ond fel arall, mae ganddi'r holl le iddi hi'i hun. Dydi hi ddim wedi priodi. Dim ond dau ddeg tri neu ddau ddeg pedwar ydi hi, sydd ddim ond ddeg mlynedd yn hŷn na fi. Ond hi sy'n rheoli ei bywyd yn llwyr ac mae'r fflat yn disgleirio fel ei chôt wen hi. Does bron ddim byd yn y stafell fyw: dwy gadair freichiau, soffa fechan, teledu, bwrdd bwyta a phedair cadair. Dim silffoedd, dim bocsys, dim bagiau plastig.

Dyna be hoffwn i. Mae'n rhaid i fi orffen yn yr ysgol, dyna i gyd, a chael swydd. Wedyn mi alla i fyw fel Mel. Does gen i ddim hyd yn oed nain a thaid i lenwi'r lle.

Mae Mam ar waelod y grisiau wrth i fi agor y drws. Mae hi wrthi'n taro hoelen i'r wal. Mae'i llygaid gwyrdd hi'n llawn dagrau a dwi'n teimlo pang o euogrwydd.

'Ffish a tsips?' Mae hi'n cynnig papur decpunt i fi.

Ar ôl bod efo Mel, oedd fel pìn mewn papur, alla i ddim peidio â sylwi ar yr olwg flêr sydd arni. Gwallt brown golau sydd gan Mam, fel fi, ond ei fod o'n hirach ac yn fwy crychiog fyth. Mae hi'n ei roi o mewn bwn taclus i fynd allan, ac mae hi wastad yn gwisgo'n drwsiadus, hyd yn oed i fynd i weithio yn y siop elusen. Mae hi'n hoffi sodlau dwy fodfedd, o leia. Ond yn y tŷ mae hi'n gwisgo hen dracsiwt ac yn gadael i'w gwallt hongian yn llac ac yn flêr o gwmpas ei hwyneb.

'Iawn,' medda fi.

Mae hi'n taflu gwên fechan, yn edrych mor fregus wrth sefyll o dan bentwr anferth o focsys sy'n gwyro tuag ati hi fel y tŵr yn Pisa. Ond cyn i fi fynd yn ôl allan, dwi'n ei gweld hi'n codi llun ac yn ei hongian o ar yr hoelen. Dwi'n gweld fflach o fwthyn efo blodau o boptu'r drws. Dyna'r llun wnaeth sleisio 'mhen i'n agored.

''Sa nunlla'n debyg i adra,' medda hi.

Dwi'n clepian y drws ffrynt y tu ôl i fi ac yn gobeithio y bydd hynny'n gwneud i'r dannedd yn ei phen hi glecian. Dwi'n dychmygu Mel yn dod i'r tŷ yn edrych fel pìn mewn papur. Neu'r Nofddyn.

Dwi'n crynu wrth feddwl am y peth.

Pryd ar y ddaear ydan ni am dacluso?

PENNOD 3

Tasha

'Dwi isio neud fid ohonach chdi. Dwi'n neud flog.'

'Wnes i'm dallt gair o hynna.'

Dwi'n ochneidio'n ddramatig.

Mae Dom yn gwenu ac yn ffidlan efo'r pecynnau siwgr. Does ganddo fo ddim dewis ond bod yn od efo'r ymennydd mawr yna, ond weithiau mi fyddai hi'n braf tasai o'n cymryd mwy o sylw o bethau.

'Alla i'm bod yn gyfarwyddwr ffilm heb ymarfer, siŵr.'

'Na alli, mwn.'

'Felly dwi'n neud flog. Ti'n gwbod, fatha blog ond efo *fideo...*'

'O iawn, dwi'n dallt.' Mae llygaid Dom yn lledu ac mae o'n fy nharo i'n chwareus ar fy mraich. 'Syniad da, Tish Tash.'

Dyna'r enw babi roddodd o arna i pan oedden ni'n fach. Rydan ni wedi bod yn ffrindiau penna erioed, felly i bwy arall y byddwn i'n gofyn wrth drio gwneud fid am y tro cynta?

'O'n i'n meddwl bo' chdi isio canu, a mynd ar yr *X Factor*.'

'Llynadd oedd hynny,' dwi'n griddfan. 'Ty'd, gad i ni gychwyn.' Dwi'n ffidlan efo fy ffôn yn barod i wneud fideo.

'Alla i ddim.' Mae o'n gwthio'i gadair yn ôl ac yn sefyll uwch fy mhen i, yr unig dro y bydd o'n dalach na fi. Mae hi'n cymryd oes i Dom dyfu. Dydi ei lais o heb dorri eto, hyd yn oed. 'Gwaith cartra.'

'Ond...'

'Dim "ond", dim os ti isio i fi ddod i'r gìg heno.'

Sy'n hollbwysig achos ddaw neb arall efo fi. Dim ond Dom sy'n dal yn driw i'n band lleol anhygoel ni, Dur Garw. Mae o'n gwybod 'mod i mewn cariad dros fy mhen a 'nghlustiau efo Rory, y canwr. Mae Dom yn dod i bob gìg ac yn rhyw hanner jigio wrth fy ymyl i pan fydda i'n dawnsio. Os galla i ddenu sylw Rory, efallai y gwneith o gyflwyno un o'r caneuon i fi. Dydi hynny ddim wedi digwydd eto. Ond hei, heno, o bosib?

'Dim chwys,' medda fi. 'Allwn ni neud hyn eto. Dwi'n mynd i ofyn i Rory am gyfweliad. Be ti'n ddeud?'

Mae gan Dom groen du a llygaid mawr tywyll. Dwi ddim wastad yn gallu darllen ei feddwl o. Mae o'n hanner troi i ryddhau ei goes o'r gadair, ac wrth droi yn ôl, mae'i wyneb o'n hollol ddigyffro. Dwi'n codi ar fy nhraed a dwi ddwy fodfedd yn dalach na fo, sy'n gwneud i fi deimlo fymryn yn wirion weithiau. Ond mae gen i sgwyddau cul a breichiau tenau. Mae Dom yn fwy o stwcyn ac mae o'n falch iawn o'r cyhyrau yn ei freichiau.

'Paid â gobeithio gormod,' medda fo.

'Ond mi fydda i wedi gwisgo i blesio.'

'Iawn, felly.' Mae o'n snwffian wrth i ni gamu allan o Gaffi Terry a ffarwelio ar y pafin.

Mae yna ddwyawr arall tan y bydd yn rhaid i fi ddechrau gwneud fy hun yn barod, ac wrth wthio fy hun drwy ddrws ffrynt ein fflat ni, dwi'n gallu clywed Mam a Chaz yn bod yn gariadus ar y soffa.

'Tasha?'

Dwi'n rhoi 'mhen drwy ddrws y stafell fyw. 'Ia?'

Mae Chaz yn gwenu arna i, a'i fraich o gwmpas Mam, a'i phen hi'n gorffwyso ar ei ysgwydd o. Mae Mam wedi cael llwyth o gariadon ond mae hi wastad yn dweud, 'Hwn ydi'r un, Tash, dwi'n gwbod yn iawn.'

Mae hi eisoes yn bedwar deg tri oed ac mae Chaz wyth mlynedd yn iau na hi, ond mae o'n weddol ddel ac yn lot o hwyl. Aeth o â ni i'r ffair y penwythnos diwetha a gwario llwyth o bres.

'Ti'n mynd allan heno?' ydi cwestiwn Mam wrth iddi dynnu'i thop yn uwch fel nad ydi strap ei bra hi'n dangos.

'Yndw.'

Mae Chaz yn dal fy llygad i ac yn wincio arna i. Dwi'n rhoi chwarddiad ac mae o'n gwgu fymryn ac yn nodio at Mam. Dim syniad be ydi ystyr hynny.

'Dwi'm isio i ti ddal y bws yn ôl yn hwyr,' medda Mam.

'Mae hi'n hogan fawr rŵan, Hev.' Mae Chaz yn estyn i boced ei grys, yn tynnu papur ugain punt ohoni, ac yn ei roi o i fi.

'Waw! Ti'n siŵr?' medda fi, wedi cael braw.

'Wrth gwrs.'

'Ti'n ei sbwylio hi,' medda Mam, gan fflicio'i gwallt yn ôl. Mae'i gwallt hi'n hir, hanner ffordd i lawr ei chefn, ac mae hi'n ei liwio fo efo henna bob mis. Mae hi'n dweud bod hynny'n gwneud i ddynion edrych ddwywaith arni ac mae'n rhaid i fi gyfadde, mae o yn edrych yn dda. 'Efo Dom ti'n mynd?' Mae hi'n ymestyn ei gwddw i edrych arna i.

'Ia, 'dan ni'n cael lifft gan ei dad o.'

'Mae Dom yn hogyn da. Mi wneith o edrych ar dy ôl di.'

Dwi'n ochneidio. Dwi'n gwybod y gwneith o, ond mi fyddai'n llawer gwell gen i tasai'r Rory gorjys yna'n edrych ar fy ôl i. Mae'i gorff hir, tenau, ei wallt coch llipa a'i wên ddigywilydd, hollol rywiol yn fflachio o 'mlaen i. Dwi mewn cariad *llwyr*. Dim ond ugain oed ydi o a dwi bron yn un ar bymtheg.

'Pitsa neu gyrri ddudais i?'

Dwi ddim wedi bod yn gwrando eto. 'Mi wna i frechdan i fi fy hun,' medda fi. Wrth i Mam ddechrau protestio bod yn rhaid i fi fwyta'n iawn, dwi'n dianc drwy'r cyntedd i fy llofft.

Dwi'n syrthio'n fflop ar y gwely, ac yn penderfynu ei bod hi'n bryd creu'r flog cynta. Dyma agor fy ngliniadur a chlicio ar yr eicon.

Dwi'n syllu arna i fy hun ar y sgrin ac am funud does gen i ddim syniad be i'w wneud. Dwi'n teimlo fel taswn i ar y teledu, sy'n hurt bost achos does yna neb arall yn gallu gweld hwn.

Dwi'n anadlu'n ddwfn ac yn dechrau siarad.

Flog Tasha Brown, dydd Sadwrn, 5 Hydref, 4.45 p.m.

chwerthiniad bach Helô – dim syniad wrth bwy dwi'n deud helô. Fi fy hun am wn i. Hwn ydi fy flog cynta erioed i, a'r rheswm dwi'n gneud hyn ydi i ymarfer creu ffilmia, achos dyna dwi isio'i neud pan fydda i'n gadael yr ysgol. Mae'n siŵr y bydd yn rhaid i fi ddechra arni drwy neud panad neu rwbath felly, ond ryw ddydd mi fydda i ar set efo cyfarwyddwr enwog fel Steven Spielberg neu Quentin Tarantino ac mi fydd y dyn camera'n llewygu ar ôl cael trawiad ar y galon neu rwbath felly, a hynny ar y foment dyngedfennol, ac mi wna inna neidio i'w le fo a gorffen y siot ac mi fydd pawb yn clapio'n wyllt ac yn deud, am anhygoel, mae hi mor ifanc, yn seren, ac mi fydd fy mywyd i wedi newid am byth.

Saib

Mam bach! Does gen i ddim geiriau ar ôl! Dwi'n pwyso'r botwm i'w chwarae o eto. Dwi'n edrych yn iawn, siawns, ond dwi angen barn Dom. Er na fyddai o byth yn fy meirniadu i, wrth gwrs. Mae o'n rhy annwyl.

Dwi newydd gael gwneud fy ngwallt. Mae o wedi'i siafio yn y cefn, ac wedyn yn hongian yn syth iawn hanner ffordd i lawr ochr chwith fy wyneb i. Yn debyg i sut y byddai rhywun sy'n gwneud ffilmiau'n edrych. Mae'r pìn drwy fy ael i'n edrych yn dda, a dwi wedi penderfynu gofyn am stŷd trwyn a bar tafod pan fydda i'n un ar bymtheg. Dwi'n gwisgo fy siorts denim heno a'r teits du efo'r tyllau anferth. Mi oedd gan un o'r genod oedd yn hongian ar sgwyddau Rory nos Sadwrn diwetha deits fel yna.

Dwi'n byseddu arian Chaz. Mi allwn i brynu ychydig o fodca a photel neu ddwy o cola a gwneud diodydd, a chynnig rhai i Rory. Mae'r syniad yna'n anfon ton gynnes drwydda i.

Dwi'n pwyso 'play' ac yn bwrw ymlaen.

Wel, hon ydi fy llofft i.

y camera'n panio o amgylch y llofft

Mickey Mouse ydi hwn. Mae o gen i ers dwi'n dair oed. Os ti'n gweiddi arno fo mae o i fod i neud sŵn a symud, ond dydi o'm yn gweithio rŵan. Dyma 'ngwely fi a dyma 'ngholur i. Dad sy yn y llun yn y ffrâm, yn fy nal i pan o'n i'n fabi. Gafodd o'i ladd mewn damwain yn gwaith ond dwi'm yn ei gofio fo. Mae Mam yn deud na allith hi fod yn ddynes weddw drwy'i hoes, felly mae hi'n dêtio'r holl ddynion gwahanol yma. Mae hi efo Chaz rŵan ac ella y byddan nhw'n priodi, ac mi ga i fod yn forwyn Goth, mewn du i gyd – dwi'n siŵr na fyddai ots gan Chaz – ac ella y byddan nhw'n cael babi ac y ca i frawd bach.

Dwi'n pwyso 'pause'.

Mae 'ngheg i'n paldaruo'n ddi-stop, ond alla i ddim peidio â dychmygu bod yn y parc, yn gwthio 'mrawd bach ar y swing ac yn gwneud iddo fo chwerthin. A dyma Rory'n dod heibio ac yn meddwl, am fam dda fyddai Tasha, ac mae o'n dyweddïo efo fi yn y fan a'r lle.

Mae fy ffôn i'n canu. Dom sydd yna. 'Saith o'r gloch i ddal y bws?'

'Iawn. Dwi 'di neud tri munud a 52 eiliad o'r flog.'

'Cŵl. Wela i di wedyn.'

Mae Dom yn trio bod yn cŵl, ond dydi'r ffaith ei fod o'n dweud y gair bob munud ddim yn golygu ei fod o. Mae o eisiau bod yn beiriannydd neu'n gemegydd. Mae o'n gwneud ei Safon Uwch ddwy flynedd yn gynnar ac mae o'n dechrau meddwl am fynd i'r brifysgol yn barod. Mae o'n bell o flaen pawb arall yn ein blwyddyn ni ac o flaen pawb yn y chweched dosbarth hefyd, mae'n siŵr.

'Mae hynna'n hurt,' oedd fy ateb i, pan ddywedodd o

wrtha i. Mi aeth ei lygaid o'n niwlog i gyd.

Dwi'n mynd i'r gawod ac wrth ddod yn ôl i fy llofft, dwi'n gorwedd ar fy ngwely yn fy nillad isa, efo 'nwylo o dan fy mhen yn syllu ar y nenfwd. Dwi'n trio dychmygu fy ffilm gynta, efo Rory a Dur Garw yn gwneud y trac sain. Yn sydyn mae drws fy llofft i'n hedfan ar agor.

Chaz sydd yna! Mae o wedi 'ngweld i yn fy mra a fy nicyrs! Dwi'n ymbalfalu yn ôl ar y gwely, yn teimlo'n hanner gwirion ac... wel... wedi hanner dychryn, sy'n hurt. Dwi'n bachu blanced i guddio fy hun.

Mae Chaz yn sefyll yno drwy gydol yr amser, yn syllu arna i, sy'n od. Mae o'n ysgwyd ei ben efo gwên fach ac yn mwmian, 'Sori, y llofft rong,' ac mewn chwinciad mae o wedi mynd. Mae'r drws yn llydan agored.

Dwi'n llamu ar fy nhraed, yn cau'r drws ac yn gwisgo mor gyflym ag y galla i, heb boeni dim sut olwg fydd arna i pan fydd Rory yn fy ngweld i. Be oedd haru Chaz? Od iawn. Ond dwi'n fy mherswadio fy hun mai dim ond un cyntedd a rhes o ddrysau sydd yn ein fflat ni. Mi allai unrhyw un wneud yr un camgymeriad. Pan wenodd o arna i, gwên dadol oedd hi, dwi'n siŵr?

Erbyn i fi wisgo 'ngholur a thaflu 'mhwrs a 'mhàs bws i fag, mae'n teimlo fel taswn i'n gwneud môr a mynydd o bethau, fel mae Mam yn ei ddweud pan fydda i'n swnian. Dwi'n tynnu fy siaced ddenim ddu amdana i, yn mynd i lawr y coridor at y drws ffrynt, ac yn gweiddi, 'Wela i di wedyn, Mam.'

'Arhosa efo Dom,' ydi ei gwaedd hithau, fel bob tro.

Ac wedyn, fel bob tro, mae Chaz yn gweiddi, 'Mwynha dy hun, cariad.'

Dyna ni, medda fi wrtha i fy hun, gan gamu drwy'r drws a lawr y grisiau i'r stryd. Camgymeriad oedd y cyfan.

Mae pres Chaz yn fy mhoced i a dwi wedi penderfynu'n barod be dwi'i eisiau. Dydi'r siop ar y gornel ddim yn malio dim. Cyn bo hir dwi'n stwffio potel fach o fodca a dwy botel o cola i 'mag.

'Faint oed wyt ti eto, bêbs?' dwi'n dychmygu Rory'n dweud wrth i fi gynnig diod iddo fo.

'Deunaw,' fydd fy ateb i, wrth roi cic fawr i Dom yr un pryd.

Ond yn ddwfn yn fy enaid, dwi'n pendroni – ydi'r fodca yma i anghofio bod Chaz wedi syllu arna i yn fy nillad isa?

PENNOD 4

'Cadwa hwnna,' medda Dom dan hisian wrth i ni gyrraedd y gìg.

'Jest cola ydi o,' medda fi, a chymryd swig arall. Dwi wedi yfed traean o'r botel yn barod ac mae 'mhen i braidd yn chwil.

'Be sy'n bod arnach chdi heno? Ti'n actio'n od.'

'Nadw, dwi ddim. Dwi'r un fath ag ydw i bob tro.' Dwi'n cynnig y botel iddo fo.

Mae o'n ysgwyd ei ben. 'Na, a titha wedi cael digon hefyd.'

Dwi ar fin ei alw fo'n llipryn, ond wedyn rydan ni y tu mewn ac mae Rory reit o 'mlaen i. Dyma 'nghyfle i. Dwi'n closio ato fo, yn gafael yn y botel, ac yn dweud, 'Diod?'

Mae Rory'n gwisgo crys-T du a jîns glas sydd wedi pylu efo bresys coch sydd bron yr un lliw â'i wallt o. Mae o dipyn talach na fi ac mae o'n gwenu i lawr arna i ac yn gofyn, 'Deiet ydi o?'

'Naci, sori, ia.' Dwi'n swnio'n wirion bost. 'Tria fo.'

Dwi'n cynnig y botel iddo fo ac mae o'n ei chymryd hi ac yn ei llowcio hi ar ei dalcen. Mae o'n anadlu ac yn sychu'i geg efo cefn ei law. 'Diolch 'ti, bêbs.' Mae'i wên o'n sgubo drwydda i.

Bêbs. Hwrê!

Mae Dom yn hofran o gwmpas, felly dwi ddim yn estyn yr ail botel.

Mae Rory wedi cerdded i'r blaen ac wedi bachu'r meicroffon. 'Felly mae hon i'r hogan efo llygaid cola.' Mae o'n edrych yn syth arna i a dwi'n teimlo fel llewygu, yn union fel yn yr hen ffilmiau du a gwyn. Fyddai o'n fy nal i cyn i fi syrthio'n glep i'r llawr?

Maen nhw'n canu 'Storm yr Angel'. Dwi *wrth fy modd* efo'r gân yna. Pan mae Rory'n taro'r nodyn uchel a'r gitâr fas yn mynd yn lloerig efo fo, dwi'n cydio yn Dom ac yn ei wthio fo i ddawnsio. Mae gen i'r ail fodca mics yn fy llaw a dwi'n dal ati i'w yfed o. Mae Dom yn gwneud stumiau efo'i geg ac yn gwgu, ond dwi'n ei anwybyddu.

Dwi eisiau dawnsio tan y bore. Dwi eisiau i Rory 'nghusanu fi. Dwi eisiau gorffen y fodca i gyd a phrynu mwy.

Rory. Dom. Fodca. Storm.

Mae'r geiriau'n llenwi 'mhen i, gan wthio'r unig air nad ydw i eisiau meddwl amdano heno o'r ffordd.

Chaz.

Mae'r gân wedi dod i ben. Mae Dom yn fy nhynnu i at fwrdd. Mae o'n hisio yn fy nghlust i, 'Os gwneith Dad ogleuo'r fodca 'na pan fydd o'n ein codi ni...'

'Callia. Neith o ddim.'

Dwi'n siglo fymryn, yn rhoi 'mhen yn fy nwylo ac yn estyn i 'mag am ddarn o gwm gnoi. Dwi'n ei roi o yn fy ngheg ac yn edrych ar Dom, a 'ngheg i'n llydan agored wrth i fi gnoi.

'Ti off dy ben neu be?'

'Nadw. Jest dros 'y mhen a 'nghlustia mewn cariad.'

Am ryw reswm mae'i ben o'n disgyn, am ei fod o wedi gwylltio cymaint efo fi, mae'n siŵr. Mae dwy o'r genod o'r ysgol yn fy ngalw fi draw a dwi'n ymuno efo nhw ac yn dawnsio eto, gan basio 'mhotel o gwmpas. Rydan ni'n chwerthin ac yn yfed tan fod y cyfan wedi diflannu a does gan Dom ddim byd i gwyno yn ei gylch rŵan.

Mae hi'n mynd yn hwyr ac mae'r genod eraill yn gadael.

Mae Dom yn gweiddi, 'Awn ni i aros am Dad tu allan?'

Dwi'n ei anwybyddu fo. Dwi'n dal i obeithio y bydd rhywbeth yn digwydd efo Rory.

'Tash?' Mae Dom bron yn swnian a dwi'n teimlo fel ei daro fo i ffwrdd fel pry bach. Pam ei fod o'n mynnu bod fel hyn? Mae o'n gwybod sut dwi'n teimlo am Rory.

Mae yna fat cwrw ar y llawr. Mae hwnnw braidd yn wlyb ond dwi wedi cael syniad a dwi'n ei godi.

'Beiro,' medda fi wrth Dom, gan ddal fy llaw allan.

Mae o'n edrych i fyny arna i, a gwyn ei lygaid wedi'u dal am eiliad yn y strôb, gan wneud iddyn nhw ddisgleirio yn ei wyneb tywyll.

Dwi'n meddwl, mae o gymaint *iau* na fi, er ein bod ni'n dau yn un ar bymtheg ym mis Rhagfyr.

Dydi Dom byth yn gadael y tŷ heb feiro. Mae o'n ei chynnig hi i fi. Dwi'n sgriblan fy rhif ffôn ar y mat ac yn cerdded draw at Rory. Mae yna hogan yn hongian oddi ar ei ysgwydd o, ond mae'r fodca'n rhoi nerth i fi. Dwi'n dal y mat o'i flaen o ac yn dweud, 'Ffonia fi. Unrhyw bryd.'

Mae Rory'n rhoi gwên fach, ac mae o'n edrych mor gorjys mae 'mhengliniau i'n mynd yn simsan. Mae o'n stwffio'r mat i'w grys, a'r botymau ar agor hanner ffordd i lawr ei frest. 'Cŵl, bêbs.'

Mae'r hogan arall yn piffian chwerthin wrth i fi droi 'nghefn. Ydw i'n hyll?

Mae'r atgof am wyneb Chaz yn edrych arna i yn fy nillad isa yn cripian yn ôl a dwi'n teimlo ias yn llifo drwydda i. Ac wedyn, dwi'n teimlo llaw yn llithro drwy 'mraich. Dom sydd yna. Mae cynhesrwydd ei gorff o'n teimlo mor braf a dwi'n fflachio gwên.

'Iawn, Tish Tash?' Mae'i lais o fymryn bach dyfnach am newid. Mae o'n teimlo cywilydd mawr pan fydd o'n taro nodyn uchel yn sydyn. Mae Dom bach annwyl yn dal i fynd drwy'r glasoed.

Dwi'n pwyso arno fo ac mae o'n gwasgu 'mraich i. 'Mae Dad wedi tecstio. Mae o tu allan.'

Mae tad Dom yn gwenu'n braf yn y car ac mae Dom yn sgwrsio'n gwrtais wrth ddweud cystal noson rydan ni wedi'i chael.

Rydan ni'n cyrraedd ein fflatiau ni. Medda Dom, 'Bydd yn ofalus, Tish Tash.'

Dwi'n ei gofleidio fo ac yn camu allan o'r car. 'Dwi wastad yma i chdi,' medda fo wrth i fi fynd.

Dwi ddim yn edrych yn ôl wrth iddyn nhw yrru i ffwrdd, ond wrth gyrraedd y drws ffrynt mi fyddwn i wrth fy modd *tasai* Dom efo fi, sy'n hurt. Fyddai o ddim yn gallu aros dros nos; does gennyn ni ddim stafell sbâr.

Pan ddechreuon ni yn yr un dosbarth yn fabanod, mi ofynnodd yr athrawes i ni i gyd ddal dwylo efo'n partneriaid i fynd i'r gwasanaeth. A'r hogan drws nesa i Dom yn holi, 'Os dwi'n dal dwylo efo Dom, fydd fy llaw i'n troi'n ddu?' Mi chwarddodd rhywun, a Dom a'i ben yn ei blu. Mi frasgamais i at Dom, gafael yn ei law o, a dweud, 'Fi ydi dy bartner di rŵan.' Dwi'n cofio sut y gwenodd o arna i drwy'r bore. Mi oedd Dom bach annwyl wastad yn edrych ar fy ôl i.

Does yna ddim golwg o Mam na Chaz wrth i fi gerdded ar flaenau 'nhraed i fy llofft. Mae hi newydd basio hanner nos ac mae'n rhaid eu bod nhw yn y gwely, yn cysgu'n drwm. Dwi'n tynnu 'nillad yn gyflym, ac yn rhoi cadair o dan handlen fy nrws... dim achos 'mod i'n poeni na dim byd felly... ond i fod yn hollol breifat, dwi'n fy mherswadio fi fy hun, a dwi'n syrthio i gysgu o dan y flanced.

Yn fy mreuddwyd, mae yna wiwer yn crafu ar fy ffenest yn chwilio am gnau. Dwi'n cofio nad oes gennyn ni gnau, ac wedyn dwi'n deffro. Mae'r sŵn wedi troi yn sŵn cnocio. A finnau'n dal i hanner cysgu, dwi'n pendroni sut mae wiwer yn gallu cnocio ar ddrws. Mae 'mhen i'n curo. Hangofer go iawn. Alla i ddim peidio â theimlo'n falch ohona i fy hun.

Mae'r cnocio'n parhau. Mae 'nghloc i'n dweud ei bod hi'n ddau y bore.

'Agor y drws, Tasha. Dwi angen gofyn rwbath i chdi.'

Chaz? Mam bach!

Yn sydyn dwi'n gwbl effro. Be sy'n digwydd? Pam na fyddai o'n gofyn i Mam os ydi o angen rhywbeth?

Dwi'n cripian allan o'r gwely ac yn gwneud yn siŵr bod y gadair yn sownd o dan handlen y drws. Mae o'n ratlo'r handlen erbyn hyn a dwi ddim yn siŵr a wneith hi ddal.

Wedyn dwi'n clywed Mam yn gweiddi, 'Chdi sy 'na, cariad?'

Mae'r ratlo'n stopio a dwi'n dychmygu Chaz wedi fferru yn ei unfan. Dwi'n gallu clywed anadlu ond dwi'n meddwl mai fy anadlu fi fy hun ydi o.

'Chaz?'

'Dwi'n dod,' medda fo dan weiddi yn ôl.

Dwi'n clywed ei draed o'n camu i lawr y coridor a dwi'n syrthio yn ôl i 'ngwely, a 'nghalon i'n curo mwy na 'mhen.

Mae hyn yn hurt. Be oedd o'i eisiau? Dwi'n troi a throsi am weddill y nos, ac yn y bore'n penderfynu sôn wrth Mam am y peth pan fydd hi ar ei phen ei hun.

Dwi'n bachu ar fy nghyfle tua un ar ddeg ar ôl i Chaz

fynd allan i brynu papur newydd. Mae Mam yn rhoi menyn ar dost yn y gegin ac yn pori mewn cylchgrawn.

'Ti'n meddwl bod Chaz ychydig bach yn ifanc i chdi?' medda fi'n ddidaro, gan lenwi'r tegell.

Mae Mam yn gwenu ac yn ysgwyd ei phen. 'Mae o'n licio merched hŷn.'

Ydi o? sy'n mynd drwy fy meddwl i.

'Mae o ychydig bach yn rhyfadd, mae'n rhaid i chdi gyfadda.'

Mae hi'n gwgu ac yn gollwng y cylchgrawn. 'O, dyma ni. O'n i'n ama faint fyddai hi.'

'*Ma-am.*'

'Paid ti â rhoi *Mam* i fi. Mae hi'r un fath o hyd pan fydd gen i rywun...'

Mae hi'n dechrau paldaruo fel trên ac mae hi'n dweud y gwir,.dwi wedi bod yn wirion yn y gorffennol, yn teimlo'n genfigennus ac eisiau ei sylw hi. Mae hi'n ddwy flynedd ers iddi ganlyn efo neb, ond y tro yma mae pethau'n wahanol. Ond dwi ddim yn gwybod sut i'w darbwyllo hi.

Bod yn blwmp ac yn blaen, dwi'n penderfynu. 'Ddaeth o fewn i fy llofft i ddoe pan o'n i yn fy mra a fy nicyrs.'

Mae hi'n gwyro ei phen i un ochr, ac yn pletio'i gwefusau, sy'n golygu ei bod hi'n dechrau mynd yn flin go iawn rŵan. 'Dwi'n gwbod. Mi ddudodd o. Doedd o'm yn canolbwyntio ac mi agorodd o'r drws rong.'

'Iawn, ond os hynny, pam oedd o'n curo ar fy nrws i

ganol nos?'

'Fi ofynnodd iddo fo wneud yn siŵr bo' chdi adra'n saff os byddwn i'n syrthio i gysgu. Wir, Tasha. Ti bron yn un ar bymtheg oed. Dwi 'di cael llond bol ar hyn. Alli di'm bod yn hapus drosta i, am un waith? Dwi 'di deud wrthach chdi, y fo ydi'r un. Fyddi di'n gadael mewn dwy flynedd, i fynd i'r coleg efo dy ffrindia, ac yn mwynhau dy hun yn wirion neu'n gneud beth bynnag arall mae myfyrwyr yn ei neud. Fydda inna'n sownd fama ar fy mhen fy hun. Dyna be ti'i isio? Ia?'

Dwi'n ysgwyd fy mhen, yn teimlo'n ofnadwy o ddigalon. Efallai *mai* fi sydd ar fai, a 'mod i'n hollol anghywir am Chaz.

Flog Tasha, dydd Sul, 6 Hydref

Dim gair gan Rory. O'n i'n meddwl y byddai o'n anfon tecst ata i. Ond mi wnaeth o gyflwyno cân i fi a 'ngalw fi'n bêbs, ddwywaith. Yfish i ormod o fodca, mae 'mhen i'n hollti ac ylwch ar y cylchoedd yma dan fy llygaid i.

Saib

Dwi'n estyn dros fy ngwely am jel llygaid ac yn ei daenu fo ar fy nghroen. Mae o'n teimlo'n oer ac yn braf. Ydw i'n gallu dweud unrhyw beth dan haul ar flog preifat, tybed? Y pethau dwi ddim yn eu postio ar-lein, fel sôn am feddwi ac am edrych yn uffernol? Ydi hynny'n saff 'ta fydd rhywun yn hacio i mewn i 'ngliniadur i ac yn gwylio?

Mae enw Chaz yn hofran fel tasai rhywun yn ei sibrwd yn fy nghlust i. Mae Mam yn meddwl mai cenfigennus ydw i. Efallai 'mod i. Efallai mai dyna pam dwi'n gweld bai ar Chaz. Neu efallai ei fod o'n...

Mae fy ffôn i'n canu. Dom sydd yna. 'Ia?'

'Jest gweld sut oeddet ti'n teimlo bora 'ma, Tish Tash.'

'Iawn.'

'Lwcus. O'n i'n meddwl y byddai gen ti hangofer ofnadwy. Be ti'n neud?'

'Neud fy flog i.' Dyma fi'n cael syniad. 'O'n i'n meddwl. Tasai rhywun yn dwyn fy ngliniadur i...'

'Mae o'n lot rhy hen i neb drafferthu.'

'Hm, ella, beth bynnag, gwranda, jest er enghraifft, tasai rhywun yn dwyn fy ngliniadur i ac yn hacio i mewn iddo fo, mi fydden nhw'n gallu gwylio fy flog i, bydden?'

Mae Dom yn chwerthin. 'Be sy mor breifat amdano fo? Ydi o'n rŵd?'

'Ti mor blentynnaidd!' Mae o'n tawelu.

'Ti'm yn dallt? Mi fyddai hynny'n debyg i ddarllen fy nyddiadur i, felly dwi angen gwbod.'

'Iawn,' medda fo, mewn llais mwy difrifol. 'Allith unrhyw un gael ei hacio. Mae pobl wedi hacio i gyfrifiaduron y gwasanaeth cudd yn America a chael miloedd o flynyddoedd yn y carchar. Felly does neb ohonon ni'n saff.'

Gwych. 'Felly dim preifatrwydd.'

'Yn y pen draw? Na. Cadwa fo yn dy ben. Y lle saffa heblaw eu bod nhw'n dy arteithio di. Rhaid i fi fynd, mae Mam yn gweiddi.'

Dwi'n pwyso 'play' ac yn hisian ar y sgrin:

> Os ydach chi wedi fy hacio fi ac yn gwylio'r flog yma, dach chi'n dèd! Peidiwch â deud na wnes i'ch rhybuddio chi.

Dwi'n tynnu wyneb cas ac yn chwifio fy nwrn. Bechod na fyddai gen i datŵ penglog ar fy nhalcen neu rasel drwy 'nhafod. Ond wrth bwyso 'replay', dwi'n edrych fel hogan bymtheg oed denau, bwdlyd.

Dwi yn fy nhŷ fy hun ond dwi ddim yn teimlo 'mod i *adre* na hyd yn oed yn arbennig o saff, a bod yn onest. Hurt bost.

PENNOD 5
Josie

Mae'r Nofddyn yn sefyll ar ymyl y pwll, yn diferu. 'Falch bo' ti 'di dod,' medda fo, gan wenu. 'Jordan odw i.'

Mae o'n gwisgo siorts hir du, sy'n dechrau o dan ei fotwm bol ac yn cyrraedd ei bengliniau. A dweud y gwir, dwi'n meddwl ei fod o'n gwisgo mwy nag un pâr, sy'n od.

'Josie.' Dwi'n gwenu yn ôl.

'Fi'n hoffi dy wisg nofio di. Yr un lliw â dy lyged di.'

Dwi'n gwrido. Does yna neb byth yn sylwi ar fy llygaid i ac rŵan mae yna ddau o bobl wedi gwneud hynny mewn cwta wythnos; yn gynta Ivy ac rŵan Jordan. O'n i wastad wedi meddwl bod Mam a fi'n edrych mor flêr a di-lun, efo'n gwalltiau lliw mwd a'n llygaid gwyrdd. Ddim fel Tasha Brown neu Mel a'u gwalltiau hollol syth a thaclus.

'Gobeithio bod y dŵr yn gynnes.' Dwi'n rhwbio fy mreichiau.

'Dyma ti.' Mae o'n rhoi cap i fi. 'Mae'n rhaid i bawb wisgo cap dros eu gwalltie.'

Sut ydw i am stwffio'r mwng yma o dan y darn tenau

yma o rwber?

Dwi'n gallu gweld Chantelle yn sefyll efo hogyn tal, gwallt melyn, ym mhen pella'r pwll. Mae hi'n casglu'i chynffon yn un llaw cyn fflipio'r cap dros ei phen mewn un symudiad slic.

'Wna i ei wisgo fo'n munud,' medda fi. 'Em, wnes i sôn nad ydw i'n gallu nofio?'

Mae Jordan yn nodio. 'Mae'n iawn, siŵr, mae'n iawn. Ddysga i ti.'

'Wnei di?' Dwi'n teimlo ias drwy 'nghorff i gyd. Rhaid ei fod o'n fy hoffi i rywfaint i gynnig fy nysgu i sut i nofio. Hynny ydi, mae'n cymryd wythnosau, neu fisoedd, tydi?

'Gwnaf glei. Gad i ni ddechre. Yn gynta, jest teimla'r dŵr; stedda ar yr ochr a rho dy dra'd i mewn.'

Mae o'n eistedd wrth fy ymyl i ac rydan ni'n rhoi ein traed yn y dŵr. Dydi o ddim yn teimlo'n rhy ddrwg. Mae'r pwll i'w weld yn un go hir, efo rhaffau plastig gwyn yn gwahanu'r lonydd nofio.

'Pwll byr yw hwn,' medda Jordan, '25 metr, union hanner hyd pwll Olympaidd.'

Dwi'n nodio ac yn trio edrych fel taswn i'n dallt. Dwi'n gwybod y nesa peth i ddim am nofio. 'Em, felly ydi pawb yn gwisgo dau bâr o siorts?'

Mae o'n stwffio'i fawd o dan y lastig ac yn cyfri, 'Un, dau, tri phâr heddi. *Jammers* maen nhw'n eu galw nhw.'

'Wela i. Lot o haenau yn fanna.'

'Hen bare y'n nhw. Mae'n rhaid i'r rhai newydd fod yn hollol dynn i gystadlu. Ar ôl sbel maen nhw'n mynd yn llac ac mae'r hyfforddwr wedyn yn gwneud i ni wisgo tri pâr, fel eu bod nhw'n llusgo mwy yn y dŵr. Maen nhw fel hosan wynt, yn gwneud i ni weithio'n galetach.'

'Ydi o'n gas, eich hyfforddwr chi?'

''Smo fe'n gall,' medda Jordan gan roi chwerthiniad bach. 'Yn enwedig 'da'n grŵp ni, y rhai hŷn. Mae wyth ohonon ni ac ry'n ni i gyd moyn medal aur yn y Gemau Olympaidd. Felly ry'n ni'n cael amser caled wrth hyfforddi.'

'Pa mor galed?'

'Wel, naw deg y cant o'r amser 'smo ni'n ddigon da.'

'Swnio'n anodd,' medda fi, gan syllu i'w lygaid lliw cnau.

Mae o'n syllu yn ôl. 'Dyna beth ry'n ni moyn, fi, Chantelle, Taylor.' Mae o'n nodio at yr hogyn gwallt melyn, sy'n gwibio i fyny ac i lawr un o'r lonydd. 'Pawb yn y grŵp.'

'Felly dach chi'n ymarfer bob dydd?'

'Odyn glei.'

'Dach chi ddim yn diflasu?'

Mae o'n chwerthin. ''Sdim amser i ddiflasu 'da fy amserlen i. Des i'n ail ym mhencampwriaeth iau Ewrop ym mis Gorffennaf, o flaen Taylor. Y flwyddyn nesa, pan fydda i'n ddeunaw, y gystadleuaeth hŷn ryngwladol fydd hi, wedyn Pencampwriaethau'r Byd, ac wedyn...'

'Y Gemau Olympaidd?'

'Dyna ti.' Mae o'n troi yn ôl ata i, a'i draed o'n codi a

gostwng yn y dŵr. 'Fi moyn medal aur Olympaidd, Josie. Ry'n ni i gyd moyn un.'

Mae o'n syllu i ben pella'r pwll a dwi bron yn gallu teimlo'i ysfa fo i ennill.

'Cadwa lygad ar y cloc.' Mae o'n pwyntio at wyneb cloc anferth. Mae gan hwnnw fys eiliadau sy'n ticio rownd yn bwyllog.

Yn sydyn, mae o yn y dŵr, yn nofio fel mellten i lawr y lôn i'r pen pellaf, ei freichiau o'n pwmpio. Dwi ddim yn ei weld o'n anadlu unwaith. Mae'r cloc yn tician ac yn pasio'r llinellau du wrth iddo gyrraedd y wal, troi rownd, a gwibio yn ôl ata i. Mae'i ben o'n ymddangos, yn gwenu ac yn diferu o ddŵr.

'Waw! Oedd hwnna'n anhygoel. Rhaid bo' chdi'n ddigon da i'r Gemau Olympaidd.'

'Mae gen i filiynau o dreialon cyn cyrraedd fan 'ny,' medda Jordan, ond mae'i lygaid o'n disgleirio a dwi'n gallu gweld ei fod o'n falch ei fod o wedi creu argraff dda.

Mae Chantelle yn gweiddi, '24.6. Amsar da.'

Mae o'n nodio arna i. 'Mae pawb yn y Torpidos yn gallu gwneud hynna,' medda fo mewn llais isel.

'Alla i ddim.' Dwi'n gwenu, a chan droelli 'ngwallt yn dynn, dwi'n tynnu'r cap afiach am fy mhen. Mae hwnnw fel feis. 'Iawn, dwi'n barod.'

Mae Jordan yn cymryd cip dros ei ysgwydd. Mae gweddill y tîm wrthi'n gadael ardal y pwll a dwi'n ei weld o'n ymlacio.

'Cerdda lawr y grisie fan 'co i'r pen bas, a sblasia tan ti'n teimlo bach cynhesach.'

Dwi'n addasu strapiau 'ngwisg ac yn ymlwybro at y grisiau. Yn y dŵr, mae Jordan yn estyn dau fflôt o ochr y pwll. Dwi'n llithro i'r dŵr ac yn rhoi fy sgwyddau i mewn, cyn codi o'r dŵr yn crynu.

Mae o'n rhoi fflôt pinc i fi. 'Cerdda i'r ochr draw yn dal y fflôt.'

Ar ôl i ni gyrraedd yr ochr draw, mae o'n dweud, 'Ceisia neidio lan a lawr, yn teimlo'r dŵr yn dy ddal di.'

Mae o'n neidio efo fi ac mae'n anhygoel pa mor uchel rydan ni'n llamu o'r dŵr, er ei fod o'n neidio'n uwch o lawer na fi. Rydan ni'n chwerthin fel dau blentyn bach a dwi'n dechrau ymlacio.

Mae yna fanteision i ddŵr, dwi'n sylweddoli, hyd yn oed os nad ydi hwn cweit yn fàth poeth. Mi fyddwn i wrth fy modd yn cael twb poeth pan fydd gen i fflat, ond mae angen stafell arbennig i hynny.

Yn sydyn mae Jordan y tu ôl i fi, a'i law ar gefn fy mhen. 'Gorwedda 'nôl, ac ymddiried ynddo i. Wna i ddim gadael i ti fynd dan y dŵr.'

'Alla i ddim.'

'Galli, mi alli di, dere.'

Mae'r peth yn frawychus ond yn fwy na dim byd dwi ddim eisiau i Jordan symud ei law. Mae'i gledr o'n dal cefn fy mhen i fel cwpan, a dwi'n teimlo ias, fel y trydan poeth yna a deimlais i pan welais i o'r tro cynta. Dwi'n gorwedd yn ôl fymryn ac mae 'nghorff i'n codi fel tasai disgyrchiant newydd ddiflannu. Mae'r peth yn anhygoel! Dwi'n arnofio am y tro cynta yn fy mywyd.

Efallai y bydda i'n cael cyfle i ddysgu sut i nofio o'r diwedd. Wnaeth Mam erioed drafferthu pan o'n i'n fach, a thrwy gydol fy nghyfnod yn yr ysgol, mae'r pwll yn y dre wedi bod ar gau. Dim ond yn weddol ddiweddar yr agorodd y pwll yma, felly ches i erioed gyfle i ddysgu. Mae Jordan yn cerdded yn ôl drwy'r dŵr, a dwi'n syllu ar y nenfwd, fy nwylo i'n chwipio'n ara yn ôl ac ymlaen.

'Byddi di yn y Torpidos whap.'

'Paid â malu,' medda fi, ac mae yna ychydig o ddŵr yn tasgu i 'ngheg i. Dwi'n poeri, mae 'nghoesau i'n syrthio, a dwi yn ôl ar lawr y pwll. 'Sori.'

'Mae'n iawn, mae'n digwydd i bawb,' medda fo gan chwerthin. 'Rhaid i ti ddysgu sut i garu dŵr y pwll.'

'Mae o'n blasu'n afiach.'

'Ti wedi nofio yn y môr erioed?'

Dim ond unwaith dwi wedi bod i'r traeth. Mi gymerodd hi hanner diwrnod ar dri thrên o'n tre ni, a doedd Mam ddim yn licio'r daith. Mi wrthododd hi fynd eto.

'Na,' medda fi. 'Ond wedyn, dwi'n methu nofio.'

'O, wrth gwrs. Fi sy'n dwp.' Mae'i lygaid o wedi suddo i'w socedi eto, ac mae o'n chwipio'r dŵr o'i gwmpas efo'i law.

Efallai ei fod o wedi cael digon. Mi oedd o'n hwyl tra gwnaeth o bara. 'Paid â gadael i fi dy gadw di rhag dy ffrindia.' Dwi'n nodio at y caffi lle dwi'n gallu gweld Chantelle a'r nofwyr eraill drwy'r wal wydr.

'Y, na, mae'n iawn. 'Smo ni'n ffrindie.' Wedyn mae o'n ychwanegu'n sydyn, 'Hynny yw, ry'n ni i gyd yn ddigon cyfeillgar ond 'sdim amser 'da fi i hynny 'da'r ymarfer a gwaith ysgol a phethe...'

Mae'i lais o'n distewi. Be mae o'n ei feddwl, tybed? Rhaid bod ganddo fo rai ffrindiau. 'Felly, i ba ysgol ti'n mynd?'

''Smo fi'n mynd i'r ysgol. Fi'n mynd i Goleg y Porth.'

'Dwi erioed wedi clywad am y lle.'

''Smo fi'n synnu. Yn nhŷ rhywun ry'n i, fel lle tiwtorial preifat. Dim ond chwech ohonon ni sy'n gwneud Safon Uwch. 'Smo'r lleill yn nofio.'

'Felly, dydyn nhw'm yn dallt?'

'Rhywbeth fel 'ny. Maen nhw i gyd yn gwneud pedwar neu bump Safon Uwch ac yn dod at ei gilydd i adolygu a siarad am fynd i goleg, t'mbo, i brifysgol. Hanes a Cymrâg fi'n gwneud, ac 'wy moyn mynd i'r Gemau Olympaidd, felly 'sdim amser 'da fi i fynd i'r ysgol.'

'Be mae dy rieni'n feddwl?'

Mae o'n chwifio'i law o gwmpas yn y dŵr. 'Maen nhw'n iawn am y peth, sbo. Bydde Mam yn hoffi tasen i'n gwneud gwyddoniaeth, gwneud ymchwil, t'mbo?'

'Heb wneud cemeg?'

Mae o'n chwerthin mymryn. 'O Japan mae Mam yn dod. Mae pawb yn Japan yn adolygu'n galed ac yn gwneud PhDs a stwff. Dim ond nofio 'wy erioed wedi gallu'i wneud yn dda. Dim fel Crystal.'

Dwi'n codi fy ael.

'Fy chwaer fach i. Mae hi'n wych am bopeth ac mae hi'n chwarae'r piano'n anhygoel. Mae Mam yn dysgu pobl i chwarae'r piano ond rhoddodd hi'r gorau i 'nysgu i amser maith yn ôl.'

'Be am dy dad?'

'Mae e'n cŵl, mae e'n credu ynddo i.'

'Mae hynny'n beth da,' medda fi. 'A ti'n hwntw?'

'Efo llygaid Japaneaidd.' Mae o'n chwerthin eto. 'Paid becso, mae pawb yn holi. Ry'n ni'n dod o Gaerfyrddin, ond cafodd Mam ei geni yn Japan. Symudon ni i fan hyn pan o'n i'n ddeuddeg oherwydd Copa.'

'Y lle cyfrifiaduron?'

'Ie. Dad yw'r pennaeth.'

Rhaid eu bod nhw'n gyfoethog, dwi'n sylweddoli, a dwi'n rhwbio fy llygaid.

'Ti'n oer,' medda Jordan. 'Cer i newid a gwrdda i â ti tu fas. Dim brys, 'wy am wneud ugain hyd gynta.'

Ugain? Dwi'n edrych i ben pella'r pwll. Alla i ddim dychmygu gwneud un.

Dwi'n penderfynu cael cawod boeth a golchi 'ngwallt,

a'i sychu'n ofalus o dan y sychwr dwylo, er bod hynny'n gwneud iddo fo grychu'n ofnadwy. Mi ddywedodd rhywun yn yr ysgol bod angen torri gwallt hir unwaith y mis er mwyn i'r blew beidio hollti, ond mae hynny mor ddrud.

Ryw ddydd, dwi'n dychmygu, wrth gerdded allan o'r adeilad. Mae Jordan yn sefyll ar y pafin yn sgwrsio efo dyn tal. Mae gan hwnnw sgwyddau llydan a gwallt tywyll. Maen nhw tua'r un taldra.

'Josie, dyma Dad.'

'Dafydd Price,' medda'r dyn, 'falch o gwrdd â ti.' Mae ganddo fo'r ffordd braf yna o siarad sydd gan bobl y de, fel tasai o'n cyfarch cynulleidfa, ond mae'i law a'i lais o'n gynnes.

'Mae'n braf gweld Jordan yn gwneud ffrindie newydd. Dere draw am swper.'

Mae fy aeliau i'n saethu i'r awyr, ac mae Jordan yn sylwi. ''Smo fi'n credu bod Josie…'

'Wrth gwrs ei bod hi.' Mae o'n edrych ar ei ffôn. 'Mae nos Iau yn rhydd wythnos hyn. Gall Jordan dy godi di.'

'Na.' Mae fy llais i bron iawn yn swnio fel gwaedd. Does yna ddim ffordd dan haul fod Jordan yn cael dod i 'nhŷ i.

Mae yna olwg ddryslyd ar dad Jordan ac mae Jordan ei hun yn edrych yn ofnadwy o anghyfforddus, ond wedyn dwi'n esbonio'n gyflym, 'Hynny ydi, mi fyddwn i wrth fy modd yn dod, ond mi wna i ffeindio fy ffordd fy hun.'

'Menyw annibynnol, 'na beth 'wy'n hoffi'i weld,' medda

Dafydd, wrth i wên ledu dros ei wyneb. Wedyn mae'i ffôn o'n canu. Mae'n rhoi hwnnw wrth ei glust ac yn dweud wrth Jordan, 'Bant â'r cart, dy fam sy 'na.'

Wrth iddyn nhw gerdded i ffwrdd, mae Dafydd yn gweiddi, 'Welwn ni ti nos Iau. Gei di'r cyfeiriad gan Jordan.'

Felly, ydi hwnna'n ddêt?

PENNOD 6
Tasha

Flog Tasha, dydd Sul, 6 Hydref, 2.33 p.m.

Mae'r hangofer wedi diflannu o'r diwadd. Es i 'nôl i'r gwely a syrthio i gysgu. Mi ddeffrais i ugain munud yn ôl, a dwi heb hyd yn oed frwsio 'ngwallt eto. Mi ddudodd Mam 'mod i'n dychmygu'r holl stwff yma am Chaz. Ella'i bod hi'n iawn. Mae angen i fi ganolbwyntio ar fy ngyrfa ffilm. Dwi'n mynd i ofyn i Rory ga i greu ffilm amdano fo a'i fand. Mi fydd hynny'n golygu bod yn rhaid i ni dreulio oriau ac oriau efo'n gilydd. A dwi wedi bod yn chwilio am wefannau i bostio'r flog yma. Wel, y darnau sydd ddim yn breifat.

Saib

Dwi'n syllu arna i fy hun ar y sgrin. Dwi'n edrych yn ofnadwy. Lwcus nad ydi Rory'n gallu 'ngweld i rŵan.

Mae'r fflat fel y bedd, a dwi'n rhoi 'nhrwyn drwy ddrws fy llofft. Does yna neb o gwmpas, felly dwi'n lapio lliain o 'nghwmpas i ac yn sgipio allan i'r bathrwm. Efallai fod

Mam a Chaz wedi mynd i'r dafarn i gael cinio. Mae o'n gyrru i'r Alban bore fory, yn ei lorri, a fydd o ddim yn ei ôl tan ddydd Iau.

Dwi'n cael cawod ac yn brwsio fy nannedd wrth i'r drws ffrynt agor a chau.

'Mam?' dwi'n gweiddi.

Dim ateb, ond dwi'n clywed sŵn traed yn y cyntedd. Maen nhw'n stopio y tu allan i ddrws y bathrwm. Dwi wedi gadael fy nillad yn y llofft. Mae 'ngwallt i'n dal i ddiferu ond yn hytrach na'i sychu, dwi'n lapio lliain mawr o 'nghwmpas ac yn gafael ynddo fo'n dynn.

'Chaz? Ydi Mam efo chdi?'

Distawrwydd. Dwi'n tyngu 'mod i'n gallu clywed anadlu y tu allan i'r drws. Dwi'n meddwl am y ffilm yna, *The Shining*, lle mae'r ddynes yn y bathrwm a'r dyn yn y cyntedd yn cario cyllell anferth. Mae 'nghorff i'n densiwn i gyd, mae 'nghlustiau i'n gwrando'n astud, ac wedyn mae handlen y drws yn dechrau symud.

Dwi eisiau sgrechian. Ond dwi ddim yn gwneud. 'Pwy sy 'na?'

Mae handlen y drws yn ratlo fymryn ac mae'r drws yn symud y tamaid lleia, nes rhoi pwysau ar y follt. Wneith y drws ddal? Mae'n rhaid iddo fo ddal. Pam 'mod i wedi dychryn? Mae'n siŵr mai Mam sydd yna, eisiau mynd i'r tŷ bach. Ond pam nad ydi hi'n...

'Jest fi, cariad. Ti am agor y drws?'

O mam bach! Chaz *sydd* yna. Lle mae Mam? Dwi'm yn gwybod be i'w wneud.

'Dwi… dwi'm 'di gorffen eto.'

'Mae'n iawn, jest isio nôl rwbath dwi. Agora'r drws.' Mae'i lais o'n swnio mor normal, fel tasai dod i mewn a finnau mewn lliain y peth mwya naturiol yn y byd. Felly pam 'mod i'n crynu?

Dwi'n clywed y drws ffrynt eto a llais Mam yn gweiddi, 'Ydi'r hogan 'na 'di deffro eto?'

Mae Chaz yn chwerthin. 'Mae hi yn y bathrwm. Fi sy gynta yn y ciw.'

Mae Mam yn chwerthin hefyd. Y tu allan i'r drws, dwi'n clywed sŵn eu gwefusau nhw'n swsian. Dwi'n tynnu'r follt yn sydyn, yn agor y drws ac yn llithro heibio iddyn nhw. Maen nhw'n snogio fel tasen nhw ddim yn gall. Mae llygaid Mam ar gau, ond mae Chaz yn edrych dros ei hysgwydd hi arna i ac mae'i lygaid o'n culhau fymryn.

Mae fy esgyrn i'n fferru yn fy nghorff a bron 'mod i'n methu camu i'r llofft. Dwi'n clepian y drws ar gau ac yn gwthio cadair yn erbyn yr handlen. Dwi'n gwisgo'n sydyn, yn cipio 'mag, yn tynnu drws fy llofft ar agor, ac yn gweiddi, 'Wela i chi wedyn.' Dwi'n dianc drwy'r drws ffrynt i'r stryd.

Mae hi'n 3.20 ar bnawn dydd Sul. Does gen i neb yn gwmni, felly dwi'n penderfynu mynd i Gaffi Terry. Efallai 'mod i'n dychmygu hyn i gyd. Mae Dom yn dweud 'mod i'n gwneud môr a mynydd o bob dim. Ond be os ydi Chaz yn, wel, yn pyrfio arna i?

Mae'r peth mor afiach dwi'n rhoi 'nghlustffonau yn fy nghlustiau, yn troi'r sain yn uchel, uchel, ac yn cerdded i lawr y stryd efo Rory a Dur Garw yn atseinio yn fy mhen.

Wrth gyrraedd Caffi Terry, dim ond dau hen ddyn sydd yno. Maen nhw'n eistedd wrth fyrddau ar eu pennau'u hunain, yn bwyta tatws stwnsh a stiw. Dwi'n archebu te a brechdan wy. Mae Mam wastad yn swnian arna i i fwyta. Dwi ddim yn anorecsig na dim byd felly, dim fel hanner y genod yn yr ysgol. Ond mae Mam yn meddwl 'mod i'n rhy denau. Dwi'n seis 6 a dwi'n bwyta pan dwi'n teimlo fel bwyta. Brechdanau wy ydi fy hoff fwyd i.

Mae'n ocs pys ers i fi aros draw yn nhŷ rhywun. Dwi'n dechrau meddwl, bosib y galla i aros yn nhŷ ffrind nos Iau ac efallai y gwneith mam Dom adael i fi aros yno nos Wener, achos fydd hi ddim yn noson ysgol. Dwi'n fy mherswadio fy hun fod angen i fi brofi gwahanol ffyrdd o fyw, er lles fy ngyrfa ffilm. Dwi'n dechrau cynllunio be i'w bacio. Mae hi'n teimlo fel taswn i'n mynd ar wyliau arbennig. Ond yng nghefn fy mhen dwi'n gwybod 'mod i eisiau aros oddi cartre ar y nosweithiau pan fydd Chaz yno.

Dwi ddim yn cyrraedd adre tan ar ôl chwech, ac mae Mam yn gwneud ffŷs. Mae Chaz yn y stafell fyw yn gwylio'r teledu.

'Gest ti ginio, Tasha? Ti'n gwbod 'mod i'n licio i chdi gael pryd iawn o fwyd ar y penwsnos. Gobeithio bo' chdi heb fod yn stwffio dy hun efo tsips.'

Dwi'n chwerthin. 'Naddo. Ges i frechdan yn Caffi Terry a malu awyr efo'r lleill.' Dim ond celwydd golau. 'Pryd mae Chaz yn mynd?'

Mae'i chefn hi tuag ata i wrth iddi roi cig eidion a dwmplenni ar blât. Dwi eisiau gwneud iddi droi rownd, gwrando arna i, ac edrych i fy wyneb i. Ond dydi hi ddim yn gwneud hynny.

'Chwech bora fory,' medda hi.

Dwi'n edrych ar gloc y gegin. Mae'n hanner awr wedi chwech. Un ar ddeg awr a hanner i fynd.

Ar ôl bwyta, a Mam yn mwydro am rywun yn y gwaith sy'n cael ysgariad, mae hi'n dweud, ''Dan ni am wylio DVD wedyn.'

'Mae gen i waith cartra,' dwi'n ateb yn gyflym. Mae hi'n edrych arna i'n syn. 'Traethawd dwi angen ei ail-neud, em, ei neud eto.' Dwi'n teimlo wedi cynhyrfu braidd.

Dydi hi ddim fel tasai ots ganddi. Wrth i fi gyrraedd drws y gegin, dwi'n troi. 'Wsti Chaz?'

'Ia.' Mae hi'n codi 'mhlât i.

'Dydi o ddim, hynny ydi, dydi o ddim yn...' Dwi'n stopio. Dwi ddim yn gwybod o gwbl be i'w ddweud.

'Be?'

Pyrfio ar genod yn eu harddegau, dyna sy'n mynd drwy 'meddwl i, ond alla i ddim dweud hynny, na alla i? '... casáu dreifio'n bell?'

Mae hi'n chwerthin. 'Wrth gwrs ei fod o, ond mae o'n bres da, tydi?'

Dwi'n dianc o'r stafell ac yn brysio drwy'r cyntedd. Mae drws y stafell fyw ar agor a dwi'n dal fy anadl wrth basio, ond dydi Chaz ddim yn gweiddi gair.

Flog Tasha Brown, dydd Sul, 6 Hydref, 9.45 p.m.

Dwi'n teimlo 'mod i'n dal fy anadl i drwy'r adeg, ac yn gwrando ar bopeth, sy'n hurt bost. Dwi ddim wedi clywad gan Rory ond mi fydd creu'r ffilm yn gneud iddo fo sylwi arna i, bydd?

Saib

Oes yna rywun y tu allan i'r drws? Dwi'n siŵr i fi glywed sŵn crafu. Mae Mam a Chaz yn cysgu yn y pen pella, y drws nesa i'r bathrwm, felly maen nhw'n gorfod pasio fy nrws i byth a hefyd. Ond dim ond distawrwydd sydd i'w glywed y tu mewn, a sŵn traffig y tu allan i fy ffenest i, sy'n reit ysgafn yr adeg yma o'r nos.

Recordio

Dwi wedi blino'n lân. Cysgwch yn dawel a wela i chi yn y bora.

Rhaid 'mod i wedi cysgu'n syth bìn. Dwi'n deffro toc wedi tri y bore i glywed rhywun yn galw drwy'r drws, 'Agor y drws, dim ond fi sy 'ma.'

Llais Chaz, yn feddal iawn ac, wel, yn fygythiol. Dwi'n fferru.

Dos o 'ma, dwi eisiau gweiddi, ond yn lle hynny dwi jest yn gorwedd yno, efo'r blancedi at fy ngên, yn crynu.

Mae o'n ratlo handlen y drws ond mae gen i'r gadair wedi'i sodro yno. Ar ôl tipyn, mae o'n mynd. Neu o leia, dwi'n meddwl ei fod o'n mynd. Dwi ddim yn syrthio i gysgu ar ôl hynny. Am chwech o'r gloch, dwi'n clywed sŵn y drws ffrynt yn cau.

Mae o wedi mynd am y tro, ond mi fydd o yn ei ôl nos Iau.

Mae'r tŷ'n sydyn wedi troi'n blaned ddiarth, a does gen i ddim gwn laser nac arfwisg i fy achub i rhag Chaz.

PENNOD 7
Josie

Mae Jordan yn byw mewn palas!

Ar ôl camu oddi ar y bws, mae'n rhaid cerdded am filltiroedd ar hyd y lôn oherwydd bod gan bob tŷ ei dir ei hun. Mae ganddyn nhw i gyd gatiau haearn anferth. A dwi'n gorfod siarad i mewn i intercom i ddweud wrthyn nhw 'mod i yma. Dwi'n pwyso botwm gwyrdd, yn teimlo nad ydw i'n perthyn i fan hyn o gwbl.

Mi gymerodd hi oes oesoedd i fi benderfynu be i'w wisgo. Mi ges i gawod yn y bloc ymarfer corff ar ôl ysgol, a golchi 'ngwallt, ond mae o mor grychiog roedd o'n mynnu dianc dros fy wyneb bob munud o'r sgrynshi. Yn y diwedd, mi benderfynais i wisgo fy jîns du, achos eu bod nhw bron yn newydd, a thop gwyrdd. Mi es i'r fferyllfa i ofyn i Mel am ei barn hi, ond roedd yna hwyliau drwg arni.

'Dwi'n brysur,' medda hi dan frathu, a dyma fi'n rhuthro o'r siop.

Dwi'n clywed sŵn bipian, a dwi'n sefyll yno, ddim yn siŵr be i'w wneud. Mae o'n bipian ddwywaith neu dair eto, ac wedyn dwi'n clywed llais yn dweud, 'Gwthiwch y giât nawr.'

'O, iawn, wrth gwrs.' Dwi'n rhoi fy llaw ar y giât haearn anferth. Mae hi'n agor yn weddol hawdd a dwi i mewn.

Mi oedd y llais yn swnio fel llais Japaneaidd. Mam Jordan oedd hi, mae'n siŵr, ac rŵan mae hi'n meddwl 'mod i'n dwp fel slej. Dyna sy'n mynd drwy fy meddwl wrth gerdded ar hyd y dreif i'r tŷ. Mae'r lawnt mor llyfn â leino ac mae yna botiau mawr yn llawn planhigion o flaen y ffenestri. Mae'r giât yn cau efo clic y tu ôl i fi. Does yna ddim troi yn ôl rŵan, Josie Tate, medda fi, a 'nghalon i'n suddo.

Mae'r drws ffrynt wedi'i agor led y pen, ac mae tad Jordan yn sefyll yno, yn gwenu fel giât, efo gwydryn mewn un llaw a'r llaw arall yn fy ngalw i mewn. 'Shwmai, falch iawn bo' ti 'di gallu dod. Mae Jordan yn newid. Mae e newydd fod yn nofio.'

'Ydi glei,' medda fi. Fydd o'n meddwl 'mod i'n gwneud hwyl am ben ei acen hwntw, tybed? Dwi'n gwrido ac yn hofran ar y trothwy.

'Dere i mewn. Ffor 'na.' Mae o'n pwyntio at ddrws agored. Mae sŵn piano'n llifo i'r cyntedd. 'Mae Crystal bron â cwpla.'

Dwi'n cerdded ar flaenau 'nhraed at y drws ac yn llygadu. Dyna lle mae yna hogan fach, efo gwallt du hir yn arllwys i lawr ei chefn, a hithau'n dal yn ei gwisg ysgol, yn canu'r piano fel peth gwyllt. Mae hi'n gorffen mewn steil, cyn codi'i dwylo o'r nodau a'u dal nhw yn yr awyr.

Ddylwn i glapio? Cyn i fi benderfynu, dwi'n clywed llais yn gofyn, 'Y'ch chi'n hoffi Mozart?'

Dwi'n troi rownd i weld dynes efo llygaid sy'n union fel rhai Jordan, a'r un croen euraidd. Mae ganddi wallt du fel y frân wedi'i godi'n daclus ar ei phen, trowsus du efo plygiad anhygoel o daclus, traed pitw mewn sliperi aur, a thop lliw hufen. Mae ei ffrinj hi bron yn gwbl berffaith.

Rhaid mai hon ydi mam Jordan.

Mae hi'n cerdded ata i, ac yn estyn llaw fain. 'Nariko. Dyma fy merch i, Crystal. Ry'ch chi'n nabod fy mab?'

Dydi hi ddim yn gwenu ond mae ei llais hi'n weddol feddal, os yn gadarn.

Dwi'n nodio. 'Wnaethon ni gyfarfod yn y pwll.'

'Ond dy'ch chi ddim yn nofio. Y'ch chi'n chwarae cerddoriaeth?'

'Dwi'n gwrando ar gerddoriaeth,' medda fi dan fwmian.

Hyd yma dwi'n fethiant llwyr. Sut yn y byd ydw i am ymdopi efo swper?

'Shgwl, Mam. 'Smo Josie moyn cael ei chroesholi. 'Wy'n casáu nofio.' Mae Crystal yn cau'r piano ac yn camu ata i. 'Wy'n hoffi dy jîns di, yn y dre *yma* gest ti nhw?'

Dydi hi ond yn cyrraedd fy ysgwydd ac mae hi'n fychan a main fel ei mam. Mae ei llygaid hi'n fwy crwn, ond mae ganddi hi'r un croen euraidd.

'Dwi'm yn cofio,' medda fi'n ddidaro, ond wrth gwrs, dwi'n prynu popeth yn y farchnad.

'Dim ond jîns Mud 'wy'n gwisgo. 'Wy'n eu cael nhw o Lundain. Mae 'nghyfnither i'n eu postio nhw, pan fydd hi'n rhy fawr iddyn nhw. Mae hi flwyddyn yn hŷn na fi a...'

'Haia, Josie,' medda Jordan ar ei thraws wrth gamu i'r stafell. 'Sori, hon yw'n chwaer fach i – niwsans llwyr!'

Mae o'n edrych yn anhygoel, yn droednoeth mewn jîns glas golau a chrys polo gwyn. Mae'i gorff o'n edrych mor ffit, mor gyhyrog.

Dwi'n chwerthin yn nerfus. 'O, mae pob dim yn iawn.'

Dwi'n gweld Nariko yn gwyro'i phen fel tasai hi'n cymeradwyo. Ffiw, dyna fi wedi cael un peth yn iawn.

'Cwrw?' medda Dafydd, gan ymddangos yn cario poteli ym mhob llaw.

Y rhai bach ydyn nhw. Dwi'n cymryd un ac yn diolch.

Wrth i Jordan gymryd un, mae'i fam o'n gwgu, ond mae yntau'n gwgu yn ôl. 'Unwaith yr wthnos. Yr ymarfer,' medda fo i esbonio, gan droi ata i.

'Sy'n esgus am bopeth,' medda Crystal gan lusgo siarad. 'Esgus i beidio gwneud gwaith tŷ, gwaith cartre, gweld ymwelwyr diflas...'

'Crystal,' medda Dafydd, mewn llais rhybuddiol.

'O, dim ti,' medda Crystal, efo gwên lydan ar ei hwyneb. Mae hi'n llithro'i braich drwy fy un i. 'Ishte wrth fy ymyl i, plis, plis.'

Dwi'n edrych o 'nghwmpas yn ddryslyd. Dwi'n eu dilyn nhw i'r stafell fwyta sy'n disgleirio. Mae yna liain bwrdd gwyn llachar, gwydrau crisial, a chyllyll a ffyrc y gallwch chi weld eich wyneb ynddyn nhw. Mae Jordan yn eistedd gyferbyn â fi, a'i fam a'i dad bob pen i'r bwrdd.

Mae hyn fel bod mewn bwyty yn y Ritz. Dwi erioed wedi bod yn unman mor grand a dwi wedi fferru gan fraw. Dyma ydi eu bywyd bob dydd nhw. Sut ydw i am ymdopi?

Wrth i Crystal baldaruo, o leia does yna neb yn sylwi pa mor nerfus ydw i. Ac wedyn mae Nariko yn rhoi platiaid o roliau bychain gwyrdd a gwyn ar y bwrdd. Does gen i'm syniad pa grŵp o fwyd ydi hwn o 'mlaen.

Mae Jordan yn gafael mewn pâr o *chopsticks*, yn bachu rôl yn ddiymdrech, ac yn ei chodi hi at ei geg. Mae o'n fflachio gwên arna i cyn ei thaflu hi i mewn a dechrau cnoi.

'Y'ch chi'n bwyta swshi, Josie?' ydi cwestiwn Nariko, a'i llais hi'n gadarn.

'Ym, yndw tad,' medda fi, er nad oes gen i'r syniad lleia am be mae hi'n sôn.

'Copïa fi,' medda Crystal. 'Mae e'n hawdd.' Mae hi'n codi ei *chopsticks*, gan bwyntio at y pâr sydd wrth ochr fy mhlât i.

Mam bach! Alla i ddim gwneud hynna!

Dwi'n gafael yn y *chopsticks* yn fy llaw dde ac yn trio bachu'r peth swshi yna, fel Crystal. Dwi bron iawn â'i gael i 'ngheg ond wedyn mae'r ffyn yn llithro ac mae'r rôl yn hedfan ar lawr glân, perffaith Nariko.

Mae pawb yn chwerthin wrth i Nariko a Crystal gyfnewid gair neu ddau mewn iaith sy'n swnio fel Japaneeg. 'Am hetan flêr', rhywbeth felly ddywedon nhw, mae'n siŵr. Mae fy wyneb i fel bitrwt ac mae'r dagrau'n cronni yn fy llygaid i, ond alla i ddim dianc. Does gen i ddim syniad sut i fynd allan drwy'r giât.

Mae Nariko yn pwyso ata i ac yn dweud, 'Wir, defnyddiwch eich bysedd fel Dafydd.'

Dwi'n edrych i ben arall y bwrdd lle mae Dafydd yn taflu'r rôl ola i'w geg.

Mae o'n llyfu'i fysedd ac yn chwerthin yn uchel. 'Wir i ti, Josie, alles i erioed ddefnyddio'r pethe uffern chwaith.'

Dwi'n codi rôl werdd ac yn ei rhoi hi yn fy ngheg. Mae hi'n blasu'n hyfryd, yn feddal, efo ychydig o waith cnoi. Dwi'n clirio'r plât cyfan mewn eiliadau. 'Am hyfryd.'

Mae pawb yn chwerthin ond y tro yma dw innau'n chwerthin hefyd.

Mae Nariko yn diflannu i'r gegin ac mae Crystal yn clirio'r platiau a'r *chopsticks*. Pan dwi'n edrych ar Jordan, mae o'n wincio'n ara arna i, a dwi'n teimlo'r wefr yna'n mynd drwydda i eto.

Dyma 'nghyfle i, medda fi wrtha i fy hun, i gael cariad go iawn am y tro cynta yn fy mywyd. Dwi'n codi fy aeliau yn ôl. Mae llygaid Jordan yn agor led y pen ac mae o'n gwenu arna i.

Mae gweddill y swper yn wledd. Cawl, cyw iâr a llysiau, hufen iâ a chacen siocled. Y pryd o fwyd gorau dwi wedi'i gael erioed.

'Ond y deisen yw'r ore,' medda Crystal mewn llais poenus, pan dwi'n gwrthod mwy.

'Mor sori, Mrs Price, ond dwi'n llawn dop.'

''Smo ni'n ffurfiol fan hyn, ferch,' medda tad Jordan mewn llais uchel. 'Dafydd a Nariko.'

Dwi'n gwrido.

Medda Nariko, 'Ewch ag ychydig i'ch mam. 'Wy'n gwneud gormod i'r teulu.'

Medda Jordan, 'Pam fydde...?'

'Hei, was,' medda Dafydd ar ei draws.

Distawrwydd lletchwith. Wedyn mae Nariko'n troi at Jordan. 'Dangosa dy dlyse i Josie. Crystal, cer gyda nhw.'

'Hwrê. 'Sa i'n gallu ishte'n llonydd am funud rhagor.' Mae Crystal yn llamu ar ei thraed. Gan afael yn fy llaw, mae hi'n fy llusgo i o'r stafell ac i fyny'r grisiau.

Mae dau lawr arall uwch ein pennau ni. Mae'r lle fel gwesty. Mae'r carped mor wyn â phast dannedd a dwi'n arswydo o feddwl beth tasai gen i fwd ar fy sgidiau neu rywbeth. Dwi wedi sylwi bod y teulu i gyd yn gwisgo'u sliperi.

'Ddylwn i dynnu fy sgidiau?' dwi'n sibrwd wrth Crystal.

Mae Jordan y tu ôl i ni a dwi'n gobeithio nad ydi o wedi clywed.

'Bydde Mam yn hoffi hynny,' medda hi. ''Smo pobl Japan yn gwisgo sgidie yn y tŷ. 'Smo fe'n gwrtais.'

Felly pam ddywedodd neb wrtha i?

Dwi'n stopio ac yn tynnu fy sgidiau. Arswyd y byd. Mae yna dwll anferth yn fy hosan chwith ac mae bawd fy nhroed yn stwffio drwyddo.

'Paid becso. Mae pawb sy'n dod 'ma yr un fath,' medda Crystal efo golwg gwbl ddifrifol ar ei hwyneb.

Y tro nesa, mi fydd yn rhaid i fi gofio dod â sliperi. Ond pa dro nesa, Josie Tate? medda fi yn fy mhen.

Mae llofft Jordan bron mor fawr â'n stafell lawr grisiau a'n cegin ni efo'i gilydd. Jest heb y casgliad o bethau sydd wedi'u gwasgu at y to, wrth gwrs.

Mae Crystal yn parablu wrth i ni gamu i mewn, 'Oes 'da ti dy stafell dy hun neu wyt ti'n rhannu 'da dy chwiorydd neu oes brodyr 'da ti? Bydden i'n casáu rhannu ond fi'n caru mynd i aros 'da ffrindie am y nos. Ti'n mynd i aros 'da llwyth o ffrindie, fi'n gwybod. Falle galle Jordan a fi ddod a...'

'Cer, Crystal,' mae Jordan yn brathu ac mae'i hwyneb hi'n disgyn. 'Wel, ca' dy ben, 'te.'

Mae hi'n gwenu ac yn sgipio drwy'r stafell. Diolch byth, achubodd hynny fi rhag gorfod ateb yr holl gwestiynau yna.

Does gen ti ddim syniad am fy nhŷ i, dwi'n sylweddoli, wrth i Jordan chwifio'i law at silff sy'n llawn dop o gwpanau aur, placiau a medalau.

'Ti'n colli unrhyw rasys?' dwi'n gofyn.

Mae o'n chwerthin mymryn. 'Fi'n trial peidio.'

'Jordan yw'r gwibiwr gore yn y sir a chyn bo hir fe fydd y Pencampwr Ieuenctid Cenedlaethol,' medda Crystal. 'Mae hwn pan oedd e'n chwech a hwn pan oedd e'n...'

'Crystal,' medda Jordan dan chwyrnu.

Mae o'n edrych i fyw fy llygaid am rai eiliadau, fel y gwnaeth o pan winciodd o arna i dros swper, a dwi'n teimlo'n gynnes i gyd. Mi allwn ni fod yn ffrindiau, dwi'n siŵr. Fel Tasha a'i 'Dom bach annwyl' hi.

Dwi erioed wedi cael ffrind go iawn. Dwi'n dueddol o hofran ar y cyrion. Mae pawb wedi hen arfer â'r ffaith nad ydw i'n cael fy ngwahodd i unman, nac yn gwahodd neb arall draw. 'Dydi dy fam ddim yn licio cael pobl draw,' dyna fyddan nhw wastad yn ei ddweud pan fyddan nhw'n sôn am aros yn nhai pobl. Dwi'n gwybod eu bod nhw'n meddwl 'mod i'n od. Fel pan soniais i am gael Dolig yn fy llofft ddydd Gwener diwetha. 'Mam Josie,' meddan nhw o hyd, gan rowlio'u llygaid.

Ond mae pethau'n teimlo'n wahanol fan hyn. Does neb yn fy marnu fi a dwi ddim yn gorfod esbonio fy hun.

Dwi'n eistedd ar y llawr wrth ymyl Crystal ac yn croesi 'nghoesau. Rydan ni'n pwyso ar y gwely wrth i Jordan roi cerddoriaeth i chwarae. Dim Mozart ond rhyw fand o Lundain mae o'n ei licio. Rydan ni'n mwydro am fandiau a nofio a phryd y bydda i'n gallu nofio i ben draw'r pwll fy hun. Wnes i ddim sylwi ar y cloc tan i Dafydd weiddi ei bod hi'n bryd mynd.

Mae o'n mynnu rhoi lifft i fi i'n stryd ni. Dwi'n llwyddo i fynd allan o'r car cyn iddo gyrraedd fy nrws ffrynt a dwi'n aros tan iddo fo ddiflannu cyn mynd i mewn.

Mae'r tŷ'n dawel. Mae hi bron yn ddeg o'r gloch ac mae'n siŵr bod Mam yn cysgu.

Wrth i fi wasgu i lawr y cyntedd, heibio i'r llun o'r bwthyn ar y wal sy'n dweud wrtha i nad oes unman yn debyg i adra, am y tro cynta erioed yn fy mywyd dwi prin yn gallu dioddef bod yn ein tŷ ni. Mae'r casgliad o bethau'n cau amdana i, yn sugno'r ocsigen o'r aer, yn sibrwd, *Dim lle i ti rhagor.*

Mae fy llofft i cynddrwg â phobman arall ers i Mam ei llenwi hi efo stwff. Dwi wedi ceisio symud pethau oddi yno yn ystod yr wythnos, ond mae hi'n amhosib. Mi rois i'r gorau i daflu pethau flynyddoedd yn ôl. Mi fydd Mam yn eu hestyn nhw o'r bin ac yn eu rhoi nhw yn ôl rywle yng nghanol y casgliad.

Dychmygwch tasai Jordan neu Crystal neu ei fam a'i dad o'n dod yma. Be fydden nhw'n feddwl am yr ailgylchu ac am achub y blaned? Mi fyddai 'nghartre i'n gwneud iddyn nhw chwydu. Fyddai Crystal byth bythoedd eisiau aros yma.

Ond Jordan sy'n hofran yn fy meddwl wrth i fi rowlio o dan y flanced. Jordan a'i lygaid hyfryd a'i ddwylo hir, cryf, wnaeth fy nal i'n saff wrth i fi nofio yn ei bwll glas.

Mae'n neis cael ffrind. Wna i fyth ei alw fo'n 'annwyl' nac yn 'fach'.

Ffrind? mae'r llais bach yna yn fy mhen yn sibrwd. *Neu gariad?*

Ac wedyn dwi'n syrthio i gysgu.

PENNOD 8

Dwi wedi ymlâdd wrth gyrraedd adre o fy rownd bapur nos Wener.

Mae Mam yn sefyll ar waelod y grisiau yn rhoi minlliw ar ei gwefusau. 'Ty'd allan efo fi, Jose. Mae 'na siop elusen newydd yn y dre ac maen nhw'n agor yn hwyr heno.'

'Dim ond os cawn ni fynd am fwyd wedyn,' medda fi dan riddfan.

Dwi ar lwgu ac alla i ddim peidio â meddwl am y swper bendigedig ges i gan fam Jordan neithiwr. Mae hi'n flynyddoedd ers i ni allu mynd i'n cegin ni i wneud darn o dost.

'Wy a tsips yng Nghaffi Terry *a* phwdin,' ydi addewid Mam wrth roi'i minlliw i gadw.

Mae'i gwallt hi wedi'i godi mewn torch ac mae hi wedi newid yn daclus i jîns llyfn, siaced goch, bŵts at ei phengliniau a bag dros ei braich. Mae'n rhaid i ni olchi ein dillad yn y *launderette*, wrth gwrs. Dwi gan amla'n mynd â gwaith cartre yno efo fi i ladd amser; mae hi mor ddiflas yno.

'Ty'd,' medda hi, gan wenu'n siriol.

Wrth i ni gerdded i'r Stryd Fawr, dwi'n gorfod cyfadde bod Mam bob tro'n edrych yn drwsiadus. Mae'i sodlau hi'n clicio ar y pafin fel tasai hi'n fodel mewn sioe ffasiwn. Ond wedyn, ifanc ydi hi o hyd; dydi hi ond yn 32. Dim ond un ar bymtheg oedd hi'n fy nghael i, ond mi ddiflannodd fy nhad, os medrwch chi ei alw fo'n dad. Mi oedd fy Nain Bet eisoes wedi marw, felly mi oedd Mam yn byw efo Taid, ei thad *hi*, ac mi fuodd yntau farw ddwy flynedd ar ôl i fi gael fy ngeni.

Mi oedd hynny'n golygu bod Mam, yn ddeunaw oed, ar ei phen ei hun bach efo fi, a dim ond tŷ Taid i'n cadw ni rhag byw ar y stryd. Mae Mam wedi colli pawb yn y byd oedd yn bwysig iddi ar wahân i fi. Mae hi wedi gwneud yn dda iawn i ddod o hyd i waith cyson, ac i fy magu i ar ei phen ei hun heb deulu nac unrhyw ffrindiau chwaith. Pobl breifat iawn oedd teulu Mam, yn gwneud fawr ddim byd efo neb arall. Dyna mae hi'n ei ddweud wrtha i o hyd, ac mae hi'n dweud ein bod ninnau'r un fath. Does dim angen pobl eraill arnon ni, yn ôl Mam, achos allwch chi ddim gwir ddibynnu ar neb arall.

'Dyna pam ddechreuais i gasglu petha,' medda hi wrtha i unwaith pan o'n i'n naw oed. 'Alli di ddim dibynnu ar bobl. Dim ond y blaned sydd gennan ni.'

'Mi alli di ddibynnu arna i, Mam,' meddwn i, yn teimlo'n drist. Ond troi ei chefn wnaeth hi a dechrau cael trefn ar bentwr o bapurau newydd.

Mae hi'n parablu'n ddi-stop rŵan. 'Newydd agor maen nhw, felly mi fydd ganddyn nhw stwff gwych. Maen nhw wastad yn licio cychwyn yn dda...'

'Paid ag anghofio'n bod ni'n chwilio am sgidiau ysgol,' medda fi.

'Mi gei di wneud hynny tra 'mod i'n cael cip,' medda Mam.

Rydan ni'n cyrraedd y siop ac mae hi bron yn wag. Dwi'n mynd draw i edrych ar y sgidiau.

Dwi'n clywed Mam yn gwichian, 'Jose! Ty'd yma. Wnei di'm coelio'r peth. Sbia, mae o'n union fel yr un brynais i llynedd.'

Dwi'n troi rownd i weld Mam yn dal fas wydr afiach efo blodau pinc drosti.

'Felly, dwyt ti'm angen un arall, nag wyt?' medda fi.

'O yndw, mi ydw i. Mae'n rhaid i fi'i phrynu hi. A'r cyw bach yma.' Mae hi'n galw dros ei hysgwydd ar y ddynes sy'n gweithio yn y siop, honno a golwg wedi diflasu arni. 'Mi oedd gen i gant tri deg tri o gywion pan gyfrais i ddiwetha. Dwi'n eu casglu nhw, ylwch.'

Dydi'r ddynes ddim yn ymateb.

Dwi'n troi 'nôl at y sgidiau, ond y pentwr arferol sydd yno o hen barau blêr efo sodlau a gwadnau wedi gwisgo. Mae darlun o Chantelle o'r pwll yn hofran o flaen fy llygaid i, ei chorff hir tenau hi mewn gwisg nofio, a'i gwallt hi'n llyfn ac wedi'i sythu. Mae'n siŵr ei bod hi'n cael sgidiau newydd bob wythnos.

Mae Mam yn talu'r bil ac rydan ni'n cerdded i'r caffi. Dwi'n helpu i gario'r bagiau, sy'n llawn dop o stwff. Mae'n rhaid i Mam brynu popeth mae hi'n syrthio mewn cariad efo fo. Addurniadau, pedair sgert arall 'i'r gwaith' a chwech o gywion meddal.

Pan o'n i'n ddeg oed, mi rois i'r gorau i drio'i pherswadio nad oedden ni angen dim mwy o ddim byd.

'Os na phrynwn ni fo, Josie, mi fydd o'n mynd i safle tirlenwi, a dyna i chdi ddarn arall o'r blaned wedi'i ddinistrio.'

Dwi'n gallu dallt ei phwynt hi, ond mae ein tŷ ni yn *llawn*.

Mae fy stumog i'n gwneud pob math o dwrw, felly dwi'n archebu byrger efo caws a bacwn, dwy bowlennaid o tsips ac ysgytlaeth siocled. Mae Mam yn twt-twtian am y byrger, ond dwi'n ei hanwybyddu hi.

Mae'n rhaid talu wrth y cownter. Mae Mam yn treulio oes yn bustachu yn ei phwrs. Dwi'n mynd i fachu bwrdd ac yn gollwng y bagiau i gyd ar y llawr.

Mae Mam yn dod draw, yn gwenu fel giât, ac yn dweud, 'Ty'd â decpunt o bres dy rownd bapur i fi.'

'Be!'

'Dwi wedi'i wario fo i gyd, dydw? Ti'n gwbod sut mae hi, Jose, dwyt? A dydd Gwener ydi dy ddiwrnod cyflog di.'

Dwi'n rhythu i'w llygaid hi, sy'n ymddangos yn llachar,

fel tasai ganddi ryw glefyd, a'r gwyrddni'n danbaid fel cynffon seren wib. Mae hi wedi gwario'i holl bres ar ei chasgliad a does yna ddim byd ar ôl i dalu am fy swper i. Eto fyth.

Fore dydd Sadwrn, mae Jordan yn anfon neges ata i.

n r alban yn nofio methu'r wers soz JP

Dwi'n licio hynna. JP.

Ond dwi'n teimlo'n drist na fydda i'n ei weld o. Efallai y dylwn i wirfoddoli i helpu efo'r tîm, dylunio'u gwefan nhw (ddim 'mod i'n gwybod sut), neu roi taflenni i bobl neu rywbeth felly. Wedyn mi ga i deithio efo nhw a phan fydd JP yn rhydd mi allen ni... dydi 'nychymyg i ddim digon da.

Dwi'n anfon neges yn ôl.

hei JP gbthio nei d ennill bechod am y wers.

Ddylwn i ddweud y bydda i'n gweld ei eisiau o hefyd? Na ddylwn.

gweld t wsns nesa JT

Wel, am cŵl. Dwi erioed wedi meddwl amdana i fy hun fel JT o'r blaen.

Dwi'n sgriblan JP a JT efo pinnau sgwennu gwahanol liw. Gwyrdd sy'n edrych orau.

Mae fy llofft i'n dal yn llawn dop o'r bagiau ollyngodd Mam yno wythnos diwetha, felly dwi'n penderfynu mynd â 'ngwaith cartre i Gaffi Terry.

Mae'r caffi'n hanner llawn ac mae'r criw arferol o'r ysgol

yno o amgylch Tasha Brown a'i Dom bach annwyl. Mae Tasha yn clebran fel y bydd hi, ac mae pawb yn chwerthin.

Medda rhywun, 'Be am Josie? Mae gan ei mam hi ddigon o le. Mae ganddyn nhw dŷ cyfan iddyn nhw'u hunain.'

'O'n i'n meddwl bo' chdi'n byw mewn fflat un stafell,' medda Tasha, gan daflu'i golygon tuag ata i.

'Pam?' Dwi'n dal fy ffolderi gwaith cartre'n agos at fy mrest fel arfwisg.

'Achos bo' chdi'n cael Dolig yn dy lofft.' Mae rhai'n chwerthin a dwi'n codi fy sgwyddau.

Fyddai hi byth yn dallt, na fyddai? Sut allwch chi gael Dolig yn unman yn ein tŷ ni, heblaw am fy llofft i? A ddim yn fanno bellach ers i Mam lenwi'r lle efo mwy o stwff.

'Mae Tasha yn licio aros yn nhai pobl,' medda Dom.

'O, ddim yn fy nhŷ fi,' dwi'n prysuro i ddweud. 'Dach chi'n gwbod nad ydi Mam yn licio cael pobl draw. A beth bynnag, pam cysgu yn nhai pobl?'

'Os ti isio creu ffilmia, mae'n rhaid i chdi wbod sut mae pobl eraill yn byw. Yn amlwg.'

'Ti'n rêl brenhines, Tash,' medda rhywun dan chwerthin.

Mae Tasha yn codi'i sgwyddau, ond mae hi'n swnio fel tasai hi wedi cynhyrfu braidd, dwi'n siŵr. Be ydi'i phroblem hi?

'Beth bynnag,' medda Tasha, 'dydi Dom ddim yn meindio. Wna i aros tan ddydd Llun, iawn?' Mae hi'n syllu ar ei ffôn wrth siarad a dydi Dom ddim yn dweud gair.

Felly, be sy'n mynd ymlaen fan hyn? Y rhan fwya o'r amser, does gen i ddim clem. Dwi ddim yn rhan o'r clwb hel clecs yn yr ysgol.

Dwi'n meddwl am nos Iau, a'r tri ohonon ni'n eistedd ar lawr llofft Jordan, yn sgwrsio am bob math o bethau. Dwi byth yn gwneud hynny, yn ymlacio ac yn malu awyr efo criw.

Weithiau mae hi'n teimlo fel taswn i'n byw fy mywyd i gyd yn fy mhen. Dyna'r unig gartre go iawn dwi erioed wedi'i gael.

Mae'r caffi'n gwagio a dwi'n eistedd yno, ar fy mhen fy hun, yn hanner gwneud fy ngwaith cartre, heb allu canolbwyntio'n iawn, yn pendroni be mae Mam yn ei wneud yn y tŷ a finnau ddim yno. Be os bydda i'n cyrraedd adre un diwrnod ac o ddifri'n methu camu i mewn i'r tŷ?

Dwi'n un ar bymtheg oed wythnos nesa ac mae hi'n teimlo fel tasai yna ddim lle i fi yn fy nghartre fy hun ddim mwy.

PENNOD 9
Tasha

Flog Tasha, dydd Sul, 13 Hydref, 11.46 a.m.

Dwi'n teimlo bo' fi'n siarad efo ffrind pan fydda i ar fy mhen fy hun efo'r camera. Dim ond na fedrith y camera ddim beirniadu na barnu nac ateb yn ôl.

Wnes i gysgu yn nhŷ Tansy nos Iau ac yn nhŷ Shazia nos Wener ond mi ddudodd ei mam hi, Dyna ni am y tymor yma. Wel diolch yn fawr iawn!

Neithiwr o'n i efo Dom. Mae hi braidd yn gyfyng yna. Mae o'n rhannu llofft efo Jermaine, sy'n chwech oed. Mae Todd a Davey, sy'n iau fyth, mewn byncs mewn llofft ofnadwy o fach. Ac mae gan ei fam a'i dad o eu llofft nhw'u hunain. Ond mi ges i sach gysgu ganddyn nhw ar y soffa, ac mi oedd hi reit glyd. Mi wnaethon ni i gyd aros ar ein traed a gwylio ffilm hwyr. Es i ddim i'r gwely tan ar ôl hanner nos.

Dwi'n aros efo Dom eto heno ac wedyn mae Chaz yn gadael am chwech bora fory a fydd o ddim yn ôl tan ddydd Iau. Felly mae bob dim yn hynci dori, fel mae Mam yn deud yn ei hwylia roc a rôl. Yr unig gwmwl ydi bod gan Dur Garw gìg yn Wrecsam wsnos yma, mewn rhyw dafarn fudur, yn ôl Dom. Felly wna i ddim gweld Rory am oes. Dydi o ddim wedi ffonio nac anfon tecst. Mi ddudodd Dom ei fod o wedi colli'r rhif, mae'n siŵr. Mi oedd o i'w weld yn falch. Ydi o'n genfigennus? Dwi erioed wedi meddwl am Dom fel yna o'r blaen ond wedyn, dydi o erioed wedi cael cariad chwaith.

Saib

Mae Mam a Chaz wedi mynd allan am y dydd, felly mae gen i'r fflat i fi fy hun. Mi alla i wneud fy ngwaith cartre a sbio ar Facebook cyn pacio a diflannu cyn iddyn nhw ddod yn ôl. Dydi Mam ddim wedi dweud fawr o ddim byd amdana i'n aros yn nhai pobl.

Ond mae Chaz wedi.

'Wnes i weld dy isio di neithiwr,' medda fo, pan oedden nhw ar fin mynd allan. Mi oedd Mam yn rhedeg dŵr yn y sinc a chlywodd hi ddim.

Esgus na chlywais i wnes innau hefyd. Ond dwi'n ei *gasáu* o'n dweud pethau felly. Dwi ddim yn gwybod be mae o'n ei ddisgwyl. Dwi'n dal ddim yn siŵr ydw i wedi dychmygu popeth. Hynny ydi, mi fyddai Mam wedi dallt tasai o'n sglyf go iawn, byddai? Allith o ddim bod yn baedoffeil achos dwi'n rhy hen. Dim ond plant maen nhw'n eu llygadu. Ych a fi.

Dwi'n un ar bymtheg ym mis Rhagfyr. Mi gewch chi briodi efo caniatâd eich rhieni pan ydach chi'n un ar bymtheg. Felly mae paedoffeil yn byrf, ond dwi ddim yn meddwl bod hynny'n wir y ffordd arall rownd.

Recordio

Yn y pen draw, alla i'm cysgu ar y stryd. Maen nhw'n eich treisio chi, a dyna ni.

Bod yn ddigartra heb do uwch fy mhen ydi'r peth sy'n fy nychryn i FWYA, felly ben bora fory mae'n rhaid i fi drefnu lle bydda i'n aros wythnos yma. Ar ôl gwneud hynny mi ga i anghofio am Chaz a'i lygaid sglyf am wsnos arall. Ella geith o ddamwain yn ei lorri a gorfod mynd i'r ysbyty am fisoedd yn rhywle pell i ffwrdd fel Abertawe.

Dwi'n cysgu'n ofnadwy o dda yn nhŷ Dom nos Sul, ac yn deffro wrth i Jermaine a Todd ddringo drosta i, yn chwerthin ac yn tynnu 'ngwallt i. Afiach! Dwi'n eu gwthio nhw i ffwrdd, yn picio i folchi'n sydyn, ac yn rhoi 'ngwisg ysgol amdana i. Allwch chi ddim bod yn hir mewn bathrwm pan fydd teulu mawr yn ei rannu o. Ddim fel yn fy fflat i. Wel, ddim fel *oedd* hi yn fy fflat i.

Rydan ni i gyd yn cyfarfod yn y gegin, ac mae Dom a finnau'n bwyta ein tost gan bwyso yn erbyn y peiriant golchi dillad.

'Diolch am gael aros, Mrs Jensen,' medda fi wrth fam Dom, gan drio'i phlesio hi.

Mae Davey ar ei glin hi ac mae hi'n sychu ceg Todd wrth iddo fo benlinio ar gadair, yn llowcio grawnfwyd.

'Stopia wingo, Davey,' medda hi dan frathu, cyn dweud mewn llais blinedig, 'Dwi'm yn licio bod ffrindia'n dod i aros efo Dom bob munud. Mae'n rhaid i'w waith cartra fo ddod gynta, does?'

Dwi'n teimlo ias drwy 'nghorff ac yn edrych ar Dom. Mae o'n gwenu.

'Dwi isio creu ffilmia,' medda fi'n gyflym, 'felly mae'n rhaid i fi gael gwahanol brofiadau i ehangu 'ngorwelion.' Dwi'n swnio'n desbret.

Mae hi'n agor ei cheg i ddweud rhywbeth, ond mae Todd yn stwffio darn afiach o dost i'w dannedd hi, hwnnw'n stwnsh i gyd.

'Ysgol?' medda Dom.

Mae'n braf cael mynd allan i'r awyr iach, hyd yn oed os ydi hi'n bwrw glaw yn drwm.

'Ti adra heno?' mae o'n gofyn.

'Yndw. Angen sbio dros y flog. Dwi wedi recordio dros ddeg awr.'

'Cŵl, parch.'

'Go iawn, Dom, gwranda arnach chdi.'

Mae o'n gwenu arna i wrth i ni wthio ar y bws. 'Gawn

ni Skype,' mae o'n addo wrth i ni fynd i fyny'r grisiau.

Ddim am y tro cynta, dwi'n difaru nad ydi pethau fel oedden nhw ers talwm. Pan oedden ni yn yr ysgol gynradd, mi fyddwn i'n mynd adre bob dydd i gael te efo Dom achos mi oedd Mam yn gweithio tan bump mewn archfarchnad. Dwi'n rhy hen rŵan, dwi'n gwybod. Ond taswn i yn nhŷ Dom y rhan fwya o'r amser, mi fyddai Chaz yn anghofio amdana i, byddai?

Ar ôl ysgol dwi'n mynd yn syth adre. Dim Chaz, dyna'r cyfan alla i feddwl amdano. Mae o wedi mynd i'r Alban. Mi allai unrhyw beth ddigwydd ar y ffordd, gallai?

Dwi'n mynd i gael cawod hir, tacluso fy ewinedd, sythu 'ngwallt a phlycio fy amrannau. Dim ond fi a Mam fydd yma i swper, felly efallai y gwna i ddweud rhywbeth wrthi am y flog a gofyn ga i ei chyfweld hi.

Dwi'n agor drws y fflat, efo 'nghlustffonau am fy nghlustiau, a Rory'n sgrechian 'Storm yr Angel'. Ond yn sydyn mae yna siâp mawr yn nrws y gegin yn sefyll yn fy ffordd i.

Chaz!

'Be... be ti'n neud yma?' dwi'n baglu dweud, gan dynnu 'nghlustffonau.

Dwi'n syllu i fyny arno fo, a dwi'n tyngu ei fod o'n sbio'n slei i lawr fy mlows ysgol i. Dwi'n tynnu 'nghôt amdana i'n dynn.

Mae Mam yn galw o'r gegin mewn llais siriol, 'Am braf

’de? Maen nhw wedi canslo trip Chaz, felly mae o adra wsnos yma. Dwi am esgus wrth y gwaith ’mod i’n sâl fory i ni gael gwneud rwbath efo’n gilydd.’

Mae Chaz yn dawel.

Dwi’n gwthio heibio iddo fo ac yn camu i fy llofft, gan wasgu’r gadair yn sownd o dan yr handlen.

Mae’r teimlad iasol yna wedi dod yn ôl. Dwi’n neidio ar y gwely, yn dal i wisgo fy siaced, ac yn cyrlio’n belen, gan dynnu Mickey’n agos at fy mrest.

Rhaid ’mod i wedi syrthio i gysgu, achos pan dwi’n deffro mae hi’n go dywyll ac mae yna ryw fath o storm yn rhuo. Mae yna fellt yn fflachio y tu allan i’r ffenest. Wnes i ddim hyd yn oed drafferthu cau’r llenni a dwi’n gallu clywed y glaw’n chwipio yn erbyn y gwydr. Gan amla, dwi wrth fy modd pan fydda i adre mewn storm, yn gynnes ac yn glyd a’r llenni ar gau. Mi oedd Mam a fi’n arfer troi’r teledu’n uchel a chael parti bach efo cola a chreision.

Ond does yna ddim byd yn teimlo’n glyd a chynnes yn y tŷ yma erbyn hyn.

Mae ’nghloc i’n dweud 8.15. Dwi’n dal i afael yn dynn yn Mickey Mouse. Dwi’n dechrau meddwl pwy alla i ei ffonio a gofyn yn ddidaro am gael cysgu yno nos fory. Mi fyddan nhw’n meddwl ’mod i’n od. Yn hollol hurt bost. Ond os nad ydi Chaz yn gyrru am ddiwrnodau, o mam bach, efallai ddim tan ddydd Llun *nesa*, mae hynny’n lot o waith trefnu llefydd i aros.

Dwi'n rhoi Mickey o dan fy mraich, yn estyn beiro a darn o bapur, ac yn dechrau gwneud rhestr. Mae fy llaw i'n crynu.

Llefydd i gysgu dros nos

Nos Fawrth	**Tansy? Bron yn bosib. Mae hi isio bod yn seren ffilm. Cynnig lle iddi yn fy ffilm fer nesa.**
Nos Fercher	**Shazia. Dwi'n gwybod bod ei mam hi wedi dweud dim mwy y tymor yma, ond mi allwn i grefu?**
Nos Iau	**Dom**
Nos Wener	**Dom**

Dwi'n teimlo dagrau yn fy llygaid. Dydi mam Dom ddim fy eisiau i chwaith. Mae fy opsiynau i'n brin. Efallai y dylwn i ddianc i Wrecsam a ffeindio Rory a chynnig eu helpu nhw i gario'r offer fel swydd.

Dwi'n clywed clec mellten ofnadwy, fel tasai hi ar fin chwalu drwy fy ffenest i, a dwi'n rhoi sgrech fechan.

Mae handlen fy nrws i'n ratlo. 'Tasha, cariad. Ti'n iawn?'

Chaz sy 'na. Cyn i fi allu cyrraedd y drws a gwneud yn saff ei fod o'n sownd ar gau, mae o'n gwthio'r drws ar agor ac mae'r gadair yn llithro i'r llawr.

Mae o'n sefyll yna mewn jîns a chrys, yn rhythu arna i

fel taswn i wedi anghofio gwisgo 'nhop neu rywbeth.

'Dos o 'ma.' Mae fy llais i'n wan ac yn gryg a dwi'n teimlo fel crio. 'Dwi am sgrechian ac mi glywith Mam.'

'Mae hi wedi mynd am ddiod efo'r genod. Ty'd yn d'laen Tasha, bydd yn neis efo fi.'

Mae o'n estyn amdana i ac yn mwytho 'moch i fel tasai o'n gariad i fi. Dwi'n teimlo ias a dwi'n crynu mewn braw. Be mae o am ei wneud nesa?

Dwi'n dal i wisgo 'mŵts, y rhai efo'r blaenau metel. Mae'r athrawon wastad yn fy ngalw i'n rebel, gan fod gen i'r sgidiau ysgol anghywir. Y funud yma, dwi'n falch iawn nad ydw i'n dilyn y rheolau. Dwi'n swingio 'nghoes yn ôl ac yn rhoi hergwd i waelod coes Chaz efo fy holl nerth.

Mae o'n gweiddi'n uchel ac yn crymu, gan afael yn ei goes.

Dwi'n codi 'mag ysgol ac efo Mickey o hyd o dan fy nghesail, dwi'n anelu am y drws. Dwi'n hedfan i lawr y cyntedd ac allan o'r fflat, gan lamu i lawr dair gris ar y tro. Dwi allan ar y stryd mewn eiliadau.

Mae'r glaw fel teiffŵn, yn fy chwipio i ac yn llusgo 'ngwallt i bob cyfeiriad. Dwi'n wlyb domen mewn cwta funudau, ond does dim ots gen i. Dwi'n rhedeg ac yn rhedeg ac yn rhedeg. Mae hi fel tasai'r mellt yn fy nilyn wrth i fi rasio drwy'r strydoedd, tan i fi gyrraedd stryd sy'n hanner cyfarwydd.

Y tŷ yn y pen. Rhif 6. Wrth gwrs, tŷ Josie Tate. Mi wnes

i lwyddo i'w chael hi i ddweud ei chyfeiriad ddydd Sadwrn, pan ddywedodd hi nad oedd hi'n byw mewn fflat un stafell. Mae ganddi hi a'i mam dŷ cyfan. Allan nhw ddim gwrthod rhoi lle i fi. Ddim ar noson fel heno.

Dwi'n gafael yn dynn yn y blwch llythyrau ac yn dechrau curo a churo. 'Ty'd, Josie!' dwi'n sgrechian. 'Gad fi i mewn cyn i fi foddi.'

Neu cyn i Chaz gyrraedd.

PENNOD 10
Josie

Mae hi wedi chwech arna i'n cyrraedd adre ar ôl fy rownd bapur nos Lun, ac mae 'nhraed i'n socian. Dwi wedi rhoi gwm cnoi dros y twll yn fy esgid, ond dydi hynny'n fawr o help. Mi wnes i chwilota drwy ambell fag wythnos diwetha ond gweiddi wnaeth Mam arna i. Dwi ddim yn cael chwilio drwy'r casgliad. A beth bynnag, dydi hi erioed wedi casglu sgidiau, a dweud y gwir.

'Mam?' dwi'n gweiddi mewn llais blin, gan wthio'r drws ffrynt ar gau ac anelu am y grisiau.

Dim ateb.

Mae hynny'n fy ngwylltio i fwy, a dwi'n gweiddi'n uwch fyth, 'MAM!' Dwi'n gwthio fy ffordd i fyny'r grisiau, heb hidio os ydi rhai o'r bagiau a'r bocsys yn disgyn i lawr ar fy ôl. 'Pryd ydan ni am gael sgidiau ysgol newydd? Mae 'nhraed i'n socian.'

Dim ateb o hyd, ac wrth gyrraedd drws llofft Mam, mae hwnnw'n sownd ar gau. Dwi'n oedi, yn gwrando. Dim sŵn, dim radio, dim Mam yn chwibanu iddi hi'i hun, sydd gan amla'n fy ngwneud i'n lloerig. Am y tro cynta yn fy mywyd dwi'n cnocio ar ei drws hi. Dim smic.

Mae'r mudandod yn y tŷ yn drymach fyth.

Gan wthio'r handlen, dwi'n agor cil y drws ac yn rhoi 'mhen drwyddo. Mae'r stafell yn wag. Wel, mor wag ag y gall unrhyw stafell fod yn ein tŷ ni. Dydi Mam ddim yno. Dydi hi'n sicr ddim yn y bathrwm chwaith.

Mae hi'n rhy hwyr iddi fod yn un o'r siopau elusen, maen nhw i gyd yn cau am hanner awr wedi pump. Efallai nad oes gan Mam waith ar hyn o bryd, ond mae hi wastad yn dod o hyd i ddigon o bres i'w wario ar ei chasgliad, bob un dydd wan jac, hyd yn oed ar ddydd Sul. 'Rhaid i chdi fod o ddifri os wyt ti am achub y blaned.' Mae hi wrth ei bodd yn dweud hynny wrtha i. 'Alli di ddim diogi am eiliad.'

'Heblaw bod 'na'm lle ar ôl yn ein tŷ ni,' dw innau wedi bod yn ei ddweud, ers blwyddyn gron.

Wythnos diwetha, a finnau bron wedi *poeri*'r geiriau arni ar ôl iddi lenwi fy llofft i, mi syllodd hi'n rhyfedd iawn arna i a dweud, 'Pam fod ots gen ti; ti'n un ar bymtheg oed mewn pythefnos.'

'Pa wahaniaeth os ydw i'n un deg chwech 'ta'n chwech!' oedd fy ateb innau, yn gweiddi'n gandryll. Dwi'n gwasgu fy ffordd wysg fy nghefn o lofft Mam ac i lawr i fy llofft i. Mae'r drws yn agor yn haws achos 'mod i wedi llwyddo i glirio rhywfaint o'r stwff y gwnaeth hi'i ollwng yno wythnos diwetha. Ond dydi Mam ddim yn fanno chwaith, ac yn sydyn mae'r tŷ, sy'n llawn at yr ymylon o gasgliad Mam, yn teimlo'n wacach nag erioed o'r blaen.

Mae tiwn *Star Wars* yn dechrau canu. Fy ffôn i. Dwi'n ei estyn o 'mhoced ac mae yna rif diarth ar y sgrin – rhif o adeilad, ddim o ffôn symudol. Dwi'n rhythu ar y sgrin am funud, yn meddwl, Pwy goblyn sydd yna?

Dwi'n pwyso'r botwm ac yn dweud, 'S'mae?'

'Gwranda, Josie.' Mae Mam yn siarad mewn llais cyflym, od, yn fyr ei hanadl. 'Dwi 'di cael fy ngyrru i'r carchar am chwech wythnos achos wnes i'm talu treth y cyngor. Dwi 'di dweud wrthyn nhw bo' chdi wedi mynd i aros efo Anti Mari yn Hwlffordd. Paid â phoeni, dwi 'di rhoi cyfeiriad ffug iddyn nhw.' Mae hi bron yn sibrwd erbyn hyn.

'Mam! Be goblyn ti'n feddwl a phwy ydi Anti Mari?'

Ond mae hi'n dal i siarad. Dim ond y geiriau ola dwi'n eu clywed. '... felly ar ôl iddyn nhw brosesu'r genod newydd i gyd – dwi 'di cyrraedd yma efo deg arall ac mae ganddyn nhw i gyd blant bach – mi fyddan nhw'n dod atach chdi. Mi gymerith hi wsnos, o leia, dwi'n siŵr. Paid ag ateb y drws i *neb*, Josie, achos y Gwasanaethau Cymdeithasol fydd yno ac mi fydd yn rhaid i chdi fynd i gartra gofal. Rhaid i fi fynd, mae'r genod isio'r ffôn. Hwyl, cariad.'

Cyn i fi allu agor fy ngheg, mae hi wedi rhoi'r ffôn i lawr.

Mae yna daran anferth yn gwneud i'r ffenest grynu, a

mellten yn gwibio drwy'r awyr mor agos dwi'n ofni ei bod hi'n mynd i ddod i mewn a fy lladd i yn y fan a'r lle.

Carchar! Be gebyst?!?

Anti Mari? Does gen i ddim Anti Mari. Rhaid bod Mam wedi creu enw ffug, fel y cyfeiriad ffug. Dwi ddim yn gwybod lle mae Hwlffordd, hyd yn oed. Rywle lawr yn y de, mae'n siŵr, gannoedd o filltiroedd i ffwrdd.

Mae'r glaw'n curo fel morthwyl ar fy ffenest i ac mae'r mellt a'r taranau'n dod yn nes. Mae hi fel taswn i'n cael fy nghosbi am rywbeth a dwi ddim yn siŵr be.

Dwi gartre mewn tŷ sy'n llawn dop o stwff y mae fy mam wedi'i gasglu ers 'mod i'n blentyn bach, ac mae hi yn *y carchar*.

Be dwi i fod i'w wneud rŵan?

Mae'r dagrau'n cronni yn fy llygaid i wrth i fi syrthio'n ddiymadferth ar y gwely. Ddywedodd hi chwech wythnos go iawn? Mae hynny'n oes pys. Dwi'n trio cofio wnaeth hi ddweud pa garchar. O'n i mewn cymaint o sioc dwi ddim yn siŵr be ddywedodd hi. Be os dywedodd hi chwe blynedd! Na, mae hynny'n amhosib. Chwech wythnos ddywedodd hi'n bendant... 'ta chwe mis?

Be dwi i fod i'w wneud rŵan? Does gen i ddim llawer o bres a does gen i ddim antis caredig y galla i ofyn iddyn nhw am eu help. Na ffrindiau, Josie Tate. Dyna fyddai pobl eraill yn ei wneud. Curo ar ddrws eu cymdogion neu fynd draw i dŷ ffrind. Ond does gen i neb o'r fath, a go brin y byddai Mel yn fodlon rhoi lle i fi. Ddim efo'i nain a'i thaid yn aros yno.

Be os bydda i'n gorfod mynd i gartre gofal?

Mae'r holl feddyliau hyn yn cwffio efo'r mellt a'r taranau sy'n taro'r tŷ, fel draig ffyrnig sydd eisiau dod i mewn a chwythu tân a gwaed drosta i.

Dwi ar lwgu. O'n i wedi gobeithio y byddai Mam yn ffonio am decawê Tsieinîs heno. Fuais i'n meddwl am y fwydlen yr holl ffordd adre i anghofio am fy nhraed gwlyb. O'n i am gael Spring Rolls, cyw iâr Sweet and Sour, Egg Fried Rice, a bîff efo Oyster Sauce. Mi fyddai Mam wedi cael Vegetarian Singapore Rice Noodles.

Mae fy stumog i'n gwneud twrw wrth feddwl am y bwyd. Oes yna arian yn ei llofft hi, tybed? Ond dwi ddim yn camu oddi ar y gwely. Dwi erioed yn fy mywyd wedi chwilota yn llofft Mam pan na fydd hi yno. Mi fyddai hi'n casáu hynny.

Ond wedyn dwi'n edrych ar ei chasgliad hi sy'n llenwi fy stafell breifat i ac yn dweud yn uchel, 'Hi dorrodd y rheola, Josie Tate. Does yna ddim rheola rŵan.'

Dwi'n sychu fy llygaid ac yn mynd i lofft Mam. Yn rhyfedd iawn, mae ei bag hi yn dal ar y gwely wrth ei gobennydd. A finnau'n teimlo'n go simsan, dwi'n agor y bag ac yn edrych y tu mewn. Dwi'n estyn ei phwrs hi, gan ei droi o'n fy llaw. Mae o'n go drwm. Dwi ddim yn edrych ar ddim byd arall ond dwi'n gwybod bod ei bywyd hi i gyd yn ei bag hi. Dydi hi byth yn mynd i unman hebddo fo.

Ac wedyn dwi'n sylweddoli. Mi fyddai Mam wedi gwybod ei bod hi yn y llys heddiw, wedi gwybod y gallai hi hyd yn oed fynd i'r carchar. Rhaid ei bod hi wedi bod yn poeni am y peth ers oesoedd. Pam na ddywedodd hi wrtha i ei bod hi mewn dyled? Mae gen i ddwy rownd bapur er mwyn cynilo i gael fflat. Mi allwn i fod wedi rhoi 'nghyflog i Mam.

Rhaid ei bod hi'n gwybod bod yna bosibilrwydd na fyddai hi'n dod adre, felly mae hi wedi gadael ei bag i fi ei ffeindio.

Dwi'n estyn y waled ac yn ei hagor. Mae fy llygaid i'n agor fel soseri. Mae yna bentwr o bapurau arian yno, ac mae'r boced sy'n dal y pres mân yn orlawn. Dwi'n cyfri £110.00 mewn papurau arian, ac wrth ollwng y newid mân ar y gwely, darnau punt a dwybunt ydi'r rhan fwya ohonyn nhw.

Swper ydi'r unig beth y galla i feddwl amdano fo, wrth i fy stumog wag riddfan eto.

Dwi'n ffonio'r tecawê Tsieinîs ac maen nhw'n dweud y byddan nhw'n gallu danfon y bwyd mewn deugain munud.

Dwi'n mynd yn ôl i fy llofft, yn gorwedd ar fy ngwely ac yn syllu ar y nenfwd. Mae hi fel bol buwch y tu allan ac mae 'nghloc i'n dangos ei bod hi'n hanner awr wedi wyth. Mae fy meddwl i'n gwibio wrth aros am gnoc y dyn sy'n danfon y bwyd. Mae gen i ofn, dwi'n llwgu, dwi wedi drysu, a dwi'n ofnadwy o unig. Wnaeth Mam ddim hyd yn oed ddweud wrtha i ym mha garchar mae hi. Sut mae dod o hyd iddi hi? Oes ganddyn nhw oriau ymweld fel mewn ysbyty?

Rhaid 'mod i wedi syrthio i gysgu achos dwi'n deffro efo glafoer i lawr fy moch, gan glywed sŵn rhywun yn curo'n wyllt ar y drws ffrynt. Dwi'n codi ac yn mynd i lawr y grisiau. Mae'r storm yn swnio'n waeth fyth. Mae'r ffenestri'n crynu ac mae yna bwll o ddŵr ar y teils y tu ôl i'r drws. Mae yna ddŵr yn llifo i mewn bob tro pan fydd hi'n stormus.

Dwi'n gallu clywed llais y tu allan. Mae o'n swnio fel llais merch. Od. Dynion mewn helmedi beics anferth sy'n danfon y bwyd gan amla. Pam anfon merch mewn storm fel hon?

Dwi'n tynnu'r drws ar agor ac yn sbecian allan. Mae'r gwynt a'r glaw'n fy nallu i, yn gwlychu 'ngwallt i ac yn ei chwipio fo i fy wyneb i.

'Josie, gad fi i mewn!' medda llais uchel dan sgrechian.

Dwi'n gwthio 'ngwallt i'r ochr. Mae Tasha Brown yn sefyll yno'n wlyb at ei chroen, efo bag ysgol dros ei hysgwydd a rhywbeth sy'n edrych fel Mickey Mouse o dan ei chesail.

'Be...? Pam...? Be ti isio?' dwi'n gweiddi.

Mae hi'n gwthio yn ei blaen a dwi'n trio cau'r drws ffrynt ond mae'i throed hi'n ei rwystro. Dwi'n banig i gyd. Dydan ni *byth* yn gadael neb drwy ein drws ffrynt ni.

'Ty'd yn *d'laen*, Josie, alli di'm gweld 'mod i'n boddi fama!'

'Chei di'm dod i mewn, dydi Mam ddim yn licio ymwelwyr...'

'Cau dy geg a gad fi i mewn. Mae'n rhaid i fi ddod i mewn, Josie. Alla i ddim aros allan fama.' Mae'i llygaid hi'n wyllt ac mae hi'n taflu cip nerfus i fyny ac i lawr y stryd.

'Oes 'na rywun ar dy ôl di?'

'Be? Sut oeddach chdi'n...? Oes! Mae 'na ddyn, mae o wedi 'nilyn i, yn trio 'nal i. Brysia, rhag ofn ddaw o ar dy ôl di hefyd.'

Does yna ddim byd fedra i ei wneud. A dwi'n cyfadde, mae yna olwg wedi dychryn yn ofnadwy arni hi. Mae hi'n gwneud i finnau deimlo braw hefyd. Felly dwi'n camu yn ôl. Mae Tasha yn gwasgu drwy'r drws a dwi'n ei gau o ar ei hôl hi.

Rydan ni'n sefyll a'n trwynau bron yn cyffwrdd yn y cyntedd cyfyng. Mae Tasha yn cymryd cam neu ddau arall i mewn i'r tŷ. Mae hi'n chwibanu'n isel ac yn gwenu dros ei hysgwydd. 'Mae gynnoch chi lot o stwff yma.'

'Mae Mam yn ailgylchu petha,' medda fi'n chwim.

'Os ti'n deud,' medda Tasha gan duchan.

Mae hi'n gwasgu'i hun ymhellach i mewn. Mae drws y lolfa ar gau ac mae hi'n ei wthio. Wrth gwrs, wneith o ddim agor, gan fod y stafell yn llawn dop.

''Dan ni ddim yn mynd i'r stafell yna,' medda fi dan fwmian.

Dydi Tasha ddim yn dweud gair ond mae hi'n syllu'n hir arna i. Mae hi'n stopio wrth y grisiau, gan graffu o'i blaen. 'Be am y gegin?'

'Em, na. Yli,' medda fi, yn dechrau gwylltio erbyn hyn, 'well i ti ffonio dy fam i ddod i dy nôl di. Fel ddudais i, dydi Mam ddim yn licio ymwelwyr.'

Dwi'n swnio fel hen ast. Dim syndod bod gen i ddim ffrindiau.

Ond mae Tasha yn sythu. 'Mae hi i ffwrdd. Mae hi a'i chariad newydd 'di mynd i Sbaen.'

'O,' medda fi, gan drio meddwl yn chwim. Mae Tasha yn dechrau chwilota mewn bocs.

'Paid!' medda fi dan frathu, ond mae hi'n fy anwybyddu i. Mae'n rhaid i fi ei hel hi o'r tŷ. 'Yli,' medda fi. 'O'n i'n meddwl bo' chdi'n mynd i aros i dai dy ffrindia dyddia yma, achos dy yrfa ffilm. Felly ffonia Dom.'

Ond prin fod Tasha yn gwrando. Mae hi'n sbecian o amgylch y grisiau a'r gegin ac yn ôl dros ei hysgwydd i'r cyntedd, a bron 'mod i'n gallu clywed ei hymennydd hi'n gwibio.

'O le cafodd dy fam di'r holl stwff 'ma?'

'Be...'

'Gan y cymdogion gafodd hi nhw?'

''Dan ni ddim yn nabod y cym–'

'Ers faint ti 'di byw yma?'

'Ers erioed a dydi hynny'n ddim o dy fusnes di.'

'Felly ydi hi'n mynd drwy'r binia?'

Dwi wedi digio gymaint, yr unig beth alla i ei wneud ydi edrych arni cyn dweud yn ara deg, 'Mae hi'n achub petha o siopa elusen.'

'Pam?' Mae ganddi olwg ddiniwed ar ei hwyneb a dwi'n teimlo fel rhoi slap iddi.

Ond dwi'n mwmian, 'Mae hi'n coelio mewn ailgylchu i achub y blaned. Mae ganddi hi egwyddorion cry.'

'Callia,' medda Tasha mewn llais hollol sarcastig.

'Sori?'

'Dydi dy fam ddim yn casglu petha, Josie. Ti'm wedi gweld y rhaglenni ar y teledu? Am bobl fel dy fam sy byth yn taflu dim byd. Ac wedyn fydd gennyn nhw unman ar ôl yn y tŷ i eistedd ond eu gwlâu.'

Yn sydyn mae hi'n gwthio'i ffordd i fyny'r grisiau a dwi'n rhedeg ar ei hôl hi, yn erfyn arni i ddod yn ôl i lawr. Ar y top mae hi'n gweiddi mewn llais buddugoliaethus, 'O'n i'n iawn. Bathrwm, llawn; llofft, dim ond y gwely'n wag; llofft arall...'

'Na!' dwi'n sgrechian. 'Mae honna'n breifat!'

Ond mae hi eisoes drwy'r drws. Wrth i fi gamu i mewn, mae hi'n eistedd yn braf ar fy ngwely i, a'i bŵts hi'n diferu ar fy nghynfasau. Mae hi'n syllu ar yr holl focsys ac ar y sachau du sydd wedi'u pentyrru o amgylch y stafell. Mae mellt a tharanau'n dal i fflachio a rhuo y tu allan.

Mae hi'n edrych yn nawddoglyd arna i ac yn dweud,

'Dwi'm yn synnu nad wyt ti'n cael neb yma. Mae dy fam di'n hordiwr, mae ganddi hi obsesiwn, ac mae gen ti ormod o gywilydd i gyfadda'r peth.'

Yr eiliad honno, mae fy ffôn i'n canu. Jordan! Be nesa?

PENNOD 11
Tasha

Flog Tasha, dydd Llun, 14 Hydref, 11.01 p.m.

Coeliwch neu beidio, does 'na'm Wi-Fi yma! Wnes i'm dychmygu bod neb yn byw heb Wi-Fi. Ond mae 'na griw o fyfyrwyr yn y tŷ drws nesa a dwi 'di llwyddo i ddefnyddio eu Wi-Fi nhw. Doedd gan y twpsod ddim cyfrinair. Dwi'm angen Wi-Fi i wneud y flog. Mae hwnnw'n dal yn breifat. Ond mae'n rhaid cysylltu rywsut, does?

Hwn ydi'r lle mwya hurt bost dwi 'di'i weld erioed, a does 'na'm golwg o fam Josie. Mi ddudodd Josie ei bod hi wedi mynd i weld rhyw anti yn Hwlffordd.

Dim ots gen i. Mae gen i do dros fy mhen. Mae Josie 'di rhoi ei llofft hi i fi, ac mae hi'n cysgu yng ngwely ei mam, er bod 'na sachau plastig yn llawn teganau cwac cwacs meddal dros ei hanner o. Gwallgo bost. Mae Josie yn deud bod ei mam hi'n achub y blaned, felly mi fuais i'n blwmp ac yn blaen efo hi. Nac ydi, dydi hi ddim, meddwn i. Mae dy fam yn hel 'nialwch yn ddi-stop ac mae hi angen rhywun fel y seiciatrydd yna ar y teledu i gael trefn arni.

Mae hi hefyd angen sgip mawr i gael gwared ar bopeth, ond wnes i ddim deud hynny achos mi sgrechiodd Josie arna i, 'Os ti isio aros fama, parcha fy mam i.' Mi oedd hi bron iawn yn swnio fel yr hogia rap yna sy'n malu awyr am barch o hyd. Neu Dom bach annwyl.

Saib

Mae 'ngwefus isa i'n dechrau crynu a dwi ddim eisiau crynu ar y flog, ond mae dweud enw Dom yn uchel yn gwneud i fi deimlo mor unig. Bechod na fyddai Dom yma, hyd yn oed os nad ydi o'n gallu gwneud dim byd am Chaz. Ond mi fyddai'i ogla hyfryd, ffres o, ogla dillad glân a sinamon – mae'i fam o'n gwneud crempogau efo sinamon a siwgr bob bore – yn cael gwared ar yr ogla llaith yn nhŷ Josie. Allwch chi ddim hyd yn oed weld y ffenestri yn y twll yma, heb sôn am eu hagor nhw. Mae Mam yn gorfod cael awyr iach yn y fflat bob dydd, hyd yn oed pan fydd hi'n bwrw eira.

Pam nad ydi Mam wedi ffonio? Dwi wedi edrych ar fy ffôn filiwn o weithiau, ond dwi ddim wedi cael tecst, dim galwad, dim byd. Mae Chaz yn ei throi hi o gwmpas ei fys bach, a dwi'n ddigartre fwy neu lai. Mi oedd yn rhaid i fi ddwyn tipyn o berswâd ar Josie i adael i fi aros efo hi wythnos yma.

Dydi hi ddim i'w gweld yn gwybod am faint fydd ei mam hi i ffwrdd. Mae hi braidd yn rhyfedd ei bod hi wedi cael ei gadael adre ar ei phen ei hun. Ond be wn i? Dydan ni ddim yn ffrindiau na dim byd felly. Rhywun sydd wedi bod o gwmpas erioed ydi Josie Tate, ond dydi hi ddim yn treulio amser efo neb. Rŵan dwi'n dallt pam.

Recordio

Dyma ydi 'nghynllun i am yr wsnos tan y bydd Chaz yn mynd i ffwrdd efo'i lorri eto. Mi wna i berswadio Josie i adael i fi aros yma tan ddydd Gwener. Mi fydd hynny'n ddigon o amser i fi lyfu tin mam Dom cyn y penwsnos. Mi fydd Chaz wedi mynd ddydd Llun nesa, felly mi ga i fynd adra a dechra darbwyllo Mam a'i chael hi i sylweddoli be sy'n digwydd.

Mae gen i 'nillad ysgol o hyd ac ella gwneith Josie roi benthyg rwbath at y nosweithia. Mae 'na ddigon o stwff yma, taswn i ond yn rhwygo sach neu ddwy yn agored. Ond fyddan nhw'n lân? Ych a fi. Ar y teledu, wrth ddangos tŷ rhywun sy'n hel 'nialwch, maen nhw wastad yn dod o hyd i bryfaid a phw llygod mawr. Ond mae unrhyw beth yn well na chysgu ar y stryd a chael fy nhreisio. Mae'n rhaid i fi aros fama, waeth pa mor ddrwg eith pethau.

Dwi'n syrthio i gysgu yn fy nillad isa'n gafael yn dynn yn Mickey. A'r peth nesa, mae Josie yn tapio ar y drws.

'Tasha, mae hi bron yn saith. Dwi'n mynd rŵan, mae gen i rownd bapur bora 'ma. Well i ti fynd adra heno cyn iddi dywyllu. Caea'r drws ffrynt yn galed wrth fynd allan.'

Dwi'n clywed bang swnllyd i lawr grisiau. Dwi ar fy mhen fy hun yn nhŷ rhywun sy'n hel 'nialwch. Mae 'ngheg i'n teimlo'n sych. Mae'r stafell fel bol buwch achos mae yna focsys yn cuddio'r ffenestri. Dwi'n codi, yn cynnau'r golau, ac yn edrych o 'nghwmpas.

Rhwng y bocsys a'r sachau, mae gan Josie silff lyfrau anferth sy'n llawn dop o lyfrau, desg efo gwaith cwrs Cymraeg arni mewn ffeil drwchus, a droriau sydd wedi hen weld dyddiau gwell. Mi wnes i hongian fy nheits neithiwr ac maen nhw wedi sychu, felly dwi'n gwisgo 'nillad ac yn mynd i lawr i'r bathrwm. Mae'r bathrwm yn wallgo. Mae yna dap dŵr oer yn rhydd; mae gweddill y sinc yn llawn dop ac mae'n rhaid dringo dros focsys i eistedd ar y toiled. Anghofiwch y bath. Mae o'n llawn stwff. Dwi'n taflu ychydig o ddŵr dros fy wyneb ac yn fy ngheg ac yn mynd yn ôl i'r llofft. Hanner awr arall tan bod yn rhaid i fi adael am yr ysgol.

Ac yna dwi'n sylweddoli'n sydyn. Dyma 'nghyfle mawr i. Mi allwn i wneud ffilm am fyw efo rhywun sy'n hel 'nialwch, a'i gwerthu hi i sianel deledu am lwyth o bres. Mi alla i weld y penawdau: Merch bymtheg oed yn creu rhaglen ddogfen wefreiddiol. Dwi'n cipio 'ngliniadur, yn rhoi Mickey o dan fy nghesail – rywsut mae o'n gwneud i fi deimlo'n saffach – ac yn pwyso'r botwm recordio.

Dyma 'nghartra i dros dro i am yr wsnos.

y camera'n panio o amgylch llofft Josie

Dwi yn nhŷ rhywun sy'n hel 'nialwch ac fel gwelwch chi, mae'r lle'n llawn dop. Hon ydi llofft Josie Tate, sy'n bymtheg oed.

y camera'n panio i'r cyntedd

Dyma'r landin i fyny grisiau, prin fod yna le i wasgu i nunlle.

y camera'n panio i'r bathrwm

A choeliwch neu beidio, y bathrwm ydi'r stafell yma ond peidiwch â dod yma os byddwch chi angen bath. Does gen i'm syniad sut mae pobl sy'n hordio fel hyn yn molchi.

Saib

Dwi'n teimlo fymryn yn gas yn dweud hynny. Dwi ddim yn meddwl 'mod i erioed wedi sylwi bod Josie yn drewi, er nad ydw i'n dueddol o fynd yn agos ati chwaith. Ond lle mae hi'n cael cawod? A lle mae hi'n coginio swper? Neithiwr, ar ôl iddi gytuno y cawn i aros, mi gyrhaeddodd yna decawê Tsieinîs anferth, ac mi wnaethon ni ei rannu fo. Wnaeth Josie ddim gofyn am ddim pres, hyd yn oed, sy'n beth da achos does gen i'm dima goch. Dim ond fy mhàs bws sydd yn fy mhwrs, a dim byd arall. Mi oedd Mam i fod i roi pres i fi am yr wythnos heddiw, ond mi anghofiodd hi fore ddoe ac wedyn wnes i ddim ei gweld hi eto cyn bod yn rhaid i fi ddianc rhag y bwystfil yn y tŷ.

Mae hyn i gyd yn gwneud i fi feddwl am frecwast, ond y cyfan alla i ei ffeindio ydi dau *spring roll* llaith sydd ar ôl ers y tecawê. Dwi'n bwyta'r rheini, yn mynd yn ôl i'r bathrwm, ac yn llowcio cegiad o ddŵr. Ai dyna'r unig fwyd ga i heddiw?

Dwi'n cael syniad. Dwi'n ffonio Dom. 'Ti'n effro?'

'Yndw siŵr. Mae Mam wrthi'n gneud crempoga sinamon i frecwast, mae Jermaine wedi bod yn swnian ers chwech.'

'O, gladdwn i'r rheina.'

Mae Dom yn gweiddi rhywbeth ar ei fam ac mae hi'n galw yn ôl.

'Mae Mam yn deud wrthach chdi am ddod draw.'

'Fydda i yna mewn chwinciad!'

Dwi allan o'r tŷ ac yn rhedeg i lawr y stryd, fy mag ysgol ar fy ysgwydd, yn edrych o 'nghwmpas yn nerfus i wneud yn siŵr nad oes yna olwg o'r bwystfil yn unman. Fyddai o ddim yn dod ffordd yma, na fyddai? Wrth gwrs na fyddai o. Dwi'n wirion yn meddwl am y peth. Dydi o na Mam erioed wedi clywed am Josie Tate a'r tŷ llawn 'nialwch.

Sut wnaethon nhw lwyddo i gadw'r gyfrinach yna mor

hir? Mae yna stori fan hyn, ac mae 'nhrwyn i am ffilm yn mynd i'w hadrodd hi rywsut. Alla i ddim aros i fam Josie ddod yn ôl o Hwlffordd neu Harlech neu lle bynnag aeth hi. Dwi'n mynd i'w chyfweld hi, hyd yn oed os bydd yn rhaid i fi ei chlymu hi'n sownd i'w sachau du.

PENNOD 12
Josie

'Rydan ni wedi ffoi.' Mae Ivy'n edrych arna i efo'i llygaid deryn bach.

'Mae hi wedi blino'n lân,' medda Len, am y trydydd tro. Dydi'i lygaid o ddim yn symud o'r sgrin.

Mae Mel yn cyrraedd efo hambwrdd o de, ar yr eiliad mae Ivy'n plygu tuag ata i a dweud, 'Mae hi isio'i roi o mewn cartra...'

'Nain!' Bron i Mel ollwng yr hambwrdd.

'Paid â bod yn wirion, mi allwn ni drystio Josie, yn gallwn ni, del?'

Dwi'n nodio. Arhoswch tan iddyn nhw glywed fy nghyfrinach i. 'Yn llwyr. Felly dyna pam rydach chi'n aros fama?'

'Dydi hynny ddim yn fusnes i neb,' medda Mel dan frathu. Mae yna olwg ofnadwy o flinedig arni.

'Wna i ddim dweud gair, dwi'n addo, Mel.'

Mae hi'n taro'r hambwrdd i lawr yn swnllyd.

'Mae Len... wyddost ti,' medda Ivy eto, yn ei llais-maindweud-cyfrinach, 'yn colli arni fymryn. Doedd o'm yn cofio sut i glymu'i gareiau bora 'ma.'

'Trywsus,' medda Len.

'Hmm,' medda Ivy dan duchan. 'Mae Liz, modryb Mel, ein merch *arall* ni, yn deud bod yn rhaid iddo fo fynd i gartra. Mae hi wedi dod o hyd i le iddo fo'n barod, ac maen nhw wedi gwneud yr hen asesiad yna. Felly mi wnaethon ni ffoi ganol nos.'

'Mynd i'r toilet ganol nos,' medda Len dan fwmial. Mae o'n troi ac yn rhythu arna i. Dwi'n teimlo'n ddryslyd ac yn rhythu yn ôl.

'Rŵan mi fydd Josie yn deud popeth wrth ei mam,' medda Mel, 'ac ella y bydd Anti Liz yn dod i wbod ac yn gorfodi Taid i fynd i'r cartra yna cyn y penwsnos. *Ddudais* i wrthoch chi am beidio sôn gair, Nain.'

Mae llygaid Mel yn ddagreuol, a dwi'n teimlo cymaint o bechod drosti, dwi'n dweud, 'Wel, mae fy mam i yn y carchar a dwi adra ar fy mhen fy hun ac os byddwch chi'n deud unrhyw beth, mewn cartra fydda inna hefyd. Dwi'n cuddio rhag y Gwasanaethau Cymdeithasol.'

Mae Ivy yn gafael yn dynn yn fy mraich. 'Bobol bach, del. Deuda bopeth wrthon ni.'

Mae ceg Mel yn agor led y pen. 'Josie!' Mae hi'n chwilio o'i chwmpas am focs mawr o disiws ac yn sychu'i llygaid.

Dwi'n sôn wrthyn nhw am yr alwad ffôn od gan Mam ac nad oes gen i Anti Mari ac nad ydw i hyd yn oed yn gwybod lle mae Hwlffordd. Dwi ddim wedi clywed gair arall ers bore ddoe. Dwi ddim yn sôn wrthyn nhw am Tasha Brown nac am yr holl bethau ddywedodd hi am ein tŷ ni. Yn amlwg, dydi hi'n dallt dim am ailgylchu nac am achub y blaned. Ychydig bach yn wahanol ydi Mam, dyna i gyd.

Ond dwi *yn* gwybod nad ydw i eisiau i Jordan ddod draw. Mi anfonodd o neges ata i neithiwr.

hei JT gwers nofio nos fory 6 JP

Mi syllais i ar y neges am oes. Does gen i ddim amser, meddwn i wrtha i fy hun, dro ar ôl tro. Ond wedyn mi ddechreuais i deimlo'n hollol gandryll. Dyma 'nghyfle cynta erioed i gael, wel, i gael o leia ffrind go iawn. Mae Jordan yn dweud ei fod o'n unig hefyd. Yn y pen draw, mae'n siŵr y sylweddolith o y gallith o gael cariad ofnadwy o ddel fel Chantelle, sy'n edrych fel model. Ond ar y funud yma, mi fodlonwn i ar gael ffrind.

Felly dyma fi'n anfon neges yn ôl.

grêt JT

Mi wnes i dreulio oes yn meddwl ddylwn i roi x ond mi oedd gen i ormod o ofn.

Mi ges i 'nghadw'n effro drwy'r nos yn poeni am sut i gael Mam o'r carchar. Yn yr ysgol heddiw, mi es i i'r llyfrgell a threulio awr yn gwglo carchardai, ond doedd yna ddim ffordd o gwbl o wybod ym mha un y gallai Mam fod. Roedd gen i ormod o ofn gofyn i'r llyfrgellydd rhag ofn y byddai hi'n dyfalu 'mod i adre ar fy mhen fy hun. Mi wnes i ystyried gofyn i athro neu athrawes, ond dwi ddim yn licio'r un ohonyn nhw ryw lawer, a dydi Mam byth yn dod i'r Nosweithiau Rhieni, felly dydyn nhw ddim wedi cyfarfod â *hi* ryw lawer chwaith.

Dwi'n gweld eisiau Mam yn barod, yn ofnadwy. Neithiwr, mi ddechreuais i gasglu pethau mewn bag i'w rhoi iddi hi pan fydda i'n ymweld – os llwydda i byth i'w ffeindio hi.

Mi benderfynais i ddod heibio i siarad efo Mel cyn mynd i gyfarfod Jordan. Hi ydi'r unig oedolyn dwi'n ei nabod y tu allan i'r ysgol. Efallai y bydd hi'n gallu fy helpu i ffeindio lle mae Mam a sut i'w chael hi allan.

'Beili,' medda Len ac rydan ni i gyd yn sbio arno fo. Mae o'n dweud wedyn mewn llais mwy normal, 'Os na wnewch chi dalu, mi yrran nhw'r beili draw.'

'Mi oedd Len yn arfer gweithio i'r cyngor,' medda Ivy.

'O'n i'n meddwl eich bod chi wedi deud...' dwi'n dechrau.

'... Mae Taid yn cael cyfnoda da, hefyd,' medda Mel gan dorri ar draws. 'Mae Anti Liz yn rhy ddiog i'w helpu fo. Dyna pam mae hi isio'i roi o mewn cartra.'

'Felly rydan ni wedi ffoi,' medda Ivy dan hisian.

'Be ydi barn dy fam?' dwi'n gofyn i Mel.

'Farwodd hi llynadd...'

'... felly dim ond Mel sydd gennan ni,' medda Ivy, a'i llygaid pitw hi'n disgleirio. Mae Mel yn troi'i chefn am funud ac yn sychu'i llygaid eto efo tisiw. Mae Ivy yn brwsio briwsion oddi ar y bwrdd i'w llaw.

Mae Mel yn troi yn ôl aton ni. 'Wel, ydi'r beili wedi bod draw?'

'Dwi'm yn gwbod,' medda fi. 'Be fyddan nhw'i isio?'

'Cymryd y teledu,' medda Len. Mae o'n croesi'i goesau ac yn derbyn paned o de gan Mel. Fyddech chi ddim yn gwybod bod dim byd o'i le arno fo. 'Unrhyw beth gwerthfawr, cyfrifiadur, peiriant golchi dillad, car...' Mae o'n rhestru pob math o bethau.

'Does gennan ni ddim o'r pethau yna,' medda fi'n dawel.

Mae Mel yn edrych yn chwilfrydig arna i.

'Maen nhw wedi rhoi'r ffidil yn y to,' medda Len. 'Felly mae'r llys wedi anfon dy fam i'r carchar. Oni bai bod ganddi hi swydd ac wedyn mi allan nhw dynnu'r pres yn syth o'i chyflog hi. Pres carchar maen nhw'n galw hynny.'

'Mi gollodd hi'i gwaith fisoedd yn ôl,' medda fi. 'Felly sut dwi'n ei chael hi allan?'

Ond mae Len wedi troi yn ôl at y teledu ac mae'n rhaid i Mel achub y baned o'i law cyn iddi dywallt dros bob man.

'Plis, Len, dwi angen gwbod be i'w neud.'

'Dim rŵan,' medda Mel yn swta ac mae hi'n fy hebrwng i at y drws.

Alla i ddim mynd, dim rŵan. Dwi angen ateb. Dwi'n hofran yn y drws ac yn syllu ar Len, ac wedyn yn gwyro drosto fo ac yn cyffwrdd â'i fraich.

'Na, Josie,' medda Mel mewn llais pigog.

Ond medda Len wedyn, wrth ddal i syllu ar y sgrin, 'Tala'r ddyled.'

Mae *tala'r ddyled* yn mynd rownd a rownd fy mhen wrth i fi ddal y bws i'r pwll nofio. Sut ydw i am wneud hynny? Rhaid bod y ddyled yn gannoedd o bunnoedd, neu fel arall mi fyddai Mam wedi talu efo'r pres adawodd hi i fi yn ei bag. Efallai'n filoedd o bunnoedd. Ddim yn filiynau, siawns? Does gen i ddim syniad faint ydi treth y cyngor bob mis. Does gen i ddim syniad am filiau, sy'n hollol hurt, Josie Tate, achos pan gei di dy fflat dy hun, *chdi* fydd yn gorfod eu talu nhw.

Mae 'mhen i'n dal i droi a throelli wrth i fi newid i 'ngwisg nofio a cherdded at ddŵr y pwll.

'Enilles i!'

Jordan sydd yna. Mae o'n edrych i fyny arna i dan chwerthin, ei freichiau ar led ar ymyl y pwll, a dŵr yn diferu i lawr ei fochau, gan wneud iddo fo edrych yn fwy gorjys fyth os ydi hynny hyd yn oed yn bosib.

Dwi'n syllu arno fo am eiliad, yn dal i feddwl am Mam a'i dyled. Mae'i wyneb o'n disgyn.

Ateba, Josie Tate, dwi'n chwyrnu arna i fy hun. Gan wenu fel giât, dwi'n dweud, 'Da iawn chdi! Ga i'r coffi.'

Mae'i wyneb o'n ymlacio a dwi'n camu i'r dŵr. Rydan ni'n rhyw redeg i fyny ac i lawr y pen bas wrth iddo fo sôn am bob manylyn o'i fuddugoliaeth.

'... a phan o'n i'n credu 'mod i wedi colli, dyma fi'n ymestyn fy mysedd tan eu bod nhw'n teimlo fel tasen nhw'n syrthio bant, ac mi deimles i'r ymyl! Cynta – o ddim ond hanner milimedr, mae'n siŵr, ond...'

'Ennill ydi ennill, yndê?' medda fi, yn fyr fy anadl braidd. 'Gest ti gwpan?'

'Medal.' Mae'i lygaid o mor ddwfn a brown, a'r amrannau'n codi wrth iddyn nhw ymestyn i'r eitha, a dwi'n gwybod ei fod o'n falch 'mod i wedi holi. 'Gei di ei gweld hi yn y cantîn. Mae Chantelle yn edrych ar ei hôl hi. O'n i ddim moyn ei rhoi hi yn y locer, rhag ofn.'

'O,' medda fi, gan deimlo mymryn o frath. Bechod na fyddai o wedi gofyn i fi. Ond wedyn, wrth gwrs, fydden ni ddim yn gallu cael ein gwers.

'Mae hi'n mynd mas 'da Taylor,' medda fo, gan edrych wysg ei ochr arna i.

'O,' medda fi eto, ond dwi'n gwenu arno fo.

Wrth i fi newid a sychu 'ngwallt, alla i ddim helpu meddwl, Be fyddai Jordan yn ei ddweud tasai o'n gwybod bod Mam yn y carchar a 'mod i adre ar fy mhen fy hun mewn tŷ sy'n llawn dop o'i chasgliad hi, a bod yna Goth wyllt o'r enw Tasha Brown wedi gwthio'i ffordd i 'nghartre i? Mae llun o'i deulu perffaith o'n nofio drwy fy meddwl i. Mae'n rhaid i fi drio datrys y llanast yma cyn i Jordan ddod i wybod, neu fydd gen i ddim gobaith mul efo fo.

Dydach chi ddim hyd yn oed wedi cusanu, medda llais bach yn fy mhen i. Gan stwffio 'ngwisg nofio wlyb i 'mag, dwi'n ysgwyd fy nghorff ac yn anelu am y cantîn. Dyma 'nghyfle cynta erioed a dydi Mam ddim yn mynd i'w sbwylio fo, dwi'n mynnu'n gadarn. Bechod na fyddwn i'n ddeunaw, wedi gadael yr ysgol ac yn fy fflat berffaith.

Y drwg ydi, rŵan mi fydd yn rhaid i fi ddefnyddio fy holl gynilion i ryddhau Mam o'r carchar, a dod o hyd i lawer mwy o bres o rywle.

Ga i byth fy nghartre bach glân, gwag?

PENNOD 13
Tasha

'*Dim ond* dydd Iau ydi hi. Dwi prin wedi bod yma o gwbl!'

'Wnes i'm deud bo' chdi'n cael aros ar ôl dydd Llun!' Mae Josie yn sgrechian arna i o ddrws llofft ei mam, a dwi'n methu mynd heibio iddi i'r tŷ bach.

'Dim ond *dwy* noson sy 'di bod.'

'Tair! Ddudaist ti bo' chdi'n mynd i dŷ Dom neithiwr.' Mae hi wedi camu i'r cyntedd a dwi'n sownd.

'Maen nhw'n ail-wneud fflat Dom,' medda fi, gan drio meddwl yn chwim. 'Maen nhw i gyd wedi symud at ei anti fo. Does ganddyn nhw'm lle i fi yno.'

'Dos adra 'ta!'

'Mae Mam yn dal i ffwrdd. Wneith hi'm gadael i fi aros ar fy mhen fy hun yn y fflat.'

Mae Josie yn taflu'i phen yn ôl ac yn brathu, 'Felly be mae hi'n meddwl 'dan ni'n neud yn fama?'

'Mi ddudaist ti y byddai dy fam yn ôl erbyn dydd Mercher. Sut o'n i i wbod bo' chdi adra ar dy ben dy hun? Dydi hynny ddim i fod i ddigwydd chwaith.'

Mae Josie yn ysgwyd ei phen. Mi wnaeth hynny gau'i cheg hi, dwi'n meddwl.

'Sortia fo, Tasha. Alli di ddim aros fama,' mae hi'n mwmian wrth fynd yn ôl i'w llofft.

Dwi'n llithro drwy'r cyntedd, gan wasgu heibio i'r holl 'nialwch er mwyn cyrraedd y bathrwm. Dwi'n casáu mynd i'r tŷ bach efo'r drws ar agor, ond mae'n amhosib ei gau o. Mi fu'n rhaid i fi gael cawod yn y bloc ymarfer corff y ddau ddiwrnod diwetha yma er mwyn peidio â mynd i ddrewi. Dwi'n amau mai dyna mae Josie yn ei wneud weithiau hefyd, er i fi ei gweld hi'n stwffio gwisg nofio i'w bag y diwrnod o'r blaen. Felly mae'n bosib ei bod hi'n defnyddio cawodydd y pwll nofio. Dim ffiars 'mod i'n gwneud hynny. Dwi'n casáu nofio.

Mi agorais i fag neu ddau yn y bathrwm pan oedd Josie yn sownd yn ei llofft neithiwr. Alla i ddim gwisgo 'ngwisg ysgol 24/7. Mi ffeindiais i bâr o jîns a dau dop sydd ddim yn drewi, ac maen nhw'n digwydd fy ffitio i. Er nad dyna fy steil arferol i.

Dwi'n eistedd ar y toiled efo fy nhraed ar ddwy sach blastig, ac yn syllu o 'nghwmpas. Sut allan nhw fyw yn y llanast yma? Allwch chi ddim hyd yn oed weld y bath, ac mae yna dun bisgedi anferth yn llawn dop o deganau meddal yn pwyso dros y sinc, felly dim ond y tap dŵr oer y gallwch chi'i gyrraedd.

Mi driais i ei symud o y noson gynta, ac mi sylwodd Josie

arna i gan weiddi, 'Paid â thwtsiad dim byd! Petha Mam ydyn nhw ac mae hi'n *casáu* pan fydd pobl yn symud petha!'

'Paid â malu! Sut ar y ddaear fydd hi'n gwbod?' gwaeddais innau yn ôl.

'Os ti'm yn licio fo, croeso i chdi adael,' brathodd hi.

Mi oedd mellt yn dal i fflachio y tu allan a'r cyfan allwn i ei feddwl oedd, alla i ddim mynd adre at Chaz ac alla i ddim cysgu ar y stryd. Felly mi ymddiheurais i tua miliwn o weithiau a dwi ddim wedi mentro cyffwrdd â dim byd arall ers hynny.

Ond dwi wedi trio'i darbwyllo hi. Neithiwr mi archebodd hi bitsa a 'ngwahodd i i lofft ei mam i'w rannu fo. Mi oedden ni'n eistedd ar y gwely, yn go gyfeillgar ac yn bwyta'n braf, ac mi ddywedais i, 'Tasat ti'n mynd ar YouTube, mae yna lot o straeon am bobl sy'n hel 'nialwch.'

'Cau dy *geg*, Tasha. Dwi 'di deud, stopia hefru am Mam. Sgen ti'm syniad!'

O'n i'n gegrwth. Sut na allith hi ddim gweld? Dwi'n gwybod nad oes ganddi gyfrifiadur na Wi-Fi, ond mi allai hi gwglo'r peth yn llyfrgell yr ysgol. Mae hi fel tasai hi'n anwybyddu'r gwir. Mi wnes i chwilio am bobl sy'n hordio ar YouTube neithiwr ac mae yna straeon anhygoel i'w cael. Yn ôl pob sôn, mae yna dros filiwn o bobl yn gwneud hynny ym Mhrydain, ond maen nhw i gyd yn meddwl mai nhw ydi'r unig rai. Mae yna lwyth o bobl yn ein tref ni'n byw fel hyn, a does gan neb syniad.

Mi ddywedodd un hogan yn ei harddegau fod ganddi ofn clywed cloch y drws rhag i bobl ddod i mewn a gweld sut oedden nhw'n byw.

Does gan Josie ddim cloch ar y drws, hyd yn oed.

Doedd gan hogan arall ddim hawl i dacluso ei dillad ei hun, neu mi fyddai'i mam hi'n mynd yn lloerig. Mi ddywedodd hi, 'Mae Nam yn hel 'nialwch, mi oedd Nain yn hel 'nialwch, ac mi oedd fy hen nain yn hel 'nialwch.' Mae'r peth fel salwch y bydd rhywun yn ei ddal gan ei rieni.

Y peth od ydi bod y bobl yma, a'u plant nhw, yn edrych fel pobl normal os byddwch chi'n cyfarfod â nhw yn y stryd. Dwi wedi gweld Josie allan efo'i mam ar benwythnosau, ac maen nhw wastad yn lân ac yn gwisgo dillad taclus. Fyddech chi byth yn dyfalu eu bod nhw'n byw yn y fath lanast. Hurt bost.

Mi oedd gan un ddynes 730 o duniau yn ei chegin. Mi oedd hi newydd fwyta tun o gig oedd ddeg mlynedd heibio'r dyddiad dod i ben. 'Dim ots gen i, dwi'n bwyta popeth,' oedd ei geiriau hi o hyd.

O'n i eisiau chwydu.

Mi oedd mam y ddynes wedi marw pan oedd hi'n ddeuddeg oed a doedd ganddi hi a'i chwaer ddim byd i'w fwyta. Dyma nhw'n ffeindio tun o fîns yn y cwpwrdd ac yn cael llwyaid yr un bob dydd am wythnos. Mi oedd hi'n cael ei chyfweld gan seicolegydd.

'Dyna wraidd eich problem chi,' medda'r seicolegydd.

'Mi ddechreuoch chi drwy hel tuniau bwyd ac wedyn hel popeth arall tan bod eich tŷ chi'n llawn dop, a does gennych chi unman bellach i eistedd.'

Mi lwyddodd o hyd yn oed i berswadio'r ddynes i roi rhai o'i thuniau i elusen. Mi gyfrodd hi dri deg tun o fîns, cyn dweud, 'Dwi am gadw'r deg yma, ond dwi am roi'r ugain arall i'r banc bwyd.'

O'n i eisiau sgrechian a thaflu pethau at y sgrin. Wneith hi byth gael gwared ar ei holl stwff mor ara deg â hynny. Mae'r peth mor *rhwystredig*.

Rŵan, dwi'n golchi 'nwylo o dan y tap dŵr oer ac yn mynd yn ôl i fy llofft. Dydi pethau ddim yn dda, a bod yn onest. Mae Mam wedi anfon neges destun neu ddwy, ond pan dwi'n trio siarad efo hi ar y ffôn am Chaz, mae hi'n mynnu 'mod i'n genfigennus ac yn dweud y byddai hi'n well i fi aros efo fy ffrindiau am yr wythnos. Mi lwyddais i sleifio yn ôl adre bore ddoe pan oedd y ddau ohonyn nhw allan er mwyn nôl dillad glân. Mi oedd Mam wedi gadael nodyn ar y bwrdd efo ugain punt, felly dydw i ddim yn gwbl dlawd.

Ond dwi'n gobeithio y bydd mam Josie yn cadw draw am sbel eto tan i fi benderfynu be i'w wneud nesa.

Mae fy ffôn i'n bipian. Neges gan Dom.

heb weld chdi ers dyddia, cyfarfod yn caffi terry? D

Dwi'n teimlo dagrau'n llenwi fy llygaid i. Dwi'n marw eisiau'i weld o, fy Nom bach annwyl i. Mae'r holl deimladau od yma'n llenwi 'nhu mewn i y dyddiau yma pan dwi'n meddwl amdano fo. Dwi wedi'i nabod o erioed, ac alla i ddim dychmygu bywyd hebddo fo, er 'mod i dros fy mhen a 'nghlustiau mewn cariad efo Rory.

Dwi ddim yn gwybod be i'w ddweud, ac alla i ddim aros efo fo, ddim cyn y penwythnos beth bynnag. Efallai na fydd ots gan ei fam o nos Sadwrn, ac wedyn mi fydd Josie yn meddwl 'mod i'n gwneud ymdrech.

dim heddiw, gweld chdi d sad x T

Mae o'n anfon neges yn ôl yn syth.

OK x

O'n i'n meddwl y byddai o'n anfon neges hirach ata i; yn erfyn arna i i ddod i'w weld o. Mae deigryn mawr yn glanio ar fy ffôn i.

Dydi Mam ddim yn poeni botwm amdana i, mae Dom a'i ben yn ei waith cartre, mae Josie yn fy nghasáu i ac am fy hel i allan o'i thŷ hollol wallgo, ac mae Rory'n fy anwybyddu i. Does neb fy eisiau i yn unman, dyna sut dwi'n teimlo.

Heblaw am Chaz.

Gwylio fy flog yn ôl ydw i pan dwi'n clywed sŵn curo i lawr grisiau. Mae'n tawelu cyn ailgychwyn, ond yn uwch. Mae rhywun yn curo ar y drws ffrynt. Dwi'n aros i Josie fynd i lawr, ond dydi hi ddim yn gwneud. Mae'n siŵr ei bod hi'n gwisgo'i chlustffonau. Dwi'n sylweddoli ei bod hi'n licio cau'r byd go iawn allan.

Iawn, lawr â fi fy hun, a be ydi'r ots os bydd rhywun yn gweld y tu mewn i'w thŷ gwirion hi?

Dwi'n gwasgu i lawr y grisiau, gan wthio pethau ar y llawr wrth fynd, ond does dim ots gen i. Dwi eisoes wedi cael llond bol go iawn ar y 'nialwch ar ôl tridiau. Dwi'n agor y drws ffrynt ychydig fodfeddi cyn iddo fo fynd yn sownd yn yr holl lanast.

Dom sydd yna!

Dwi'n gwichian ac yn fy nhaflu fy hun ato fo.

'Hei, Tish Tash. Allwn i'm aros mwy i dy weld di. Sori.'

Mae'i fochau braf, meddal a'i lygaid mawr brown yn chwerthin arna i, a dwi eisiau'i gusanu fo fel dwn i ddim be. Dominique Steven Jensen, fy ffrind gorau yn y byd i gyd yn grwn.

'Sut oeddet ti'n gwbod 'mod i fama?'

'Mi ddudodd Branwen ei bod hi wedi dy weld di yn nhŷ Josie, a rhoi'r cyfeiriad i fi.'

'Branwen Brychni?'

'Ia wir, ac mae'i maths hi'n wych,' medda fo gan wenu. Efallai ei fod o'n ei ffansïo hi. Mae hynny'n gwneud i fi deimlo'n od iawn, fel taswn i rywsut yn siomedig. Pa mor hurt bost ydi hynny? Maen nhw'r un taldra ac mae'r ddau'n andros o glyfar. Mae'r peth yn gwneud synnwyr.

'Be ti'n neud yma? Ti'n aros yma?' Mae Dom yn sbecian i mewn i'r tŷ. 'Mae o'n edrych yn flerach na'n tŷ ni hyd yn oed.'

Dwi'n codi fy sgwyddau. 'Mae o'n iawn, sti. Dwi 'di cael

llofft Josie. Mae'i mam hi i ffwrdd am sbel. Ty'd i mewn,' medda fi. 'Paid â chyffwrdd dim byd. Maen nhw'n sensitif iawn am eu stwff nhw.'

Mae Dom yn fy nilyn i'r tŷ ac yn gwthio'r drws ffrynt ar gau y tu ôl iddo fo. Dwi'n ei glywed o'n sugno'i anadl wrth weld y gegin lawn dop. Rydan ni'n stryffaglu i fyny'r grisiau. Mae yna focs yn disgyn y tu ôl i fi. Dwi'n troi ac yn gweld Dom yn ei ddal o ac yn ei roi o'n ofalus ar yr ochr. Dwi'n nodio ac mae o'n gwenu. Mae 'mhen i'n gwibio wrth drio meddwl am resymau i esbonio pam 'mod i'n aros fan hyn, ond does 'na ddim byd yn swnio'n iawn.

Ar dop y grisiau, dwi'n rhoi bys ar fy ngwefusau ac mae o'n nodio. Rydan ni'n pasio drws llofft mam Josie, ac rydan ni bron iawn wrth fy nrws i pan dwi'n clywed sgrech y tu ôl i fi.

'Be mae *o*'n ei neud yma!'

Mae wyneb Josie ar fin ffrwydro. O Dduw, dyna ni rŵan. Mi fydd hi'n fy nhaflu i allan a dydi Dom ddim am allu cynnig lle i fi. Mi fydda i'n cysgu ar y stryd heno, a dyna 'niwedd i. Mae fy esgyrn i'n fferru, yn union fel pan ddaeth Chaz ar fy ôl i.

'Haia, Josie, dwi jest 'di dod i weld Tash am ddau funud. Gobeithio bod hynna'n iawn,' medda Dom yn ei lais mwya cyfeillgar.

'Nac ydi, dydi hynna ddim yn iawn. Mae Mam yn casáu ymwelwyr a mae Tasha yn gwbod hynny a...'

Mae tiwn *Star Wars* yn dechrau canu ac mae hi'n edrych

i lawr ar y ffôn yn ei llaw. Rydan ni i gyd yn aros. Mae hi'n rhoi'r ffôn wrth ei chlust. 'Helô... O, ia, grêt... Ia... Na, alla i'm siarad rŵan... Iawn... Wela i di dydd Sadwrn.'

'Gen ti ddêt?'

Dwi'n rhythu ar Dom mewn arswyd a rhyfeddod. Pam ddywedodd o hynny wrth rywun sydd mor breifat, wneith hi ddim hyd yn oed agor ei drws ffrynt oni bai dy fod ti ar fin cael dy lofruddio?

Mae Josie yn rowlio'i sgwyddau fel tasai ganddi gywilydd, ac yn dweud, 'Em, wel, oes, o fath.'

'Cŵl,' medda Dom, ac am unwaith, mae o wedi dweud yr union beth iawn. Mae Josie yn fflachio gwên, ac mae'i llygaid gwyrdd hi – y peth gorau amdani, a bod yn onest – yn goleuo.

'Pwy ydi'r dyn lwcus?' ydi cwestiwn nesa Dom.

'Jordan Price. Wnes i ei gyfarfod o yn y pwll nofio, mae o'n rhoi gwersi nofio i fi. Ond alla i'm mynd.' Mae hi'n codi'i sgwyddau ac yn edrych ar ei ffôn.

'Pam ddim? Wrth gwrs y galli di. I le mae o'n mynd â chdi?'

'Y lle byrgers crand newydd yna ar y Stryd Fawr.'

'*Random*,' medda Dom yn ei acen rapio orau.

Dwi'n gwingo ond mae o'n dal ati, 'Byrgers seis brics. Felly be ydi'r broblam?'

Mae Josie yn syllu ar Dom am eiliad ac wedyn mae hi'n dweud ar wib, 'Sbïwch arna i. Gwallt – llanast; dim dillad ffasiynol, dim colur, alla i’m fforddio dim byd. Mae Jordan yn gyfoethog.’

Dwi’n teimlo bechod drosti, go iawn. Nid yn unig mae hi’n byw efo rhywun sy’n hel ’nialwch, ac yn methu derbyn y peth, ond does ganddi ddim hunanhyder o gwbl.

Mi alla i sortio hyn. Dwi’n crafu ’mhen wrth i Josie droi ei chefn a mwmial, ‘’Sa’n well gen i tasat ti’n gadael, plis.’

Dwi’n cael syniad sydyn. ‘Na, aros, mae ’na bob math o ddillad fama.’

Mae hi’n troi yn ei hôl ac mae’r disgleirdeb gwyrdd yn ei llygaid hi eto. ‘Be?’

‘Fetia i di y galla i ffeindio top neis i chdi.’

‘Sut ti’n gwbod?’ Mae’i llygaid hi’n culhau a dwi’n gallu gweld ei bod hi ar fin mynd yn lloerig eto.

‘Yli, wnes i jest gael cip pan o’n i’n y tŷ bach. Allwn i’m peidio. A wir i chdi, mae yna bob math o betha yma.’

‘Mae ’nghyfnither Angel yn y coleg yn astudio gwallt a harddwch,’ medda Dom wedyn. ‘Mi wneith hi dy golur di.’

‘Sesiwn harddwch *gyfan*,’ medda fi’n gyflym. ‘Mi allwn ni neud yn siŵr bod Jordan yn syrthio dros ei ben a’i glustia mewn cariad efo chdi, Josie. Wel, mwy na mae o wedi gneud yn barod, hyd yn oed. Be ti’n ddeud?’

Plis dweud ‘iawn’, dwi’n crefu y tu mewn. Dwi’n gallu dweud o olwg Dom a thôn ei lais o ei fod o wedi dyfalu eisoes nad aros dros nos arferol ydi hwn. Dwi’n gwybod pa mor gyflym mae ymennydd Dom bach annwyl yn gweithio.

Erbyn rŵan mae o wedi rhoi dau a dau at ei gilydd ac wedi creu fformiwla anhygoel sy'n egluro 'mod i *angen* aros dros nos efo gwahanol bobl, a bod rhywbeth o'i le adre. Felly mae o'n llyfu tin Josie i wneud pethau'n haws i fi fan hyn tan y bydd o wedi ffeindio ateb call.

Dwi'n agor fy llygaid yn llydan ac mae o'n rhoi amnaid fechan, heb i Josie sylwi.

'Ti'n siŵr?' medda Josie yn dawel bach.

'Bendant,' medda Dom. 'Fi ydi ei hoff gefnder hi. Mi ffonia i hi'n sydyn a rhoi gwbod i chdi. Ffordd yma, Tash?'

Mae o'n fy nhywys i lawr y cyntedd i lofft Josie cyn i Josie allu protestio dim mwy.

Alla i ddim dychmygu Josie Tate sy'n edrych fel llygoden efo'i gwallt blêr a'i dillad diflas yn cael cariad golygus. Mae'n siŵr ei fod o'n llipryn hyd yn oed os ydi o'n gyfoethog, ond pwy sy'n poeni am hynny?

Os ydi hi eisiau ein help ni, mae'n rhaid iddi chwarae'r gêm, a'r cam cynta ydi gadael i fi aros yma mor hir ag y bydd angen.

Rhaid i fi ddiolch i Dom bach annwyl am gadw to uwch fy mhen i. Y broblem ydi 'mod i'n gallu dweud o'r olwg yn ei lygaid o ei fod o eisiau atebion. Lot ohonyn nhw.

PENNOD 14
Josie

Dwi newydd gael cynnig fy nêt cynta erioed a dwi ddim hyd yn oed eisiau mynd.

Mi oedd clywed llais Jordan yn gymaint o sioc ar y ffôn, a finnau'n sefyll yn fy nhŷ efo Dom a Tasha. O'n i'n teimlo'u bod nhw wedi *gwthio'u ffordd* i mewn i 'mywyd i. Ar ôl yr holl flynyddoedd o gadw ein bywydau ni'n breifat, yn sydyn mae hi'n teimlo fel tasai'r holl ysgol yn hyrddio'u ffordd drwy'r drws ffrynt. Faint fydd hi tan i Jordan ddod yma hefyd? Mam bach! Cheith hynny *byth* ddigwydd.

A be am Mam? Dwi ddim hyd yn oed yn gwybod ym mha garchar mae hi. Mi fydd yn rhaid i fi dalu ei dyled hi rywsut, fel dywedodd Len. Ar ôl i Mel bron â 'ngwthio fi allan o'r fflat, mi waeddodd hi, 'Dos at y cyngor i ofyn faint ydi dyled dy fam.' Ac wedyn mi glepiodd hi'r drws ar gau.

Pan gyrhaeddais i adre, roedd hi fel tasai llun bwthyn Mam yn gwneud hwyl am fy mhen i. *Does unman yn debyg i adra.* Dyma fi'n rhwygo'r llun oddi ar y wal ac yn ei daflu mor nerthol, mi ddiflannodd o'r golwg y tu ôl i gasgliad y gegin. Gwynt teg ar ei ôl o.

Mae hi'n anodd cadw un peth ar fy meddwl am fwy nag ychydig funudau.

Ar yr eiliad yma, mae Tasha wedi penderfynu ei bod hi am ffeindio rhywbeth i fi'i wisgo ar y dêt nos Sadwrn ac mae hi'n gwrthod cymryd na yn ateb. Mae hi'n weddol amlwg ei bod hi wedi bod yn mynd drwy ychydig o stwff Mam, achos mae hi'n gwisgo rhywbeth gwahanol bob nos a doedd ganddi ddim siwtces pan gyrhaeddodd hi yma yn y storm.

'Hwn,' medda hi, gan luchio rhywbeth y tu ôl iddi. 'Hwn, hwn a hwn.'

Mae Dom ar ei ffôn, yn sgwrsio efo rhyw gyfnither ac yn gofyn iddi wneud fy ngwallt i.

Maen nhw'n bâr od. Does ond angen i Tasha glicio'i bysedd ac mae o'n ufuddhau. Mi oedd hi'n sgrechian yn wallgo pan ymddangosodd hi wrth y drws ffrynt. Mi oedd hi'n swnio'n eitha gorffwyll. Yn desbret. Be ar y ddaear oedd yn bod?

Ond mae'n rhaid i fi gyfadde ei bod hi'n braf cael ychydig o help os dwi'n mynd ar y dêt. Mae'r syniad yn ddigon i lenwi 'mol i efo pilipalod.

Dwi'n edrych ar y pentwr o ddillad wrth fy nhraed ac yn codi pâr o siorts du. 'Rhy fach, wneith y rheina byth ffitio.'

Mae Tasha yn twt-twtio ac yn bachu pâr coch efo gliter o

amgylch y wasg. 'Wneith y rhain ffitio'n braf. A'r top yma.'

Hen beth du llawn strapiau ydi hwnnw, fawr mwy na chadach. 'Dwi'm yn siŵr...'

'Hwn?'

'Yndi, gwell.' Dwi'n estyn top ychydig hirach efo llewys bach a chalon biws anferth ar gefndir gwyn. Mae yna logo arian ar yr ysgwydd.

'Wnes i ddeud eu bod nhw i gyd yn *designer*,' medda Tasha.

Dwi erioed wedi clywed amdanyn nhw, ond os ydi Tasha yn eu hoffi nhw, mae'n rhaid eu bod nhw'n iawn.

Dwi'n gwisgo'r dillad efo pâr o deits du, fy mhâr ola i sydd heb dyllau.

'Ti'n edrych yn grêt,' medda Dom wrth roi'i ben rownd y drws. 'Fedrith fy nghyfnither i wneud dy wallt di ar ôl gwaith nos Sadwrn, tua 6.30. Ar ôl iddi orffen, trystia fi, mi fydd dy ddyn di wrth ei fodd.'

Mae Tasha yn rhoi braich o gwmpas Dom ac mae'i lygaid o'n troi'n hylif. Mae o'n ei ryddhau ei hun o'i gafael hi. 'Rhaid i fi fynd, Tish Tash. Goda i chi'ch dwy ddydd Sadwrn. Mae Mam yn deud gei di aros efo ni.'

Mae'r drws yn clepian ar gau y tu ôl iddo fo.

Mae Tasha yn codi'i sgwyddau. 'Fydda i o dy olwg di wedyn.'

Mae'i llygaid hi'n edrych ar goll, ac mae hi bron fel tasai hi'n erfyn arna i. Dwi'n siŵr bod yna reswm arall pam nad ydi hi'n gallu mynd adre, ond dwi ddim am ofyn, achos does yna ddim siawns yn y byd 'mod i'n dweud wrth Tasha Goth Brown a'i Dom bach *annwyl* am fy mam i.

'Diolch am yr help ac mi gei di aros tan y penwsnos. Ac wedyn mi fydd dy fam di adra ac mi ddylach chditha fynd adra?'

Dydi hi ddim yn fy ateb i, dim ond troi ar ei sawdl a mynd i'w llofft. Neu yn hytrach, i fy llofft i.

Dwi'n mynd i lofft Mam ac yn codi'r nodiadau dwi wedi bod yn eu sgwennu am be i'w wneud nesa.

1. **Mynd i'r llyfrgell gyhoeddus a gofyn sut i ddod o hyd i rywun yn y carchar – mae hynny'n teimlo braidd yn beryg.**
2. **Mynd i swyddfa'r cyngor a gofyn faint ydi dyled Mam – dwi wedi bod yn ofni mynd drwy'r wythnos.**
3. **Gwglo enwau carchardai eto.**
4. **Dwyn o fanc.**
5. **Gofyn i athrawes – byth bythoedd. Wnes i ddim mynd i'r ysgol dydd Mawrth er mwyn trio clirio 'mhen. Ac wedyn ffugio llofnod Mam ar nodyn salwch. Mi sgubodd yr athro dosbarth hwnnw i'r naill ochr. Mae ganddyn nhw arolwg ar y ffordd ac mae pawb yn sgrechian ar bawb.**
6. **Gofyn i Jordan, gofyn i'w rieni, gofyn i fam Tasha, gofyn i fam Dom.**

Dwi'n crafu rhif 6 i ffwrdd mor galed, mae'r papur bron â rhwygo. Alla i ddim gofyn i *neb.*

Am y tro cynta yn fy mywyd mae gen i ffrind/cariad go iawn ac mae rhywun fy oed i'n cysgu yn fy nhŷ i, er bod yr hogan yn niwsans glân. Ond dwi'n hollol ddigalon.

Ar y funud, mi fyddwn i'n gwneud unrhyw beth i gael pethau yn ôl fel oedden nhw – jest fi, Mam a'r casgliad. Dyma'r tro cynta i ni fod ar wahân erioed. Dwi erioed wedi bod ar drip ysgol. Mae'n teimlo mor ofnadwy hebddi hi.

Bob tro dwi'n trio dychmygu Jordan yn dod i'r tŷ dwi eisiau chwydu. Mae'i dŷ o'i hun mor hyfryd ac mae o mor bur, yn gwibio drwy'r pwll, a'i gorff aur o wedi'i sgrwbio a'i winedd o mor lân a thaclus. Mi fyddai Jordan Price, y pencampwr nofio perffaith, yn colli diddordeb yn Josie Tate, yr hogan bathetig, tasai o'n gwybod y gwir.

Mae'n siŵr bod Tasha a Dom wedi dallt hyn, dwi'n sylweddoli'n sydyn, a dwi'n teimlo ias drwy 'nghorff. Taswn i'n taflu Tasha o'r tŷ, be sydd i'w stopio nhw rhag sôn wrth Jordan? Maen nhw'n gwybod lle fyddwn ni nos Sadwrn. Alla i ddim eu trystio nhw, dim os ydi Tasha yn desbret. Mae pobl desbret yn gwneud pethau drwg.

Dwi wedi cael fy nal mewn trap. Mae'n rhaid i fi adael i Tasha aros a hyd yn oed adael iddi gael Dom yma. Fel arall, waeth i fi decstio Jordan y funud yma a dweud nad ydw i'n dod. Mae yna deimlad o anobaith yn llifo drosta i. Pwy ydw i'n ei dwyllo, yn meddwl y galla i gadw'r gyfrinach yma rhagddo fo?

Mae 'mysedd i'n hofran dros y llythrennau ar fy ffôn. Mi ddylwn i anfon neges ato fo'r eiliad yma, ond wedyn dwi'n meddwl am gledr oer ei law o ar gefn fy mhen wrth iddo fo fy helpu i nofio. Dwi wrth fy modd yn y dŵr efo Jordan. Mae'r pwll fel ail gartre iddo fo, ac efallai mai fanno mae o'n teimlo'n fwyaf cyfforddus. Wrth iddo fo wibio drwy'r dŵr, yn rasio yn erbyn y cloc, mae Jordan Price yn ei seithfed nef.

Alla i ddim rhoi stop ar bethau rŵan, medda fi wrtha i fy hun.

Cyn i fi syrthio i gysgu, dwi'n penderfynu mynd i swyddfa'r cyngor yn y bore ar ôl fy rownd bapur. Mi sgwenna i nodyn ffug yn dweud 'mod i'n mynd at y deintydd. Dwi ddim yn meddwl y bydd ots gan neb yn yr ysgol ar hyn o bryd os na fydda i yno am awr neu ddwy. O leia mi alla i drio cael trefn ar ddyled Mam, hyd yn oed os nad ydw i'n gallu canfod lle yn union mae hi.

Dwi'n cysgu'n well na wnes i drwy'r wythnos ac mae'r bore wedyn yn un heulog a braf. Y tu allan, mae'r dail yn chwyrlïo wrth i fi gerdded heibio i'r parc bach ym mhen draw'r stryd. Dwi'n teimlo'n llawn egni ac yn danfon y papurau ar ras. Ar ôl gorffen, dwi'n prynu te a rôl facwn yng Nghaffi Terry ac wedyn yn dal y bws i swyddfeydd y cyngor wrth y pwll nofio.

Dwi ddim yn bwriadu cael cawod tan wedyn, achos dwi ddim eisiau gweld Jordan. Y tro nesa y bydd o'n fy ngweld i, Josie Tate ar ei newydd wedd fydd honno, ac mi fydd ei wyneb o'n siŵr o oleuo fel mewn ffilm. Ond alla i ddim peidio â theimlo'n nerfus wrth feddwl am gyfnither Dom yn y salon harddwch. Mae'n siŵr y bydd hi'n cael un cip ar fy ngwallt i ac yn gwrthod yn lân cyffwrdd ag o.

Mae'r bws yn cyrraedd am naw ar ei ben a dwi'n gallu gweld pobl yn mynd i'r swyddfeydd yn barod. Dwi'n anadlu'n ddwfn ac yn llyfnhau 'ngwallt a 'nillad. Dwi'n gwisgo côt orau Mam ac yn edrych dipyn yn hŷn na phymtheg, yn fy marn i.

Dwi'n croesi'r stryd, yn camu i mewn ac yn anelu am y dderbynfa. Mae yna ddynes yn eistedd yno, gwallt byr sy'n britho, tua hanner cant oed o leia, yn teipio ar gyfrifiadur.

'Bore da,' medda fi, yn fy llais mynd i gyfweliad.

Dydi'r ddynes ddim yn codi'i phen.

'Dwi angen, sori, dwi isio gofyn rwbath am, em, am dreth y cyngor,' medda fi.

Mae hi'n stopio teipio, yn edrych arna i o 'nghorun i'm sawdl, ac wedyn yn amneidio tua'r chwith. 'I lawr y coridor yna, y stafell ola ar y dde.'

Dwi'n cerdded drwy'r coridor a 'nghoesau i'n gwegian, cyn camu i'r stafell efo label ar y drws sy'n dweud Ymholiadau.

Does yna neb yno ond mae yna gadair neu ddwy a desg hir yn y pen draw. Dwi'n eistedd ar un o'r cadeiriau. Mae yna gloc mawr ar y wal yn dangos bod deg munud yn pasio.

Dwi'n meddwl am Jordan yn gwibio i fyny ac i lawr y

pwll a'r cloc anferth efo'r bys du yn marcio'r eiliadau, yn penderfynu a ydi o'n ennill 'ta'n colli.

'Weithie,' medda fo nos Fawrth, ''wy'n teimlo bod fy mywyd i gyd wedi'i rannu'n eiliade.'

Mae'r drws yn swingio ar agor ac mae dynes yn dod i mewn, hŷn na Mel, mewn siwt ddu a'i gwallt browngoch gloyw yn gynffon fer. 'Alla i'ch helpu chi?'

'Gallwch.' Dwi'n sefyll.

Mae'r ddynes yn eistedd i lawr wrth y ddesg ac yn edrych arna i'n ddisgwylgar.

'Dwi jest angen holi am dreth y cyngor. Treth fy mam i, wel, ein treth ni. Dwi'n meddwl bod yna gamgymeriad wedi bod.'

'Enw a chyfeiriad?' medda'r ddynes, gan syllu ar sgrin ei chyfrifiadur.

Dwi'n rhoi'r manylion ac mae hi'n eu teipio nhw. Mae hi'n gwgu. 'Mae'ch mam chi yn y carchar am beidio â thalu. Does 'na ddim camgymeriad. Ydach chi wedi dod i dalu'r ddyled?'

Dwi'n rhythu arni hi, a 'nghalon i'n suddo.

'Y cyfanswm ydi £5,466.42.' Dydi'r ddynes ddim hyd yn oed yn codi'i phen.

Miloedd ar filoedd. O mam bach! O'n i'n gywir. 'O,' medda fi.

'Does gan eich mam chi ddim gwaith, felly allith y cyngor ddim cymryd pres carchar o'i chyflog hi.' Mae hi'n teipio eto ar ei bysellfwrdd.

Dyna oedd geiriau Len, pres carchar. Cymryd y pres o gyflog Mam. Sut ydw i'n esbonio wrth y ddynes yma bod fy mam wallgo i'n trio achub y blaned ar ein rhan ni i gyd? Dydi hi ddim hyd yn oed yn edrych arna i pan fydd hi'n siarad.

'Dwi'm yn gwybod ar be mae'ch mam chi'n gwario'i harian, ond mi ddylai hi fod yn talu'i biliau hi yn gynta,' medda hi. 'Felly os nad ydach chi wedi dod i dalu'r ddyled, gofynnwch i rywun arall yn y teulu wneud hynny, neu fel arall mi fydd eich mam yn treulio'i dedfryd i gyd yn y carchar.'

Mae ffôn symudol yn canu. Mae'r ddynes yn ei dynnu o'i bag ac yn dechrau sgwrs hir. Dwi'n teimlo fel taswn i newydd gael fy ngadael allan o swyddfa'r Pennaeth.

Dwi'n cerdded o'r adeilad ac yn croesi'r ffordd i'r pwll nofio, yn mynd i'r stafelloedd newid ac yn eistedd i lawr. Mae 'ngwynt i yn fy nwrn fel taswn i wedi bod yn rhedeg. Prin 'mod i'n gallu anadlu, dwi wedi dychryn cymaint. Tasai'r ddynes yna'n mynd i chwilota, mi fyddai hi'n sylweddoli 'mod i ar fy mhen fy hun ac mi fyddai hi'n dweud wrth y Gwasanaethau Cymdeithasol. Mi fyddai'n rhaid i fi fynd i gartre gofal wedi'r cyfan.

£5,466.42.

Ffortiwn.

Dwi'n mynd i ladd Mam pan ddaw hi adre! Sut ar y ddaear ydw i am ffeindio'r holl bres yna!!

PENNOD 15

Fore Sadwrn, does yna ddim golwg o Jordan wrth i fi gyrraedd y pwll nofio i gael cawod. Mae rhan ohona i'n falch, achos mae 'mywyd i mor gymhleth, mae gen i ofn y galla i ollwng y gath o'r cwd. Ond dwi hefyd yn meddwl am heno. Ydi o'n dal am fynd â fi allan, 'ta ydi o wedi mynd i gystadleuaeth arall ac wedi anghofio am ein dêt?

Dwi'n cael cip o Chantelle yn y cantîn ac yn gweiddi, 'Ydi'ch ymarfer chi wedi'i ganslo?'

Mae hi'n eistedd efo Taylor a gweddill y tîm. Mae hi'n taflu'i chynffon dros ei hysgwydd wrth edrych arna i o 'nghorun i'm sawdl. Dwi'n gwingo.

'Efo'r doc.' Mae hi'n troi yn ôl at ei ffrindiau. Be goblyn ydi ystyr hynny?

Mae Taylor yn teimlo bechod drosta i. ''Dan ni'n cael archwiliad bob mis efo'r doctor. Mae apwyntiad Jordan heddiw.'

'A, wrth gwrs, glei,' medda fi, mewn acen fel un Jordan.

Wrth i fi gefnu arnyn nhw, dwi'n clywed Chantelle yn piffian chwerthin, 'Ydi hi'n meddwl bod hi'n hwntw neu rwbath?' Maen nhw i gyd yn chwerthin yn isel a dwi'n teimlo'r gwrid yn llifo i lawr fy ngwddw.

Dwi'n mynd i'r gawod ac yn mynd i wneud fy rownd bapur foreol. Dwi angen yr holl shifftiau ychwanegol i dalu dyled Mam. Dwi'n meddwl drwy'r adeg am be ddywedodd y ddynes yn swyddfeydd y cyngor ddoe. Alla i'n dal ddim coelio'r swm. Mae o'n anferthol a does gen i ddim syniad sut i'w dalu o.

Mi dreuliais i'r rhan fwyaf o neithiwr yn mynd drwy bethau Mam i weld be allwn i ei werthu. Mae ganddi ychydig o ddarnau o emwaith ac mi allwn i fynd â nhw i'r Gold Shack ar y Stryd Fawr. Ond dydyn nhw byth yn werth £5,000.00.

O'n i'n poeni gymaint, prin y gwnes i gysgu winc. Erbyn y bore dim ond am Mam druan y gallwn i feddwl. Mae hi'n rhoi'i hoes gyfan i achub y byd rhag boddi mewn sbwriel. Ac mae hi wedyn yn gorfod mynd i'r carchar a'i merch annwyl hi'n gorfod gwerthu popeth mae hi'n gallu dod o hyd iddo.

Dwi'n teimlo mor euog.

Dwi ar fin gorffen fy rownd bapur ac mae fy ffôn i'n bipian. Neges gan Jordan.

dal yn ocê at heno JP X

X. Cusan. OMB!! Fy nghusan rithwir gynta erioed i. Dwi'n simsan. Dwi'n teipio fy ateb.

methu aros JT xx

Mae fy mys i'n hofran dros y botwm dileu ond wedyn dwi'n pwyso anfon. Dwi'n gollwng yr anadl dwi wedi bod yn ei dal ers munudau efo ochenaid fawr.

Mae fy llaw i'n ysgwyd. Dwi wedi rhoi dwy gusan yn ôl. Ydi hynny'n iawn?

Dwi'n sefyll y tu allan i 'nrws ffrynt yn syllu ar fy ffôn ac wedyn mae'r bîp yn dod fel seiren.

fi fyd xxxx

Hwrê!! Pedair cusan gyfan!

Dwi'n llamu i'r awyr oddi ar y ddwy droed ac yn chwerthin yn uchel. Dwi'n sgrolio yn ôl drwy ein holl negeseuon ni ac yn sefyll yno ar y pafin yn eu darllen nhw drosodd a throsodd. Mae'r haul yn gynnes ar fy wyneb i ac mae yna dderyn yn canu ar ben un o'r toeau. Mi ddylwn i fynd i mewn ond tra 'mod i'n sefyll allan fan yma efo ambell gar yn pasio'n hamddenol, does dim rhaid i fi feddwl am Mam a'r carchar a'r £5,000. Mi alla i fod yn Josie Tate, dyna i gyd, hogan yn ei harddegau sydd mewn cariad efo Jordan Price, y pencampwr nofio efo llygaid gorjys ac acen hwntw.

Mae fy ffôn i'n bipian eto. Dom sydd yna y tro yma a dwi'n glanio yn ôl ar y ddaear.

gweld t yn y lle gwallt 6.30 dom

Dwi'n anfon neges yn ôl ac yn mynd i'r tŷ. Mae hi'n teimlo mor ddistaw, yn ddistawach nag ar unrhyw adeg ers i Mam ddiflannu. Dwi bron â gweiddi ar Tasha ac wedyn dwi'n cofio'i bod hi'n aros yn nhŷ Dom heno. Dwi'n teimlo ias drwy 'nghorff i gyd. Mi fydda i ar fy mhen fy hun yn y tŷ heno am y tro cynta. Erioed.

Dwi'n camu i lofft Mam, yn taflu 'mag ar y llawr, ac yn agor drôr fechan mewn bwrdd wrth ochr ei gwely hi. Dyma lle mae hi'n cadw ein dogfennau ni a'i gemwaith hi. Mae yna fodrwy aur yno efo diemwnt, o bosib, ond dwi ddim yn rhy siŵr, a hefyd ddwy gadwyn aur a breichled aur drwchus. Mae yna hefyd froetsh cameo a dwi'n meddwl mai Nain Bet, mam Mam, oedd piau honno.

Mi fuodd hi farw pan oedd Mam yn un ar ddeg ac am y tro cynta dwi'n dechrau pendroni sut brofiad oedd hynny. Mae fy mam i yn y carchar am ychydig wythnosau ac mae'n teimlo fel oes, ond mae marwolaeth am byth, go iawn.

Mi ddywedodd Mam wrtha i unwaith, 'Pan farwodd dy Nain Bet, wnes i ddim dod o'r gwely am wythnos. Aeth Dad i'r dafarn bob nos. Dy nain oedd craig ein teulu ni. Aeth popeth ar chwâl ar ôl iddi farw.'

Deg oed oeddwn i ac mi fyddai hi'n arfer dod i ddarllen stori i fi. Mi oedd fy llofft i'n weddol wag y dyddiau hynny, er bod gweddill y tŷ bron yn llawn.

'Fyddwn ni wastad efo'n gilydd, byddwn, Mam?' Mi anwesais i ei llaw.

Wnaeth hi ddim ateb am funud neu ddwy, ac mi oedd fy nghalon i'n curo fel gordd wrth i fi aros. Mi ddywedodd hi, 'Mae hi'n flynyddoedd tan y byddi di'n un ar bymtheg.'

Wrth i fi eistedd ar ei gwely rŵan, dwi'n pendroni ydi

Mam yn meddwl y bydda i'n gadael cartre yn un ar bymtheg achos dyna'i hoedran hi pan fuodd yn rhaid iddi ymdopi ar ei phen ei hun. Mi oedd hi'n fy nisgwyl i ac mi oedd Taid yn dal yn fyw, ond mi oedd o'n sâl a doedd o ddim yn gallu helpu o gwbl. Dyna ddywedodd hi wrtha i. Ac wedyn mi fuodd o farw pan o'n i'n ddwy ac mi oedd Mam yn llwyr ar ei phen ei hun bach.

Sut wnaeth hi ymdopi? Prin 'mod i'n gallu ymdopi rŵan a dwi hyd yn oed yn gweld eisiau Tasha Brown a'i swnian.

Dwi'n ochneidio, yn gwagio 'mhethau gwlyb ar y bwrdd, yn taflu'r gemwaith i 'mag, ac yn gadael y tŷ. Dwi'n cerdded i'r Stryd Fawr ac i mewn i'r Gold Shack, yn agor fy mag ac yn gollwng y stwff ar y cownter.

Dyn yn ei dridegau sydd y tu ôl i'r cownter, a'i wallt wedi'i siafio'n foel. Mae o'n byseddu'r gemwaith, yn codi'i sgwyddau, ac yn dweud, 'Cant.'

'O bunnoedd? 'Mond hynny? Sbia, mae hwnna'n ddiemwnt.' Mae fy llais i'n pledio. Callia, Josie.

'Dim diemwnt. Crisial ydi o. O Wlad Tsiec. Dim diemwnt.' Mae o'n ysgwyd ei ben yn gadarn.

Be wn i? Alla i ddim coelio bod gan neb yn fy nheulu i ddiemwntau.

Ac allai Mam fyth brynu diemwnt. Mae hi wedi gwario'i holl bres mewn siopau elusen erioed.

Ond dwi mewn sefyllfa anobeithiol ac mae'n rhaid i fi wneud fy ngorau. 'Dau gant.' Dwi bron yn gweiddi i stopio fy llais i rhag crynu. Mae 'nghoesau i wedi troi'n hollol lipa. Dwi'n siŵr ei fod o ar fin dweud wrtha i am adael.

Mae o'n rhythu arna i ac wedyn mae o'n gwenu. Mae ganddo fo wyneb go ddel wrth wenu. 'Gei di gant a hannar.'

Dwi mor falch, dwi eisiau pwnio'r awyr yn fuddugoliaethus, ond dwi'n llwyddo i gadw 'mhwyll ac yn nodio. 'Dîl.'

Mae o'n rhoi arian parod i fi a dwi'n ei wasgu i 'mhoced.

Wrth gerdded yn ôl adre, dyma agor y gyfrifiannell ar fy ffôn i weld faint sydd gen i:-

£87.00 ar ôl o'r pres oedd ym mag Mam

£42.00 mewn cynilion yn fy nhun bisgedi cyfrinachol

£150.00 o'r gemwaith

Cyfanswm = £279.00

Dim ond £5,190.42 ar ôl.

Efallai y dylwn i ddechrau codi rhent ar Tasha. Mae'r syniad yn gwneud i fi chwerthin yn uchel ac mae hogyn sy'n pasio ar ei feic yn gweiddi, 'Ti'n wallgo!'

Dwi'n teimlo'n wallgo. Dwi'n cyfarfod Dom a Tasha mewn ychydig oriau i baratoi at noson fwya 'mywyd i a dwi'n teimlo fel tasai 'mywyd i allan o reolaeth. Sut ydw i'n mynd i gael trefn arna i fy hun cyn gweld Jordan? Dyna sy'n mynd drwy 'meddwl i wrth fynd i mewn ac i fyny'r grisiau.

Am y ddwyawr nesa dwi'n chwilota yn y bocsys a'r

sachau yn llofft Mam ond mae hwn yn waith ara deg. Dwi'n teimlo fel lleidr neu'n waeth fyth, fel plismon yn chwilio am dystiolaeth. Dwi'n stopio bob munud ac yn meddwl y galla i ei chlywed hi'n dod i mewn. Tasai hi'n gweld be dwi'n ei wneud, mi fyddai hi'n mynd yn lloerig.

Dwi ddim yn dod o hyd i ddim byd sy'n edrych yn chwarter gwerthfawr. Mae'n rhaid cyfadde 'mod i'n synnu at rai o'r pethau mae hi wedi'u casglu dros y blynyddoedd. Mae yna dair sach o sgertiau. Pwy sydd angen tair sach o sgertiau? Mae yna ddeg bocs yn llawn o boteli plastig gwag. Mi geith y rheini fynd i'r bin ailgylchu wrth ochr y tŷ, dwi'n penderfynu. Mi fyddai Mam yn falch a finnau'n ailgylchu pethau go iawn, byddai?

Ond mi geith hynny aros tan y bore; dwi'n penderfynu 'mod i wedi gwneud digon am un diwrnod.

Mae hi wedi bod yn dywyll ers oes. Wrth edrych ar y cloc, mae hi bron yn chwech o'r gloch a dwi heb hyd yn oed wisgo eto. Mewn panig, dwi'n gwisgo 'nghrys-T a fy jîns ond wedyn alla i ddim dod o hyd i 'nheits du i. Mae hynny'n cymryd pum munud arall o chwilota drwy fy llofft.

O'r diwedd, mae gen i bopeth amdana i: teits, siorts, top, sgidiau du efo careiau uchel – bechod na fyddai gen i fŵts go iawn fel rhai Tasha, ond mi fydd yn rhaid i'r rhain wneud y tro. Dwi'n bachu 'mag, yn gofalu bod gen i oriad a phres, ac yn rhuthro i lawr y grisiau ac allan o'r tŷ, cyn loncian at y Stryd Fawr.

Dwi'n cyrraedd y lle gwallt lle mae cyfnither Dom yn gweithio ddeg munud yn hwyr, efo 'ngwynt yn fy nwrn a fy wyneb i'n chwyslyd a choch.

'Lle gebyst ti 'di bod?' ydi geiriau ffyrnig Tasha.

'Paid â phoeni,' medda Dom, yn ei lais caredig. 'Dyma hi Angel, fy nghyfnither i.'

Mae duwies dal efo croen du fel y frân, gwallt sy'n slic yn erbyn ei phen, gwefusau coch llawn a'r coesau teneua welais i erioed wedi'u tywallt i mewn i jîns gwyn yn sefyll o flaen drych ym mhen pella'r stafell.

Dwi'n dal fy ngwynt, yn sychu 'nhalcen efo cefn fy llaw, ac yn dweud, 'Haia, Angel. Diolch yn fawr am, em, neud hyn.'

Mae Angel yn edrych arna i o 'nghorun i'm sawdl yn union fel y gwnaeth Chantelle, a heb symud gewyn yn ei hwyneb, mae hi'n amneidio at y sinc.

Dwi'n oedi ac mae Tasha yn dweud yn ei llais wedi syrffedu, 'Mae angen iddi olchi dy wallt di cyn ei sythu fo.'

'Ia, wrth gwrs.'

Mae Dom a Tasha yn setlo mewn cornel efo'u ffonau, yn sgwrsio ac yn chwerthin wrth syllu ar y sgriniau.

Mae Angel yn golchi 'ngwallt i mewn siampŵ sy'n arogli o gnau coco, yn ei sychu efo lliain, ac yn treulio oriau – neu felly mae hi'n teimlo – yn ei dorri, ei gribo a'i sythu fo nes ei fod o'n hongian o leia dair modfedd yn fyrrach mewn cyrten llyfn o wallt brown golau. Mae o'n edrych yn hollol anhygoel, ond wrth i fi ddweud hynny, dydi Angel ddim hyd yn oed yn taflu cip arna i. Mae hi'n troi 'nghadair oddi wrth y drych ac yn rhoi'r colur ar fy wyneb i. Wrth iddi 'nhroi i yn ôl at y drych, dwi'n ebychu.

Mae Dom yn dod draw ac yn chwibanu'n hir. 'Hei, Josie. Ti'n edrych yn gorjys. Be ti'n feddwl, Tasha?'

'Yndi, yndi,' medda Tasha, gan godi'i llygaid o'i sgrin am chwinciad cyn sbio yn ôl i lawr eto.

'Mae o'n dod â'r llygaid gwyrdd yna'n fyw,' medda Angel mewn llais isel, llyfn, ac mae hi'n edrych yn falch ohoni'i hun.

Dwi'n diolch iddi ac mae hi'n dweud nad oedd o'n ddim byd, a'i fod o'n ymarfer da at ei chwrs hi. Dwi'n cynnig papur decpunt iddi. Mae hi'n gwrthod, sy'n andros o ryddhad, ac wedyn dwi'n mynd allan yn teimlo fel cymaint o grafwr.

'Ti'n siŵr, Dom?' medda fi wrth i ni gerdded oddi yno.

'Mae Angel yn cŵl. Ffafr i fi oedd honna.'

'Ti'n lwcus i gael cyfnither mor wych.'

'Rydan ni'n deulu mawr. Tydan, Tasha?'

Mae gwên yn lledu dros wyneb Tasha. 'Mmmm... Fo ydi o? Mae o mor ffit.'

Mae Jordan yn sefyll ar y stryd ychydig lathenni o'n blaenau ni. Mae o'n codi'i law wrth fy ngweld i.

O mam bach! Do'n i ddim eisiau i Tasha a Dom ei weld o. Be tasen nhw'n dechrau sôn am fy nhŷ i? Ond mae hi'n rhy hwyr.

'Haia, 'dan ni wedi clywed lot amdanach chdi a'r nofio,' medda Tasha, wrth gerdded at Jordan yn siglo'i chluniau.

Dwi eisiau i'r pafin fy llyncu i. 'Em, iawn,' medda Jordan.

'Ti'n licio gigs?' medda Dom, cyn i fi allu yngan gair.

Mae Jordan yn nodio. Medda Dom, 'Ty'd draw i Shanks heno, ochr bella'r Stryd Fawr. Dwi a Tasha yn dilyn band, Dur Garw. Fydd hi'n andros o noson dda.'

Medda Jordan, 'Ie glei, ar ôl i ni fwyta. Chi moyn ymuno 'da ni?'

Byth bythoedd!

Mae Dom yn ysgwyd ei ben, gan wenu arna i. 'Welwn ni chi wedyn.'

Maen nhw'n cerdded i ffwrdd, efo braich Dom o amgylch sgwyddau Tasha.

Medda Jordan, 'Cwpwl neis.'

'Jest ffrindia da ydyn nhw.'

'Ti'n siŵr?'

'Wrth gwrs,' medda fi. 'Llwgu?'

'Odw glei. A beth wyt ti wedi'i wneud i dy wallt?'

'Ti'm yn ei licio fo?'

'Mae e'n edrych yn anhygoel.' Mae o'n gafael yn fy mraich i ac yn fy nhywys i mewn i'r bwyty.

PENNOD 16

'Wnes i'm archebu bwrdd,' medda Jordan wrth edrych o'i gwmpas.

'Oedd angen?'

Mae o'n codi'i sgwyddau.

Does gen i ddim syniad. Dim ond i gaffis rhad mae Mam a fi'n mynd. Gewch chi eistedd rywle liciwch chi.

Mae gweinydd sy'n gwisgo crys-T du a jîns glas, a chadach gwyn dros ei ysgwydd, yn dod draw. 'Helô. Barod i fwyta?' medda fo. Mae ganddo fo drwyn smwt a bochau coch sy'n disgleirio wrth iddo fo wenu arnon ni a dwi'n fy nheimlo fy hun yn ymlacio. Mae Jordan yn nodio, yn edrych fel tasai o wedi cael mymryn o fraw.

'Be am ista mewn bwth?' medda fi.

Rydan ni'n llithro ar y seddi plastig coch gyferbyn â'n gilydd ac mae'r gweinydd yn glanhau'r bwrdd efo'i gadach. Mae o'n taro dwy fwydlen anferth ar y bwrdd ac yn ein gadael ni.

Mae Jordan yn rhythu arna i. 'Y tro cynta i fi dy weld di'n gwisgo colur.'

Dwi'n gwrido ac ym mwmial, 'Ia.'

'Mae'n eitha neis. Ti 'di torri dy wallt?'

'Tamaid.'

Mae o'n nodio. 'Ffitith e'n well o dan dy gap nofio di.'

'Wyt ti'n meddwl am unrhyw beth arall?' Jôc oedd hi i fod ond mae'n dod allan o 'ngheg i'n hollol anghywir.

'Dim llawer.'

Does gen i ddim syniad beth arall i'w ddweud. Am be mae rhywun i fod i sgwrsio ar ddêt? Dwi bron yn meddwl y byddai hi'n braf cael Crystal yma, neu Dafydd yn codi'i roliau swshi efo'i fysedd ac yn chwerthin yn braf. Mi fydden nhw'n gwybod am be i sgwrsio.

Rydan ni'n dau'n darllen y fwydlen am oes. Medda Jordan wedyn, 'Ddylen ni archebu gwin?'

Mae fy llygaid i'n agor led y pen mewn rhyfeddod ac rydan ni'n syllu ar ein gilydd, ac wedyn alla i ddim peidio. Dyma'r chwerthiniad anferth yma'n byrstio o 'ngheg ac rydan ni'n dau'n dechrau chwerthin gymaint, mae Jordan yn colli'i fwydlen ar y llawr. Wrth iddo fo blygu i'w chodi hi, mae o'n sgubo'i gyllell a'i fforc oddi ar y bwrdd hefyd a dwi'n chwerthin yn uwch fyth.

'Be?' medda fo.

'Lle byrgers ydi hwn, dim yr Hilton.'

'Ond dyna fydd Dad wastad yn gofyn i Mam wrth fynd â ni mas am fwyd.'

Mae'i lygaid o wedi culhau'n wên a dwi'n gwenu yn ôl ac am eiliad rydan ni jest yn eistedd yno, yn gwenu fel giât ar ein gilydd. Medda fi, 'Dwi ond yn bymthag! Dwi'n cael ysgytlaeth siocled, iawn?'

'Grêt, fe gawn ni ddou o'r rheini. Beth am y Texan, dyna'r byrger mwya, 'da ffreis ac *onion rings*?'

'Dewis ardderchog,' medda fi mewn acen grand, ac rydan ni'n dau'n chwerthin eto.

Mae'r gweinydd yn dod yn ei ôl. 'Cael hwyl fan hyn?' Mae'n cymryd ein harcheb ni, yn nodio'i gymeradwyaeth, ac yn diflannu.

Rydan ni'n dawel eto ac ar ôl i'r ddau ysgytlaeth gyrraedd, rydan ni'n eistedd am oes yn sugno drwy'r gwellt, yn trio gwneud cyn lleied o sŵn â phosib.

Ar ôl yfed hanner gwydryn, mae Jordan yn codi'i ben am aer, yn bustachu ym mhoced ucha'i siaced ddenim, ac yn tynnu parsel petryal bach ohoni. Mae'n ei roi o i fi.

'Be 'di hwn?' Mae yna ias fechan yn mynd drwy 'nghorff i.

'Agora fe.'

Mae'r parsel wedi'i lapio'n hyfryd mewn papur aur efo rhuban aur. Dwi'n tynnu ar y rhuban yn ysgafn ac mae o'n datod. Dwi wedyn yn llithro fy ewin o dan y tâp, yn ofni rhwygo'r papur. Y tu mewn mae yna focs gwyn efo *Calvin Klein, Beauty* ar yr ochr.

Mae Jordan wedi prynu persawr i fi ar ein dêt cynta ni.

Dwi'n syllu arno fo am oes tan i Jordan ddweud, 'Oedd Crystal yn credu y byddet ti'n ei hoffi fe. Ond fe alla i wastad fynd â fe yn ôl...'

'Na, wel ia, wel, dwi erioed wedi cael persawr o'r blaen.' Dwi'n stopio ac yn gwrido. Dwi'n teimlo mor dwp.

'Tria fe mla'n, i weld os wyt ti'n ei hoffi e.'

Dwi'n agor y bocs ac yn tynnu'r botel allan, yn dadsgriwio'r caead, ac yn arogli. Nefolaidd.

Dwi'n rhoi ychydig y tu ôl i 'nghlustiau fel dwi wedi gweld Mam yn gwneud, ac wedyn yn rhoi ychydig ar fy nau arddwrn.

Dwi'n estyn fy arddwrn. 'Be ti'n feddwl?'

Mae o'n dal fy llaw, mor feddal a thyner, ac yn pwyso ymlaen i arogli. 'Neis,' medda fo. 'Mae pawb yn y tîm yn gwisgo rhywbeth, i gael gwared ar arogl dŵr y pwll.'

'Be amdanat ti?'

'Hugo Boss.'

Does gen i ddim syniad sut mae hwnnw'n arogli a dwi'n bwriadu ymchwilio y tro nesa y bydda i ar y Stryd Fawr. Yr eiliad honno mae o'n pwyso ymlaen, yn troi ei ben i un ochr ac yn dweud, 'Be ti'n feddwl?'

Mae'i foch o mor agos dwi bron â'i chusanu hi, ond yn lle hynny dwi'n arogli. 'Lyfli.'

Wrth iddo fo bwyso yn ôl mae'r bwyd yn cyrraedd ac mae'r byrgers yn anferth, fel yr addawodd Dom.

'Mwynhewch,' medda'r gweinydd siriol.

Mae'r gerddoriaeth yn newid a Jordan yn mwmian, 'Bryn Fôn. Hoff ganwr Dad.'

'Swnio'n wych.'

Rydan ni'n ymosod ar y bwyd ac mae pob cegiad mor flasus, bron cystal â swper Nariko wythnos diwetha. Mae hynny fel tasai o'n pwyso botwm yn Jordan ac mae o'n dechrau sgwrsio rhwng cegeidiau, am ei obeithion am ennill medal aur yn y Gemau Olympaidd ryw ddydd ac am ba mor unig ydi'r ymarfer weithiau.

'Mae Dad yn diall, ond 'smo Mam. Mae hi'n credu y bydda i'n tyfu mas ohono fe. Pa mor dwp alli di fod?'

Mae'i aeliau o'n hedfan mewn rhyfeddod a dwi'n nodio ac yn gwenu drwy geg lawn o fyrger.

'Mae Dad wastad wedi gweud y dylwn i ddilyn fy mreuddwyd. Fe ddysgodd fi i nofio ac wedyn gwelodd hyfforddwr fi pan o'n i yn yr ysgol gynradd yng Nghaerfyrddin, tua blwyddyn cyn i ni ddod lan fan hyn. Mae Mam yn credu y dylwn i astudio lot caletach, ond beth yw'r pwynt os wyt ti'n dda i ddim mewn arholiade?'

'Dwi'n dallt dy broblem di,' medda fi, gan ddipio tsipsen yn y sos barbeciw.

'Felly 'smo fi byth yn cwyno gartre.'

'Am be?'

'Y, wel, ti'n gwybod, peidio cael gwahoddiad i bartïon, peidio cael cariadon.' Mae o'n stopio ac yn syllu arna i. ''Wy wedi gofyn i ferched fynd mas 'da fi ond 'smo nhw'n diall bod nofio'n dod gynta. Ti yw'r cynta i ddiall 'ny.'

Dwi'n stopio bwyta ac yn troelli 'ngwelltyn yn y gwydr. 'Dydi 'mywyd i ddim yn syml iawn, felly pwy ydw i i farnu?'

'Felly gwed wrtha i, Josie. 'Smo fi'n gwybod dim byd. Wedodd Dad na wnest ti adael iddo fe dy ollwng di wrth y tŷ.' Mae o'n edrych mor ddwys arna i, dwi'n edrych i ffwrdd.

'O, does 'na'm llawer i'w ddeud. Dwi'n byw efo Mam. Mi ddiflannodd Dad cyn i fi gael fy ngeni. Sgen i'm brawd na chwaer na neb arall. 'Dan ni'n byw mewn tŷ diflas wrth y parc ac mae Mam yn breifat iawn, felly dydi hi ddim yn licio pobl yn dod draw.'

'Wrth gwrs,' medda fo. 'Mae hynny'n ocê. Beth yw ei gwaith hi?'

Dwi'n crafu 'mhen am funud. 'Ailgylchu. Mae Mam yn coelio y dylai pawb yn y byd wneud eu gorau glas i achub y blaned rhag marw o dan domen o stwff.'

'Mae 'da hi egwyddorion cryf.'

Dwi'n nodio. Mae o'n iawn. Dyna Mam yn union, ond ylwch lle mae hi – yn y carchar.

'Felly, does gen inna ddim ffrindia chwaith.'

Mae o'n edrych arna i mewn anghrediniaeth. 'Ti'n jocan? Ti mor wych. Beth yw'r broblem?'

Dwi'n teimlo'n ffwndrus i gyd a dwi'n deifio o dan y bwrdd i chwilio am fy napcyn. Wrth godi, dwi'n teimlo rhywbeth yn fy llygad i a dwi'n mwmian am fynd i'r tŷ bach. Mae Jordan yn codi ar ei draed wrth i fi frysio drwy'r bwyty, yn pendroni be ddylwn i ei ddweud wrtho fo.

Yn y tŷ bach, mae ychydig o'r colur llygad wedi mynd yn flêr a dwi'n estyn hances bapur i drio'i dacluso. Gwneud pethau'n waeth mae hynny: dwi'n edrych fel panda. Dwi'n ymlwybro yn ôl at ein bwrdd, a hances bapur dros fy llygad.

'Ti'n iawn? Gad i fi gael golwg.'

Mae Jordan yn cymryd yr hances bapur. Mae'i wyneb o mor agos rydan ni'n llythrennol yn syllu i lygaid ein gilydd, ac mae hi'n teimlo fel ein bod ni'n aros fel yna am oes.

'Mae 'ngholur i 'di mynd yn flêr. Dim fi roddodd o ymlaen, ond cyfnither Dom, a dwi'n edrych yn wirion rŵan.'

'Byth bythoedd. Fyddet ti byth yn edrych yn wirion, Josie, a 'smo ti angen colur. Mae 'da ti lyged gwyrdd mor brydferth, fel y môr, a 'wy'n dy hoffi di fel wyt ti.'

Dwi'n gwenu. 'Ond cfo persawr Calvin Klein.'

Mae o'n codi'i sgwyddau. 'Os ti moyn.' Mae o'n edrych ar ei oriawr. 'Ti dal moyn mynd i'r gìg?'

Dwi ddim, ond yn ateb, 'Wyt ti?'

'Odw glei, 'wy'n caru gigs byw.'

'Fi hefyd.'

Mae o'n gwenu fel giât, yn talu'r bil ac rydan ni'n cerdded oddi yno law yn llaw.

Dwi'n teimlo 'mod i'n hofran, ac mae Jordan yn hymian alaw gan un o'i hoff fandiau, felly dwi'n meddwl ei fod o'n teimlo'r un fath.

Dwi erioed wedi bod mor hapus yn fy mywyd.

PENNOD 17
Tasha

'Pam wnest ti'u gwahodd nhw?' dwi'n hisian ar Dom wrth i ni gerdded oddi wrth Jordan a Josie.

'Achos ti angen lle i aros efo Josie, dwyt?' medda Dom mewn llais tawel.

Dwi'n troi ato fo'n sydyn. Mae o'n syllu yn ôl efo'i lygaid brown llonydd. Dwi'n teimlo'r cyffro od yna yn fy stumog eto.

'Ti am ddeud wrtha i be sy'n mynd ymlaen?' medda fo.

Rydan ni'n cerdded i lawr y lôn. Dwi'n swatio'n agosach ato fo wrth iddo fo dynhau'i fraich o gwmpas fy ngwasg, gan chwerthin mymryn. 'Does 'na'm byd yn mynd ymlaen, y ffŵl.'

'Ond ti'm isio cysgu adra, nag wyt? Pam ddim?'

O'n i'n gwybod na fyddai o'n ildio, ond dwi wedi cael amser i feddwl am stori gall. 'Ocê, ocê, mae'r peth yn wirion, deud y gwir. Dwi 'di cael andros o ffrae efo Mam a dwi angen 'chydig o lonydd. 'Mond hynny.'

'Ffrae am be?'

'Pres,' medda fi, yn chwim.

Mae Dom yn gwybod bod Mam a fi'n aml yn ffraeo am bres, ond dwi ddim yn siŵr ydi o wedi'i argyhoeddi eto.

'Felly pam ti'n gwisgo dillad piws?'

Dwi'n cipedrych ar y sgert a dynnais i o sach yn nhŷ Josie. Mi oedd yn rhaid i fi ffeindio rhywbeth i'w wisgo heno, ond mae Dom yn gwybod 'mod i'n casáu piws ac mae'r sgert yn rhy hir.

Dwi'n chwerthin fel hogan fach. 'Dwi'n caru piws.' Mae Dom yn codi ei aeliau.

Dwi'n chwerthin eto. 'Geith hogan newid ei meddwl, ceith?'

'Merched,' medda fo dan duchan.

Ond dwi'n gallu gweld ei fod o wedi llyncu'r stori, felly dwi'n dweud, 'Sgen ti lysh efo chdi?'

All o ddim peidio â gwenu. 'Paid â bod yn hurt!'

Rydan ni'n cerdded yn ein blaenau heibio i stop bws. Rydan ni fwy neu lai yn Shanks. Mae yna griw o blant o'n blaenau ni'n mynd i'r un cyfeiriad.

Mae pawb yn caru Rory. Dyna sy'n mynd drwy 'meddwl i, efo ochenaid dawel. Ond efallai mai heno ydi'r noson pan fydd o'n gofyn i fi fynd ar ddêt go iawn efo fo. Dwi'n pendroni a ddylwn i frasgamu ato fo a dweud wrtho fo 'mod i mewn cariad efo fo, ac y gallen ni fynd allan ar ôl y gìg. Geith Dom ffonio'i dad am lifft adre a dwi'n siŵr y byddai Rory'n gofalu 'mod i'n cyrraedd yn ôl yn nhŷ Josie yn saff.

Fyddai ots gan Dom o ddifri taswn i'n mynd efo Rory?

Dwi'n clywed llais yn torri ar draws fy meddyliau i.

'Tasha! Iŵ hŵ, draw fama!'

Mam sydd yna, ac mae hi'n hongian oddi ar ysgwydd Chaz. Mae Chaz yn gwneud llygaid slei arna i ac mae'r ddau ohonyn nhw'n edrych wedi meddwi. Mae Dom yn sythu, a dwi'n teimlo arswyd sydyn ei fod o'n mynd i ofyn i Mam amdana i'n aros yn nhai pobl eraill bob nos. Rywsut mae'n rhaid i fi ei stopio fo rhag gwneud hynny.

'Hei, Mam. I le dach chi'n mynd?' dwi'n gweiddi, gan wisgo gwên fawr ar fy wyneb a thrio peidio â dal llygad Chaz.

'Cyrri. Peint neu ddau, t'mbo.' Mae hi'n siarad yn dew. 'Neis dy weld di, Dom, sut mae dy fam?'

'Iawn, diolch, Mrs Brown,' medda Dom. Mae o'n craffu ar Chaz.

Am ychydig eiliadau, does yna neb yn gwybod be i'w ddweud, ac wedyn mewn un symudiad chwim mae Chaz yn estyn papur ugain punt o'i boced ac yn ei stwffio i lawr fy nhop i.

Dwi'n ebychu ac mae Dom yn camu ymlaen, ond mae Chaz yn tynnu Mam heibio i ni, gan weiddi, 'Mwynhewch eich hunain, blant, hwnna gen i. Welwn ni chi wedyn.' Maen nhw'n diflannu i'r tŷ cyrri.

'Pwy ydi o?' ydi cwestiwn Dom.

'Cariad Mam – Chaz.'

'Ydi o'n rhoi pres i chdi'n aml, Tash?'

'Nacdi!'

Dwi'n tynnu'r pres o 'nhop, yn ei rwygo'n ddarnau mân, ac yn stwffio'r darnau i lawr draen yn y gwter.

'Hapus rŵan?'

Mae yna olwg syn ar wyneb Dom. Mae o'n meddwl ei fod o'n gwybod popeth am fy mywyd i, ond mewn gwirionedd dydi o'n gwybod y nesa peth i ddim. Dwi'n sylweddoli am y tro cynta pa mor hurt o unig ydw i. Dim teulu, dim ffrindiau y galla i ymddiried ynddyn nhw, dim hyd yn oed Dom bach annwyl. Does yna ddim byd fedrith o'i wneud am Chaz, felly be ydi'r pwynt sôn wrtho fo?

'Ty'd, wnei di,' medda fi'n ddiamynedd, a'i lusgo fo at Shanks. 'Ty'd i ni gael mynd yn wallgo.'

Mae o'n oedi ac wedyn yn gwenu'n sydyn ac i mewn â ni.

Mae'r stafell yn orlawn ac yn bownsio. Mae Rory wedi codi stand y meic i'r awyr ac mae o'n dawnsio ar draws y llwyfan bach, a'i ben o'n pwyso yn ôl. Mae pawb yn neidio i fyny ac i lawr, yn rocio i'r gerddoriaeth. Rydan ni i gyd mewn breuddwyd wrth i Rory ddechrau siantio, dro ar ôl tro, *Dim ond storm fy angel ydi hon, Dim ond storm fy angel ydi hon.* Dwi'n taflu 'mreichiau o gwmpas gwddw Dom, gan bwyso drosto fo, ac rydan ni'n siglo, ein llygaid ar gau.

Dwi'n dyheu am fod ym mreichiau Rory wrth i fi ganu'r geiriau yng nghlust Dom. Ond Dom sydd efo fi yr eiliad hon ac mae'i gorff o, wel, mor gyfarwydd, bob tro'n gynnes ac yn arogli'n lân o sinamon.

'Ti ydi Storm fy Angel,' medda fo yn fy nghlust i, dan ganu, ac rydan ni'n chwerthin efo'n gilydd.

Dom bach annwyl. Fydd o'n gefn i fi am byth, tybed, waeth be ddigwyddith efo Mam a Chaz?

Mae rhywun yn tapio fy ysgwydd. Un o'r genod o'r ysgol ac mae ganddi hanner potel o fodca. Rydan ni'n ei phasio o'r naill i'r llall tan ddiwedd y gân. Mae 'mhen i'n troi ac mae Dom yn erfyn yn fy nghlust i, 'Digon, Tash, plis paid yfed dim mwy, plis.'

Ond dwi ddim yn malio am neb na dim heno. Does neb yn malio amdana i, does gan neb le i fi yn eu bywydau nhw, a bai Chaz ydi'r cyfan. Does neb yn dallt. Dwi fy hun, hyd yn oed, ddim yn dallt.

Dwi eisiau yfed mwy, dwi eisiau mynd o 'ngho yn y stafell wallgo yma ac wedyn dwi'n mynd i afael yn Rory a *gwneud* iddo fo 'ngharu fi. Efallai mai dyna'r unig ffordd i gael rhywun i dy garu di go iawn. Ti'n gorfod gafael, taro a gwthio tan y bydd y llall yn ildio. Ai dyna mae Chaz yn trio'i wneud?

'Tash!' Josie sydd yna. Mae Jordan wedi lapio'i hun o gwmpas ei hysgwydd hi ac maen nhw'n edrych *mor* hapus. Dwi'n eu casáu nhw!

Mae Jordan yn cynnig cwrw i fi a dwi'n ei gymryd cyn i Dom allu dweud na. Dwi'n llowcio'i hanner cyn codi i anadlu ac mae Jordan yn chwerthin, wrth i'r holl stafell droi ar ei hochr cyn sythu.

'Ŵŵŵŵ hŵŵŵ!' dwi'n crawcio.

'Ti'n gwybod sut i gael parti!' medda Jordan gan wenu arna i.

Ond mae Josie yn gwgu. Rhag ei chywilydd hi! Josie a'r fam hurt sy'n hordio pethau. Ydi hi'n meddwl ei bod hi'n well na Tasha Brown drist sy'n wallgo bost?

Rydan ni'n dawnsio ac yn dawnsio, a rywsut dwi'n llwyddo i gael fy ngheg ar ddwy botel arall o fodca ac yn cymryd sawl llymaid. Mae 'nghoesau i'n llipa a 'mreichiau i'n hedfan i bobman. Dwi'n taro sbectols rhyw hogyn.

'Y twpsyn!' dwi'n gweiddi, wrth i Dom ymddiheuro drosta i. Mae fy nhafod i'n swnio'n dew, yn union fel oedd Mam a Chaz yn swnio.

Dwi'n gweld Dom yn siarad efo Jordan a Josie, y ddau J perffaith. Maen nhw'n gwybod lle maen nhw'n cysgu heno, mae ganddyn nhw gartrefi. Mae hyd yn oed tŷ hordiwr yn well na dim tŷ o gwbl. Mae Dom yn fy nhynnu i at y drws a dwi'n gallu teimlo'r ddau arall y tu ôl i fi, yn fy ngwthio i ymlaen, ac wedyn rydan ni allan yn awyr oer y nos a dwi'n brwydro i gael fy ngwynt ata i.

Dwi'n taflu 'mreichiau o gwmpas gwddw Dom ac yn dweud efo tafod tew, 'Chdi ydi 'Nom bach annwyl i o hyd, yndê?'

Alla i ddim gweld dim byd yn glir. Mae rhywun yn pwyso 'mhen i lawr ac yn fy ngwthio'n dyner i gar. Dwi'n clywed Josie yn dweud, 'Allwn ni ddim fforddio tacsi.'

'Fy anrheg i,' medda Jordan. 'Allwn ni ddim ei gadael hi fel hyn. I ble?'

Mae Dom yn rhoi 'nghyfeiriad i ac yn sydyn dwi'n sgrechian, 'NA! Na! Na! Peidiwch â mynd â fi adra.' Dwi'n beichio crio ym mreichiau Dom.

Mae o'n fy nghysuro fi ac yn dweud y bydd Mam yn edrych ar fy ôl i. 'Fydd hi ddim isio chdi'n crwydro o gwmpas yn y stad yma, Tish Tash!' Ond dwi'n sgrechian mor uchel mae gyrrwr y tacsi yn stopio'r car yn y fan a'r lle.

Dwi'n meddwl bod Jordan yn cynnig mwy o bres iddo fo achos mae o'n gyrru yn ei flaen. Mae Dom yn rhoi'i ddwylo ar fy mochau ac yn tynnu fy wyneb at ei un o. 'Be sy'n bod, Tash? Be sy'n codi ofn arnach chdi?'

Dwi'n ei ysgwyd i ffwrdd ac yn crio'r holl ffordd at ddrws ffrynt Josie, ac wedyn mae pawb allan ar y stryd.

Medda Dom, 'Deud wrtha i, rŵan hyn. Mi alla i sortio petha, Tasha. Mi alla i sortio unrhyw beth, ti'n gwbod hynny.'

Mae hi mor oer y tu allan ac mae hi wedi dechrau bwrw glaw. Y cyfan dwi eisiau'i wneud ydi swatio yng ngwely Josie efo Mickey a thynnu'r flanced dros fy mhen.

Dwi'n simsanu ac mae Dom yn fy nal i, ac yn sydyn mae popeth yn llifo o 'ngheg i. Mae 'nhafod i'n dew wrth i fi ddweud, rhwng ebychiadau o grio, 'Alla i'm mynd adra achos mae Chaz wedi bod yn pyrfio arna i yn y gawod ac yn dod i fy llofft i pan dwi heb ddillad ac yn rhoi pres i fi ac yn deud ei fod o isio...'

'Mae o wedi bod yn BE!?'

Mae yna glec anferth wrth i Dom roi cic *karate* i botel gwrw ar y llawr. Mae honno'n chwalu'n deilchion dros y pafin. Dwi'n baglu oddi wrtho fo ac mae yna sŵn yn dod o'i geg o sy'n annhebyg i ddim byd dwi wedi'i glywed erioed o'r blaen. Mae Jordan a Josie yn cilio yn erbyn y wal.

'Mi LADDA i o!' ydi sgrech Dom. 'Mi wna i ei RWYGO fo ar agor, a thorri ei fysedd o i ffwrdd fesul un! Mae o'n gelain! Dwi'n addo i chdi. Dwi'n mynd i'w labyddio fo tan y bydd o'n erfyn arna i! Eith o BYTH yn agos atach chdi...'

Mae Jordan yn gafael ynddo fo wrth i gar heddlu droi i ben ucha'r stryd a dechrau cropian yn ara tuag aton ni. 'Ca' dy geg, Dom, neu gei di dy arestio.'

Mae hi fel tasai ceg Dom wedi'i chloi ar agor, ond mae o'n stopio arthio ac mae Josie yn agor y drws ffrynt yn sydyn. Mae pawb yn tyrru i mewn.

PENNOD 18

Josie

Dwi wedi cael fy nal.

Mae pawb yn y cyntedd, wedi'u gwasgu at ei gilydd achos dim ond lle cyfyng sydd rhwng yr holl stwff sy'n bentyrrau at y nenfwd. Dwi'n edrych dros fy ysgwydd ac yn gweld Tasha yn un swp dros Dom, sy'n dal i rochian fel anifail mewn cawell.

Jordan ydi'r un ola i ddod i mewn, yn tynnu'r drws ffrynt ar gau. Mae o'n troi ac mae'r olwg ar ei wyneb o'n gyrru ias drwy 'nghorff i gyd.

Dwi am gael fy nympio, heb os.

'Mae Dom angan diod i'w gynhesu fo ar ôl y gweiddi 'na,' medda Tasha, a'i thafod hi'n dal yn dew. 'Mae 'na degell fyny grisiau. Dangos y ffordd, Josie, bêbs.'

Allwn i ei lladd hi! Dwi'n trio dal ei llygaid hi ond mae hi'n sbio ar y llawr.

'Ym, Jordan, ella 'sa hi'n syniad i chdi fynd ar ôl y tacsi 'na rŵan a mynd adra,' medda fi, ac mae fy llais i bron yn wich. 'Ti'm isio bod yn hwyr i dy ymarfer.'

Mae Jordan yn codi'i sgwyddau ac mae Tasha yn fy mhwnio.

'Ty'd yn *d'laen*,' medda hi, dan ochneidio. 'Dwi'n marw isio pi-pi.'

Dwi ddim eisiau gwneud sioe. Does yna ddim amdani ond gwasgu drwy'r cyntedd, a phawb yn fy nilyn. Mae'r dagrau'n cronni yn fy llygaid i.

I fyny'r grisiau, mae Tasha a Dom yn gwthio heibio ac yn camu i lofft Mam. Dwi'n gallu'i chlywed hi'n potsian efo'r tegell. Dwi wedi 'ngadael ar y landin efo Jordan, ei ddwylo yn ei bocedi a'i sgwyddau o'n grwm wrth iddo fo syllu drwy ddrws agored y bathrwm.

Dwi'n meddwl am ei dŷ hyfryd o, carped gwyn ei fam, pawb yn tynnu'u sgidiau a dim smotyn o lwch yn unman, ei dlysau cystadlu fo'n disgleirio, a'r holl fwyd bendigedig mae'i fam o'n ei goginio. Mae Jordan wedi gweld ein cegin ni'n llawn i'r ymylon *a'r* bathrwm *a* llofft Mam. Mae o'n gwybod fy nghyfrinachau i gyd rŵan.

'Mae lot o stwff 'da chi 'ma,' medda fo, ei lais o'n sych ac yn gryg.

'Mae Mam yn casglu petha.' Mae hynny'n swnio mor dila. Dwi'n trio eto. 'Mae hi'n ailgylchu achos bod pawb yn taflu cymaint o stwff ac mae popeth, wel, yn ddefnyddiol...'

Mae o'n edrych i fyny ac i lawr y landin eto. 'Odi glei.' Ond mae'i lais o'n egwan iawn.

Mae o wedi arswydo, dwi'n siŵr, a'i ddwylo fo'n ddwfn

yn ei bocedi fel nad ydi o'n cael ei lygru gan ein tŷ ni. Dwi'n rhythu ar y llawr, yn difaru 'mod i erioed wedi'i gyfarfod o. Fyddwn i ddim wedi magu unrhyw obaith o gael cariad na chyfeillgarwch na dim byd felly wedyn.

Am flynyddoedd dwi wedi bwriadu clirio'r lle'n iawn. Penwythnos fyddai hynny'n ei gymryd, dwi'n saff. Mi fyddai ein tŷ ni'n daclusach o lawer wedyn, a fyddwn i ddim yn teimlo mor hurt o anobeithiol yn sefyll fan hyn efo Jordan rŵan.

Ond wnaeth Mam erioed gytuno, naddo? Rŵan, mae hi wedi mynd, a dyma fi efo llond tŷ o ffrindiau, o ryw fath beth bynnag, ac un ohonyn nhw bron wedi yfed ei hun i farwolaeth achos cariad ei mam. Mae'r peth yn ofnadwy. Ond ydi'i bywyd hi cynddrwg â fy un i?

Mae 'mhen i'n troelli. 'Tash druan,' medda fi.

'Ie,' medda Jordan yn sydyn, a dwi'n gallu gweld bod canolbwyntio ar rywbeth arall yn rhyddhad iddo fo. 'Ddyle hi fynd at yr heddlu.'

'Mae hi wedi bod yn aros efo fi ers y storm nos Lun, a do'n i'm yn dallt pam nad oedd hi'n mynd adra...'

'Ti'n dallt rŵan, dwyt, Josie bêbs,' ydi gwaedd Tasha o'r llofft.

Mae Jordan a finnau'n syllu ar ein gilydd. 'Beth mae dy fam yn ei wneud am y peth?' ydi'i gwestiwn o.

'Wneith hi'm gwrando,' medda Tasha mewn llais diflas. 'Fy mai i ydi'r cyfan, medda hi.'

Mae Dom yn tuchan yn uchel. 'Aros tan i fi ddeud wrth fy mam i. Eith hi acw a sortio petha, Tash, paid poeni dim.'

Chwerthin yn sarrug mae Tasha a dwi'n symud at y grisiau, gan amneidio ar Jordan i 'nilyn i. Mae o'n dechrau symud ond yn taro yn erbyn pentwr o focsys.

'Ddrwg 'da fi,' medda fo.

Dwi eisiau marw. Rydan ni'n symud yn ein blaenau'n arafach, ond cyn cyrraedd y grisiau, dyma guro ofnadwy ar y drws ffrynt. Rydan ni'n rhewi ac mae Jordan yn codi ael arna i. Dwi'n ysgwyd fy mhen ac yn codi fy sgwyddau. Dwi'n edrych ar fy oriawr. Mae hi wedi pasio un ar ddeg y nos.

Mae'r sŵn curo'n stopio a llais yn gweiddi, 'Dewch 'laen, agorwch, mae hi'n rhewi fama.'

Llais dyn.

Mae Dom yn ffrwydro i'r coridor ac yn gwthio heibio i ni, gan fachu clwb golff sydd wrth ddrws y bathrwm. Mae o'n rhuthro i lawr y grisiau, yn chwifio'r clwb ac yn gweiddi, 'Chaz ydi o! Dwi'n mynd i'w ladd o!'

Mae Tasha yn sgrechian ac mae Jordan yn fy sgubo i o'r ffordd, gan lamu y tu ôl i Dom yn gweiddi, 'Dere, boi, 'smo fo werth e!'

Ar yr eiliad ola, mae o'n llwyddo i afael yn Dom cyn iddo fo gyrraedd y drws ffrynt. Mae o'n fwy ac yn gryfach na Dom, ond mae yna ymaflyd ofnadwy tan i Dom ildio, a'i wynt yn ei ddwrn. Mae Jordan yn cipio'r clwb golff o'i law ac rydan ni i gyd yn sefyll y tu ôl i'r drws, yn gwrando.

Mae yna ddistawrwydd ac wedyn mae llais dynes yn dweud yn go dyner, ''Dan ni'n chwilio am Josie. Wedi cael llythyr gan ei mam hi. Wyt ti yna, del?'

'*Ble mae dy fam di*?' ydi cwestiwn Jordan, dan sibrwd.

'*Dim Chaz sy 'na*,' medda Tasha wrth Dom, dan hisian.

'Alli di ein trystio ni, Josie, 'dan ni'n nabod dy fam, Elaine Tate, yndê? Ofynnodd hi i ni ddod yn sbesial i dy weld di, i roi llythyr i chdi. Wnes i ei chyfarfod hi yn y carchar wsnos diwetha, jest cyn i fi gael fy rhyddhau.'

Mae Tasha yn ebychu. Mae Jordan yn taflu golwg mor syfrdan arna i, cyn i'r olwg droi'n ffieidd-dra llwyr.

Dyna hi ar ben.

Dwi'n gwthio heibio i bawb ac yn agor y drws ffrynt. Mae 'nghorff i'n teimlo fel tasai disgyrchiant yn ei dynnu fo drwy'r pafin i ganol toddedig y ddaear.

Y tu allan, mae yna ddynes, hŷn na Mam, efallai yn ei phedwardegau, efo gwallt pigog gwyn llachar, modrwyau drwy'i haeliau a'i thrwyn, a thair styden uwchben ei gwefus. Mae hi tua fy nhaldra i ond yn sgwâr iawn. Mae hi'n gwisgo siaced ledr dynn, jîns, a bŵts swed blêr at ei fferau, efo staeniau dros eu blaenau. Mae'i cheg hi'n gwenu ond mae'i llygaid hi'n fflat ac yn llwyd. Mae hi'n dal amlen o'i blaen a'r cyfan sy'n mynd drwy fy meddwl i ydi pa mor dew ydi'i bysedd hi, a modrwyau wedi'u gwasgu ar bob bys, hyd yn oed y fawd.

Mae'i llais hi, er ei fod o'n finiog, yn weddol dyner o hyd. 'Ti'r un ffunud â hi, Josie, yr un llygaid gwyrdd. Ddudais i, do, Bazza? Ddudais i.' Mae hi'n edrych ar y dyn y drws nesa iddi, sy'n hŷn fyth, efo gwallt seimllyd at ei sgwyddau a dau locsyn clust. Mae o fel styllen, ei sgwyddau'n grwm, sigarét yn sownd y tu ôl i'w glust, ac mae yna staeniau nicotin ar ei fysedd. 'Ddudais i mai'r un llygaid fyddai ganddyn nhw,' medda'r ddynes wedyn. 'Mae dy ffrindiau di draw, ydyn nhw, del?'

'Ydan ni'n mynd i mewn, Shirl?' medda'r dyn mewn llais undonog.

Dwi'n teimlo rhywbeth yn symud y tu ôl i fi. Jordan. Mae o'n gwthio heibio i fi ac yn camu i'r pafin. Mae'i ddwylo fo'n dal yn ei bocedi a dwi'n meddwl ei fod o'n mynd i gerdded i ffwrdd heb ddweud gair.

Ond mae o'n troi, ac mae yna olwg mor siomedig yn ei lygaid o. Dim ond llinellau tenau ydyn nhw bellach, o dan ei aeliau trwchus hyfryd.

'Rhaid i fi fynd.' Mae o'n edrych ar Dom y tu ôl i fi, yn nodio'n gyflym, ac yn cerdded i ffwrdd.

Am byth?

Efallai mai dyna sydd orau, dwi'n fy narbwyllo fy hun, a dwi'n teimlo poen mor ofnadwy yn fy mrest dwi'n meddwl 'mod i am stopio anadlu.

'Rho'r tegell ymlaen, del,' medda Shirl gan darfu ar fy meddyliau i. 'Laddwn i am banad, wir.'

Ac wedyn mae pawb y tu mewn eto, dim ond bod Jordan wedi mynd a Shirl a Bazza yn ei le. Mae'r ddau'n drewi o hen fwg sigaréts a chwrw, ac maen nhw'n ein gwthio ni yn ein blaenau, yn mwmian wrth ei gilydd am gyflwr y tŷ. Dwi'n sylweddoli nad ydw i'n malio dim bellach pwy sy'n gweld ein tŷ ni nac yn poeni am eu barn nhw. Rhywle i aros ynddo fo tan y bydd Mam yn dod adre, dyna'r cyfan ydi o. Dwi'n cofio am y llythyr.

'Ga i'r llythyr, plis?' medda fi wrth Shirl ar y grisiau, gan estyn fy llaw.

Mae hi'n edrych yn ofalus arna i, cyn rhoi'r llythyr i fi. Mae'r amlen wedi crychu, a honno'n edrych fel tasai hi wedi cael ei hagor.

'Lwyddais i i'w smyglo fo allan rhag i'r carchar ei ddarllen o,' medda Shirl. 'Dyna oedd dy fam ei isio. 'Sna'm preifatrwydd yn y carchar, nac oes?'

Dwi'n siŵr dy fod ti wedi darllen y llythyr, dyna sy'n mynd drwy fy meddwl i, ond dwi ddim yn dweud gair. Dwi ddim yn licio'r ddau yma. Dihirod ydyn nhw, yndê? Be maen nhw wedi'i wneud, tybed? Llofruddio pobl? Ymosod ar rywun? Dwyn o fanc? Dydi Mam ddim fel yna. Dydi hi ddim yn beryg. Mewn dyled mae hi.

Dwi ddim yn ymddiried ynddyn nhw, ond dwi angen clywed be sydd ganddyn nhw i'w ddweud gan nad ydi Mam wedi ffonio ers yr alwad gynta yna.

Felly dwi'n fy ngorfodi fy hun i wenu ac yn eu tywys nhw

i lofft Mam. Mae Bazza'n ei wneud ei hun yn gyfforddus gynta, a'i gefn o'n gorffwyso ar holl glustogau Mam. Mae Shirl yn rhoi'i phen ôl i lawr wrth ei ymyl o. Maen nhw'n edrych fel tasen nhw'n berchen ar y lle. Mae Tasha a Dom i lawr grisiau o hyd.

Dwi'n codi'r tegell. 'Dwi'n mynd i lenwi hwn.'

'Gwna di hynny, del,' medda Shirl, efo'i gwefusau od yn gwenu ond ei llygaid hi'n wag. Mae hi'n rhoi sigarét yn ei cheg ac yn gofyn i Bazza, 'Sgen ti dân?'

'O, dydi Mam ddim yn gadael i neb smocio yn y tŷ.'

Ond maen nhw'n fy anwybyddu i ac yn gorweddian yn ôl i smygu'n braf.

Dwi'n camu i'r bathrwm, dan grynu gan ddicter, yn troi'r tap ac yn eistedd ar y toiled. Dwi'n agor yr amlen ac yn tynnu'r llythyr ohoni.

Annwyl Josie,

Dwi mor, mor, mor sori. Wnes i erioed feddwl y bydden nhw'n fy anfon i i'r carchar. Dwi wedi creu stori a dweud dy fod ti wedi mynd i fyw efo dy Anti Mari yn Hwlffordd rhag iddyn nhw ddod a dy roi di mewn gofal. Dwi'n gwybod y galli di ymdopi ar dy ben dy hun. Dwi wedi gorfod sgwennu hwn yn gyflym ofnadwy er mwyn i Shirl allu ei guddio fo yn ei bra a'i smyglo fo allan. Gwranda, Jose. Mae dy Daid Ted wedi gadael pres i chdi mewn cyfrif cymdeithas adeiladu. I chdi fynd i'r coleg oedd hwn i fod. Ond rywsut mae llyfr y cyfrif wedi mynd ar goll yn y casgliad dros y blynyddoedd. Dwi'n gwybod i fi'i roi o mewn bag colur pinc ond does gen i ddim syniad lle mae o. Os gwnei di glirio ychydig, mi ddoi di o hyd iddo fo. Mae yna filoedd yna, Jose. Mi alli di dalu'r ddyled a fy nghael i allan o'r carchar. Mi wneith Shirl dy helpu di, mae hi wedi bod yn ffrind da i fi wythnos yma. Roedden ni'n rhannu cell ac mae hi wedi fy helpu fi i ddallt y lle yma, ac wedi fy nghadw fi'n saff. Pan ddoi di o hyd i'r pres, dos i'r gymdeithas adeiladu i'w dynnu fo allan. Ffeindia fo, Jose, i fy nghael i allan o fan hyn. Alla i ddim bod heb fy nghasgliad hyfryd o fy nghwmpas i. Mae hi'n erchyll yma.

Dwi'n gweld dy eisiau di'n ofnadwy a dwi'n dy garu di

Mam xxx

Dwi'n darllen y llythyr ddwywaith eto. Mae hi'n dweud ei bod hi'n gweld fy eisiau i ond ei chasgliad gwirion mae hi'n gweld ei eisiau go iawn. Dydi hi ddim yn gallu dioddef bod hebddo fo. Y casgliad wnaeth drio fy lladd i yn y pythefnos diwetha drwy glwyfo 'mhen i a llyncu holl bres Mam fel nad ydi hi hyd yn oed yn gallu prynu bwyd i fi, heb sôn am dalu ei biliau gwirion.

'Josie!' Mae Shirl yn galw arna i.

Dwi ddim yn ateb. Yn hytrach, dwi'n rhoi'r llythyr i

gadw ym mhoced fy jîns ac yn llenwi'r tegell.

Wrth i fi gamu drwy'r coridor, mae Tasha yn ymddangos ar dop y grisiau. Mae hi'n rhoi'i bys at ei gwefusau i 'nhawelu fi. Dwi'n mynd ati ac mae hi'n sibrwd, '*Mae Dom 'di mynd. Ffoniodd ei fam o. Mae hi'n sâl ac mae'i dad o'n gweithio shifft nos. Mae'n rhaid iddo fo helpu efo'i frodyr. Be rŵan?*'

'*Dwi'm yn gwbod sut i gael gwared arnyn nhw*,' medda fi dan sibrwd yn ôl.

Rydan ni'n syllu ar ein gilydd ac ar yr eiliad honno mae popeth rhyngon ni'n newid; Tasha a'r fam sydd ddim yn ei gwarchod hi a fi a'r fam yn y carchar. A'r naill na'r llall efo cartre go iawn. Rydan ni'n mynd i wynebu hyn efo'n gilydd. Dwi'n nodio'n gadarn arni. Mae hi'n nodio yn ôl ac rydan ni'n camu i lofft Mam.

'Gymraist ti dy amsar,' medda Bazza dan chwyrnu.

Ond mae Shirl yn gwisgo'r wên anghynnes yna. 'Anwybyddwch o, y surbwchyn. Felly be ydi dy enw di, del? Llefrith, dau siwgr i ni, Josie.'

'Tasha dwi. Dwi'n aros efo Josie tra mae fy mam i'n Sbaen a does gennan ni ddim llefrith yn y tŷ. Ond mae 'na ddigon o siwgr yma.'

Mae llais Tasha mor siarp â chyllell a does yna ddim golwg ei bod hi'n feddw rŵan. Dwi'n edrych mewn syndod arni ac wedyn yn tywallt y te gan roi paned i bawb.

'Felly ym mha garchar oedd Mam a chi eto?' medda fi'n ddidaro, wrth bwyso yn erbyn pentwr o focsys.

'Wnes i'm deud,' medda Shirl, gan fy llygadu fi o 'nghorun i'm sawdl. 'Ond Carchar Llancerrig. Tua deg milltir o fan hyn, bosib. Be ti'n ddeud, Bazza?'

'Ia, ryw ddeg milltir, ballu.'

'Pryd mae'r oriau ymweld?'

'Dydi'r lle ddim fel ysbyty, del,' medda Shirl. 'Rhaid i chdi gael caniatâd a ti'm yn un ar bymtheg, nag wyt? Ti angen i berthynas ofyn drostach chdi.'

Mae 'nghalon i'n suddo. Fedra i ddim gofyn i neb heb iddyn nhw ddod i wybod 'mod i yma ar fy mhen fy hun.

Mae Tasha yn edrych yn dosturiol arna i ac yn gwasgu 'mraich i. Wedyn mae hi'n ymestyn ac yn dylyfu gen, 'Dwi angan cwsg. Lot o waith cartra i'w neud yn y bora.'

Dwi'n dallt be mae hi'n ei wneud. 'Finna hefyd.'

Dwi'n rhythu ar Shirl a Bazza, yn dyheu iddyn nhw adael.

Fel tasai hi'n gallu darllen fy meddwl i, medda Shirl mewn llais diog, 'Mi ddudodd dy fam y bydden ni'n cael aros am ddiwrnod neu ddau fan hyn, tan i ni gael ein traed danon ni.'

Felly dyna'u cynllun nhw, a does yna ddim byd fedra i ei wneud am y peth.

Mae Tasha yn fy nhynnu fi i fy llofft. Dwi'n syrthio'n ddiymadferth ar fy ngwely sengl cul. 'Lle ydan ni am gysgu?'

Er syndod, mae Tasha yn ymarferol iawn. Cyn pen dim, rydan ni yn y gwely, un ym mhob pen, ac o leia mae'n gynnes. Dwi'n sôn wrthi am y llythyr.

'Felly dyna pam maen nhw yma,' medda hi. 'Maen nhw wedi dod i chwilio am y pres, Josie. Mae'n rhaid i ni gael y blaen ar y ddau neu mi fyddan nhw'n dwyn pob ceiniog a chei di byth dy fam o'r carchar.'

Dyna sy'n fy arswydo i, dwi'n sylweddoli, a finnau ar fin syrthio i gysgu efo ewinedd traed Tasha Brown yn pigo fy mraich i. Faint yn is eto y galla i suddo? Wna i byth weld Jordan eto?

JP a JT am byth. Ha ha ha.

PENNOD 19
Tasha

Flog Tasha, dydd Sul, 20 Hydref, 8.45 a.m.

Dwi'n ista yn y parc ym mhen draw stryd Josie. Dwi 'di llwyddo i fachu Wi-Fi rhywun yn y tai draw fanna. Dwi 'di mynd drwy fy holl negeseuon i, ond dim byd gan Mam. Mae hi'n oer ac yn wlyb yma ond alla i ddim flogio yn y tŷ dim mwy, dim ers i'r bobl yna symud i mewn o'r carchar. Dwi'm yn gwbod be mae Josie am ei neud efo nhw. Pan es i allan mi oeddan nhw'n busnesu yn y bocsys yn y bathrwm. Maen nhw am ddwyn ei phres hi i gyd, dwi'n gwbod yn iawn.

Drwg ydi, mae ganddi hi ormod o ofn mynd at yr heddlu achos mi fyddan nhw'n ei rhoi hi mewn cartra gofal. Ddudais i wrthi hi fod gen i ofn yr un peth. Ffoniais i Dom yn hwyr neithiwr i ofyn iddo fo beidio â deud wrth ei fam am Chaz. Fuodd rhaid i fi fygwth peidio byth â siarad efo fo eto cyn iddo fo gytuno. Mi ddudodd Josie rywbeth od iawn pen ddes i oddi ar y ffôn. Bod Dom yn fy licio i lot. Mi ddudais i wrthi ein bod ni 'di bod yn ffrindiau gora erioed a 'mod i mewn cariad efo Rory.

Adawodd Josie am hanner awr 'di chwech i neud ei rownd bapur. Fuodd rhaid i ni gysgu yn yr un gwely neithiwr ac mi ddeffron ni'n dwy ychydig ar ôl pump. Mi oedd hi'n oer, felly fuon ni'n gorwedd yno am oes yn siarad. Dwi'n ei dallt hi'n iawn, rŵan. Dwi'n teimlo cywilydd braidd, ffordd dwi 'di'i thrin hi. Mae hi 'di bod yn ffrind da i fi, yn enwedig ers iddi ddod i wbod am Chaz. A sbïwch y llanast mae hi ynddo fo achos ei mam. Mae hynna'n hollol hurt bost.

Wneith hi'm cyfadda o hyd fod ei mam hi'n hordiwr obsesiynol gwallgo, ond dydi hi erioed 'di cael ffrind draw ac erioed 'di cael cariad achos bod ganddi gymaint o gywilydd o sut maen nhw'n byw. Mae hi'n ofnadwy o unig. Fyddwn i ddim wedi dallt hynny cyn gorfod gadael cartra, cyn i bawb gefnu arna i.

Mae hi'n meddwl bod Jordan 'di gorffen efo hi ers iddo fo weld ei thŷ hi, ond ddudais i wrthi bod hynny'n wirion. Os ydi o'n ei licio hi, fydd dim ots ganddo fo. O'n i'n anghywir ac yn naïf, medda hi. Fi?

Dwi'm isio mynd yn ôl i'r tŷ ar fy mhen fy hun, felly mi ddudodd Josie wrtha i am ei chyfarfod hi yng Nghaffi Terry am naw ac mi gawn ni frecwast a gneud cynllun. Wnes i'm bwyta dim byd ddoe ac mae 'mhen i fel meipan achos bod gen i hangofer anferth.

Mae'n rhaid i fi stopio yfed. Os bydda i'n troi'n alci, mi fydda i'n landio ar y stryd yn y pen draw, mewn bocs cardbord, a fedra i ddim meddwl am ddim byd gwaeth yn y bydysawd.

Felly

rhoi ei llaw ar ei chalon

dwi'n addo peidio yfed byth eto. Dyna fo hwnna ar y flog ac wedi'i recordio am byth.

Dwi'n pwyso Stop.

Mae hen ddyn yn pasio'n mynd â'i gi am dro ac mae o'n taflu golwg ryfedd arna i. Dwi'n tynnu 'nhafod arno fo ac mae o'n chwyrnu arna i. Mae'n siŵr ei fod o'n meddwl 'mod i mewn gang neu rywbeth felly, mae 'na olwg y diawl arna i. Mae 'ngwallt i'n llipa ac yn seimllyd, mae 'nillad i wedi crebachu, ac mae 'na staen brown tywyll ar fy nhop i. Dwi ddim wedi newid ers neithiwr a dwi ddim wedi cael cawod ers dydd Gwener.

Dwi'n rhoi fy ngliniadur i gadw. Mae angen ei wefru fo a dwi'n gobeithio y gwneith Terry adael i fi roi plwg i mewn yn rhywle. Dwi angen mynd i un o'r caffis crand yna ar y Stryd Fawr sydd efo plygiau a Wi-Fi ond alla i ddim fforddio'r coffi. Am funud dwi'n difaru rhwygo pres Chaz ond wedyn dwi'n ysgwyd fy mhen. Mi fyddai'n well gen i newynu. Mae Josie wrth y cownter yn barod yn aros i archebu wrth i fi gyrraedd Caffi Terry.

'Brecwast llawn?' medda hi.

'Sgen i'm pres.'

''Dan ni efo'n gilydd rŵan,' medda hi mewn tôn gynllwyngar. 'Adawodd Mam ychydig o bres i fi.'

'Diolch.' Dwi'n nodio ac yn gwenu'n braf arni. Efallai nad ydw i ar fy mhen fy hun mwyach. O leia mae Dom yn gwybod am fy mhroblem i, a Josie hefyd. Efallai rhyngon ni y gallwn ni gynllunio sut i gael gwared ar Chaz. Hynny ydi, pa mor anodd allai'r peth fod?

'Ti'n gweld Dom heddiw?' medda Josie, ar ôl i ni eistedd i lawr.

'Mae ganddo fo arholiada cyn hir. Mae o'n gorfod adolygu.'

'Ond does gennan ni ddim arholiada tymor yma.'

'Mae Dom yn ofnadwy, ofnadwy o glyfar. Mae o'n gneud ei Safon Uwch ha nesa.'

'Yndi siŵr. Anghofiais i. Pryd mae o'n un ar bymtheg?'

'Mis Rhagfyr. Mae o flynyddoedd o flaen pawb arall. Be amdanach chdi, ti 'di clywad gan Jordan?'

Mae Josie yn ysgwyd ei phen. 'Gen i ofn anfon neges ac mae o'n ymarfer bob bora. O'n i'n meddwl y byddwn i'n aros i weld, ti'n gwbod...'

Dwi'n nodio. 'Dwi'n siŵr y gwneith o. Mae o'n dy licio di.'

'Ti'n meddwl hynny go iawn?' Mae hi'n edrych arna i fel tasai hi'n erfyn.

Dwi'n gwneud môr a mynydd o'r peth. 'Argol mawr, yndi. Wnaeth o'm tynnu'i lygaid oddi arnach chdi drwy'r nos. Mae o wedi gwirioni efo chdi, trystia fi. Dwi'n gwbod pob dim am gariad.'

Gobeithio 'mod i'n iawn. Ond doedd o ddim yn edrych yn rhy fodlon pan ddaeth y bobl yna o'r carchar i'r tŷ. Anodd ei feio fo a dweud y gwir. Mi oedden nhw'n fy nychryn innau hefyd.

Ond mae Josie yn coelio pob gair. Mae hi'n gwenu'n ferchetaidd, ac mae'i hamrannau hi'n crynu'n gyffro i gyd. Dwi erioed wedi'i gweld hi fel hyn.

'Gobeithio i'r nefoedd bo' chdi'n iawn,' medda hi. 'Fo ydi 'nghariad cynta i erioed. Mae'n siŵr ei fod o'n swnio'n hollol hurt i chdi. Ond dwi erioed wedi, wel, beth bynnag, mae o mor gorjys a dwi'n meddwl ei fod o wedi bod yn ofnadwy o unig, fel fi, achos ei fod o'n gorfod ymarfer o hyd...'

Mae hi'n parablu am oes ac wedyn yn stopio am lymaid o de. Mae hi'n rhoi'r mŵg i lawr, yn syllu arna i ac yn dweud, 'Ti'n gwbod bod Dom wedi gwirioni arnach chdi, Tasha? Mae'r peth *mor* amlwg. Mae hyd yn oed Jordan yn gallu gweld hynny.'

Dwi'n piffian chwerthin. 'Rŵan pwy sy'n naïf? Mae Dom mor ifanc, dydi cael cariad erioed wedi croesi'i feddwl o. Ti'n cofio Rory neithiwr?'

Mae hi'n gwenu. 'Y canwr golygus? Pwy fyddai ddim?'

'Cadwa'n glir, fi piau fo. Mi gyflwynodd o gân i fi ychydig yn ôl. Dwi'n disgwyl iddo fo ofyn i fi fod yn gariad iddo fo cyn bo hir.'

Er nad ydw i'n teimlo'n sicr o hynny o gwbl, mi wnaeth o'n bendant edrych arna i neithiwr fwy nag unwaith cyn i fi feddwi'n wirion.

'Braf,' medda Josie efo gwên werthfawrogol. 'Rhaid ei fod o tua un deg naw.'

'Ugain.'

'A bendant yn lyfli. Pob lwc i chdi. Ond bydd yn glên efo dy Dom bach annwyl.'

Rydan ni'n chwerthin. Mae hi'n hogan iawn, Josie Tate. Rydan ni'n gorffen ein brecwast ac mae Josie yn dweud, 'Cawod?'

'Bendant.'

Mae hi wedi bod yn edrych yn bryderus ar ei horiawr. 'Mi fydd Jordan yn y gampfa am y ddwy awr nesa, felly mi allwn ni fynd i'r pwll.'

Rydan ni'n mynd adre i nôl ein pethau ac yn ceisio sleifio heibio i ddrws llofft mam Josie, ond mae Shirl yn ein gweld ni ac yn gweiddi, 'Iawn, genod?'

Mae Josie yn rhoi'i phen yn y drws ac yn dweud, ''Dan ni'n mynd i'r llyfrgell i astudio.'

'Welwn ni chi wedyn, iawn?'

Mae Josie yn chwyrnu ac yn camu o'r llofft, gan edrych arna i. Rydan ni'n dwy yn codi ein haeliau, yn bachu ein stwff, ac yn gadael y tŷ.

Yr holl ffordd i'r pwll, rydan ni'n sgwrsio am sut i gael gwared arnyn nhw, ond all yr un ohonon ni feddwl am gynllun gwell na gwenwyno'u te a'u gwneud nhw mor sâl nes y byddan nhw angen ambiwlans.

'Efo be? Mi fydden nhw'n blasu *bleach* neu rywbeth felly, bydden?' medda Josie.

'Siawns bod gan Dom gefnder fyddai'n gwbod sut.'

'Gofynna iddo fo.'

Mae hi'n dawel tan i ni gyrraedd y stafelloedd newid ac wedyn mae hi'n dweud, 'Sut ei di adra, Tasha? Sut ydan ni am gael gwared ar Chaz?'

Mae fy llygaid i'n llenwi efo dagrau. Mae Josie yn dod draw ac yn rhoi'i breichiau o 'nghwmpas i a dwi'n crio fel hogan fach. Mae hi'n gynhesach na Mickey sydd bron wedi boddi yn fy nagrau i wythnos yma. Ac mae hi'n dweud y pethau iawn. Dydi Mickey ddim yn gallu gwneud hynny.

'Dwi'n addo, Tasha, mi wnawn ni ddatrys hyn. 'Dan ni efo'n gilydd rŵan, tydan?'

Dwi'n sniffian ac yn rhoi'r gorau i grio. Yn sefyll yno, yn gwrando ar Josie yn trio 'nghysuro i, alla i ddim peidio â meddwl waeth pa mor ddrwg ydi pethau efo Mam a'r anghenfil Chaz, dydi 'mywyd i'n ddim byd o'i gymharu â bywyd Josie. Mae'i mam hi yn y carchar, does ganddi ddim ffrindiau, ac mae'i thŷ hi fel tomen sbwriel.

Ac wedyn rydan ni'n cael y gawod boeth orau erioed,

yn pasio'r siampŵ a'r hylif o dan y ciwbiclau i'n gilydd ac yn canu 'Storm yr Angel' ar dop ein lleisiau. Mae gan Josie lais gwych, mae hi'n gallu taro'r nodau uchel yn well na Rory... tan i ryw hen ddynes weiddi arnon ni i gau ein cegau.

Rydan ni'n dod allan wedi ein lapio yn ein tywelion, ein gwalltiau'n diferu dros y llawr, ein sgwyddau ni'n taro yn erbyn ei gilydd, ac yn chwerthin yr holl ffordd yn ôl i'r stafell newid. Mae Josie yn dangos i fi sut i sychu fy ngwallt efo'r sychwr dwylo, a dwi wedyn yn sythu ei gwallt hi orau y galla i efo 'mrwsh gwallt tra'i bod hi'n ei sychu.

'Mae o'n edrych yn grêt. Diolch, Tash,' medda hi, yn binc ac yn iach yr olwg wrth iddi syllu arni hi'i hun yn y drych. 'Bron mor dda ag Angel y diwrnod o'r blaen.'

'Storm yr Angel?'

Mae Josie yn chwerthin yn uchel. 'Doedd yna'm storm efo hi, chwara teg.'

'Dyma chdi.' Dwi'n estyn fy mag colur ac er nad ydw i byth bythoedd yn rhannu, dwi'n rhoi ychydig o finlliw a cholur llygaid ar Josie.

'Grêt. Diolch, Tash.' Mae hi'n estyn potel fechan i fi. 'Yli, tria hwn.'

'Calvin Klein! Mae hwnna mor ddrud.' Dwi'n rhoi ychydig ar fy arddyrnau a 'ngwddw.

'Ges i o gan Jordan neithiwr. Fy mhersawr cynta erioed i a 'mhresant cynta erioed gan hogyn.'

Mae'i llygaid hi'n llenwi efo dagrau ac mae hi'n eu sychu

nhw efo lliain.

''Na chdi, yli,' medda fi, wrth ddefnyddio pensel llygad o flaen y drych. 'Mae o'n licio chdi, ac yn gwario'r holl bres yma arnach chdi.'

Mae Josie yn dawel am fymryn wrth wisgo. 'Felly faint ti'n ei wario ar golur?'

'Tua tri deg punt y mis.'

'Waw! Mae'n cymryd pythefnos i fi ennill cymaint o gyflog â hynny.'

'Ti'n ennill llwyth o bres, Jose. Ti heb fod yn cynilo? Allai hynny dalu dyled dy fam.'

Mae hi'n tawelu wrth ddechrau pacio'i stwff.

'Sori. O'n i'm yn bwriadu busnesu.'

'Na, mae'n iawn,' medda hi mewn llais trist. 'Dwi angen yr holl bres, i bethau ysgol, hyd yn oed i wisg ysgol. Mae 'na dyllau yn fy sgidiau i. A bwyd...' Mae'i llais hi'n distewi ac mae hi'n syllu arna i. 'Dwi'n sylweddoli rŵan bod Mam yn gwario'i holl bres ar ei chasgliad. Mae hi wedi bod yn gwneud hynny ers blynyddoedd. O'n i'n arfer meddwl mai anghofus oedd hi, am fwyd a dillad a phetha sgwennu ac ati. Ond y gwir amdani ydi mai dim ond un peth sydd ar ei meddwl hi: achub y blaned. Mae hi'n prynu petha bob dydd. Ac wedyn mi gollodd hi'i swydd ac mae hi rŵan mewn dyled ac yn y carchar.'

Mae Josie yn taflu'i bag dros ei hysgwydd ac rydan ni'n cerdded o'r pwll i'r stop bws mewn distawrwydd. Mae hi'n bwrw glaw ac rydan ni'n cysgodi o dan goeden wrth i'r dŵr ddiferu i lawr cefn fy ngwddw.

Dwi'n gafael yn gadarn yn Josie. ''Dan ni am ffeindio'r pres yna cyn y bobl ddrwg yna, iawn?'

Dwi'n dal fy nwrn allan ac mae hi'n syllu arno fo. Dwi'n bachu'i llaw hi, yn troi'i bysedd hi'n ddwrn, ac yn taro ein dyrnau yn erbyn ei gilydd.

Mae yna wên yn lledu ar hyd ei hwyneb hi. 'O, dwi'n dallt. Taro dyrna.'

Dwi'n ochneidio'n drwm ac yn rowlio fy llygaid.

Mae hi'n chwerthin. 'Ti'n rêl drama, Tasha Brown.'

'Paid â sôn, Josie Tate,' medda fi. 'Dîl?'

'Ia glei.'

Dwi'n amau mai oherwydd Jordan a'i acen hwntw mae hi'n dweud hynny. Gobeithio i'r nefoedd nad ydi o wedi gorffen efo hi. Mae gennyn ni ddigon o broblemau eraill i'w datrys ar hyn o bryd.

PENNOD 20

Josie

Ar ôl cyrraedd yn ôl i'r tŷ a chamu i mewn, mae'r hen ddistawrwydd iasol yna i'w deimlo eto. Rydan ni'n mynd i fyny'r grisiau bron ar flaenau'n traed, ond mae llofft Mam yn wag.

'I le aethon nhw?' medda fi.

Mae Tasha yn codi'i sgwyddau ac yn mynd draw i fy llofft i. Mae honno'n wag hefyd.

'Hwrê!' medda hi, gan godi dwrn i'r awyr. 'Maen nhw wedi mynd.'

''Dan ni ddim yn gwbod hynny. Ella'u bod nhw wedi mynd allan i gael bwyd, fel ni.'

'Oes gen ti gadwyn ar dy ddrws?'

'Oes! Awn ni i'w chloi hi.'

Dwi'n llamu i lawr y grisiau at y drws ffrynt ac yn rhoi'r gadwyn yn sownd yn ei lle. Ond wedyn dwi'n dychryn ac yn rhuthro yn ôl at Tasha. 'Be os ydyn nhw wedi dod o hyd i'r pres yn barod ac wedi dianc?'

Mae Tasha yn gwgu ac yn mynd yn ôl i lofft Mam. 'Sbia,'

medda hi, gan rythu ar y gwely. 'Mae'u bagiau nhw'n dal yma a phecyn llawn o sigaréts. Alla i ddim gweld Bazza'n gadael ei smôcs ar ôl.'

Dwi'n nodio.

'Hefyd,' medda Tasha wedyn, 'does 'na'm golwg eu bod nhw 'di bod yn twrio drwy'r llanast.'

'Ti'n iawn. Wel, dwi'n mynd i ddechra yn y stafell fyw. 'Dan ni'm 'di agor y drws ers blynyddoedd. Os mai ar ôl i Taid farw yr aeth y llyfr banc ar goll, mae hi'n fwy tebygol ei fod o wedi'i gladdu fan hyn nag yn unman arall. Dim ond dwy flynedd yn ôl y gwnaethon ni stopio defnyddio'r bathrwm, a'r gegin pan oeddwn i'n ddeg. Ond alla i ddim cofio mynd i'r stafell fyw o gwbl, deud y gwir.'

'Swnio fel cynllun da,' medda Tasha.

Cyn i ni allu dechrau arni, mae ffôn Tasha yn canu. Mae hi'n syllu ar y sgrin, yn codi'r ffôn at ei chlust, ac yn dweud, 'Iawn...' mewn llais llawn syrffed.

Dwi'n siŵr mai ei mam hi sydd yno. Dwi'n nodio'n gefnogol arni.

'Pam?' medda Tasha. 'Na... dim byd llawar. Does gen i'm pres, be ti'n ddisgwyl? … Mae o i ffwrdd rŵan… pryd mae o 'nôl? Ti'n hollol siŵr achos dwi ddim... Iawn, iawn. Rho hannar awr i fi.'

Mae hi'n diffodd y ffôn ac yn ochneidio. 'Mae Mam wedi penderfynu ei bod hi'n poeni amdana i. O'r diwadd. Mae hi isio i fi fynd draw i weld a allwn ni ddatrys petha.'

'Be wyt ti isio'i neud?'

Mae hi'n fy llygadu i am funud. 'Dwi angen dillad glân a phres. Ond dwi'm yn ei thrystio hi...' Mae hi'n tawelu ac mae'i llygaid hi'n llenwi efo dagrau.

'Alli di ddod yn ôl i fan hyn ac aros am faint bynnag ti isio.'

A beth bynnag, dwi'n arswydo cael fy ngadael ar fy mhen fy hun efo Shirl a Bazza.

'Iawn,' medda hi'n ara deg. 'Os galla i ei pherswadio hi i daflu'r sglyf yna o'r tŷ, mi gei di ddod i aros efo fi. Mi allwn ni ddod yma bob dydd i chwilio am y pres, ond alli di ddim aros yma ar dy ben dy hun dim mwy.'

Dwi'n cyfadde bod hynny'n rhyddhad mawr ac rydan ni'n cofleidio. Mae hi'n codi'i bag ac yn diflannu drwy'r drws ffrynt. Dwi'n rhoi'r gadwyn yn ôl ac wedyn yn penderfynu 'mod i am ymosod ar y stafell fyw.

Mae'r drws yn cilagor y mymryn lleia wrth i fi ei wthio fo. Dim ond llaw a braich y galla i eu ffitio i mewn. Ond dwi'n gafael mewn bag bach ac yn ei dynnu drwy'r bwlch, ac un arall wedyn tan 'mod i wedi llwyddo i agor digon ar y drws i gamu i mewn. Mae'n anhygoel. Mae'r stwff wedi'i bentyrru drwy'r holl stafell, i fyny at y nenfwd. Doedd gen i ddim syniad pa mor ddrwg oedd pethau.

Dwi angen cynllun. Sef agor pob bag a bocs, chwilio am y llyfr banc, ac os nad ydi hwnnw yno, symud y bocs neu'r bag i'r pentwr yn y gegin. Mae yna le o hyd os gwna i daflu pethau i'r cefn.

Y funud dwi'n dod o hyd i'r pres yna, dwi'n mynd i dalu dyled Mam a'i rhyddhau hi o'r carchar. A heb hyd yn oed ofyn iddi, dwi am logi sgip a'i lenwi fo. Dwi ddim yn barod i fyw efo'r llanast yma dim mwy.

Mae hyn yn rhoi andros o wefr i fi. Dwi'n gweithio'n hynod o galed, ac ar ôl dwy awr dwi wedi clirio lle yr holl ffordd at yr hyn sy'n edrych fel soffa. Dwi'n teimlo fel gweiddi hwrê.

Mae rhywun yn curo ar y drws ffrynt. Dwi'n fferru. 'Josie? Gad ni i mewn. Fi a Bazza sy 'ma.'

Ydyn nhw'n gallu 'ngweld i drwy'r ffenest? Mae'r teimlad yn frawychus. Ond wedyn, mae'r ffenestri wedi'u gorchuddio. Os cadwa i'n dawel, mi ddiflannan nhw.

'Ty'd, del, 'dan ni'n gwbod bo' chdi mewn yna.' Mae llais Shirl yn caledu.

Dwi'n clywed sŵn crafu a sgriffian ac wrth gipedrych yn y cyntedd, dwi'n gweld y drws ffrynt yn agor ac yn taro yn erbyn y gadwyn. Maen nhw wedi torri i mewn! Maen nhw'n sicr yn ddihirod go iawn os ydyn nhw'n gallu gwneud hynny. O mam bach!

'Diar annwyl, ofni'r heddlu oeddet ti, Josie? Dyna pam bo' chdi wedi rhoi'r gadwyn?'

Mae llais Shirl yn swnio'n dyner eto, ac yn sydyn dwi'n ansicr. Bosib nad ydyn nhw'n bwriadu 'mrifo fi o gwbl ac mai angen rhywle i aros maen nhw. Mi ddywedodd Mam fod Shirl wedi bod yn garedig iawn efo hi yn y carchar.

'Mi ddaethon ni â ffish a tsips i chdi, i ddiolch am adael i ni aros. Be amdani? Fyddwn ni ddim yma am fwy na diwrnod neu ddau arall, na fyddwn, Bazza? Deuda wrthi.'

Dwi'n clywed Bazza yn pesychu cyn dweud yn ei lais smociwr sych, 'Dwi 'di ffonio Tom, fy mrawd i. Mae o'n byw ar lan y môr efo'i wraig a'i ddau o blant. Dwi angen awyr iach i fy ysgyfaint i ac mae Tom yn deud y cawn ni fynd yno dydd Mawrth ac aros mor hir ag sydd angan.'

'Pam na allwch chi fynd yno rŵan?' medda fi, dan weiddi.

'A, mi *wyt* ti yna wedi'r cyfan, o'n i'n llygad fy lle!' Mae Shirl yn chwerthin yn gyfeillgar. 'Na, allwn ni'm mynd cyn dydd Mawrth, yli, achos mae'i fam o'n hen ac yn aros acw a does 'na'm lle i ni i gyd.'

'Mae hi'n 92,' medda Bazza. 'Mae hi'n aros efo Tom am wsnos ac wedyn yn mynd at fy chwaer i'r wsnos wedyn.'

Rhaid i fi gyfadde, mae'r holl beth yn swnio'n wahanol iawn i be ddychmygais i. Maen nhw rhwng llefydd aros am eu bod nhw newydd ddod allan o'r carchar. Os oedd Shirl yn rhannu efo Mam, go brin ei bod hi'n llofrudd. Bosib eu bod nhw mewn dyled eu hunain. Dydi hynny ddim yn eu gwneud nhw'n beryglus. Maen nhw'n mynd mewn deuddydd at eu teulu ac rŵan dwi'n teimlo'n gas am fod mor amheus ohonyn nhw.

'Iawn.' Dwi'n mynd at y drws i dynnu'r gadwyn. Dwi'n syllu arnyn nhw ar y pafin ac wedyn ar y clo. 'Ydach chi wedi'i dorri fo?'

'Naddo.' Mae Shirl yn chwerthin yn uchel. 'Ddaru Bazza chwara efo darn o weiran achos mi oeddan ni'n meddwl ella bo' chdi wedi cloi dy hun allan.'

'Iawn, dewch i mewn.'

Rydan ni i gyd yn camu i lofft Mam ac maen nhw'n estyn y ffish a'r tsips. Mae Bazza hefyd wedi prynu dau ddeg pedwar can o gwrw a chwe chan o cola.

'Be ti 'di bod yn neud?' ydi cwestiwn Shirl, yn y llais sy'n swnio'n garedig.

'Gwaith cartra.'

'Mi ddudodd Elaine bo' chdi'n astudio bob munud.'

Maen nhw'n sgwrsio efo'i gilydd ac yn llwyddo i yfed sawl can yr un a smocio hanner pecyn o sigaréts. Mae'r llofft yn rhy fyglyd a dwi'n gwneud fy esgusodion ac yn mynd yn ôl i fy llofft fy hun. Bechod na fyddai Tash yma.

Mi wnes i gau drws y stafell fyw cyn agor y drws ffrynt a dwi ddim yn meddwl eu bod nhw'n dallt be dwi wedi bod yn ei wneud. Ond tan eu bod nhw'n gadael, alla i ddim mynd drwy'r llanast. Mae hynny'n golygu bod yn rhaid aros tan ddydd Mawrth. Be ydw i am ei wneud tan hynny?

Mae fy ffôn i'n bipian. Dwi'n estyn amdano ac yn pwyso'r botwm.

ymarfer yn galed wsnos yma, be tn neud JP x

Dim ond un gusan. Efallai mai bod yn gwrtais mae o. Ond o leia mi ydw i wedi cael neges ganddo fo. Dwi'm yn gwybod be i'w feddwl. Tasai Tasha yma, mi fyddai hi'n gwybod yn iawn, byddai? Ond does gen i neb i'w holi.

Dwi'n meddwl am Mel. Mi allwn i sleifio allan a mynd i'w gweld hi. Efallai y bydd Len mewn hwyliau da ac y galla i ofyn mwy iddo fo am dalu dyled Mam. Efallai y byddan nhw hyd yn oed yn fy helpu fi i ymweld â Mam, neu o leia yn fy helpu i gael rhif ffôn er mwyn i fi allu siarad efo hi. Oes gan bobl sydd yn y carchar hawl i gael galwadau ffôn?

Yn teimlo'n hapusach o lawer, dwi'n anfon neges yn ôl.

neud gwaith cartra gobeithio es t adra yn OK JT xx

Dwi'n syllu ar fy sgrin am hanner awr ond dydi o ddim yn ateb.

Dim byd gan Tasha chwaith. Bosib ei bod hi a'i mam yn ôl yn ffrindiau. Mae'n siŵr na fyddan nhw eisiau fy nghael i'n aros yno. Mae hi'n edrych yn debygol 'mod i'n sownd fan hyn efo'r dihirod drwy'r nos.

Mae'r syniad mor afiach dwi'n cerdded ar flaenau 'nhraed at ddrws llofft Mam. Mae hwnnw ar agor a dwi'n gallu clywed dau fath gwahanol o chwyrnu. Maen nhw wedi yfed eu hunain i drwmgwsg, gyda lwc, felly dwi'n llamu i lawr y grisiau ac allan o'r tŷ.

Mae hi'n dywyll yn barod, bron yn chwech, ac mi fydd Mel yn coginio swper i'w nain a'i thaid. Dwi'n edrych ymlaen yn fawr at eu gweld nhw eto, Ivy yn enwedig. Mae hi'n pistyllio bwrw glaw, felly dwi'n rhedeg ar hyd y stryd, fy hwd am fy mhen, tan i fi gyrraedd y drws wrth ochr y fferyllfa.

Dwi'n canu'r gloch. Ar ôl munud neu ddau, dwi'n clywed sŵn traed. Mae rhywun yn stopio y tu ôl i'r drws. Rhaid mai Mel sydd yno. Efallai ei bod hi'n meddwl bod ei modryb hi yn dod i gipio Len, felly dwi'n galw drwy'r blwch llythyrau, 'Fi, Josie, sy yma.'

Mae yna sŵn ratlo ac wedyn mae Mel yn agor y drws ac yn hisian, 'Ty'd i mewn, sydyn.'

PENNOD 21

Mae Ivy yn fy nghyfarch i fel hen ffrind. 'Josie sy 'ma. Yli, Len. Ty'd i ista fan hyn, del, mae 'na ddigon o le.'

Mae hi'n taro'r soffa ddwbl a dwi'n eistedd i lawr wrth ei hochr hi. Mae Len yn ei gadair arferol a'i lygaid wedi'u hoelio ar y teledu. Dydi o ddim yn troi ei ben a dwi'n amau a fydda i'n gallu cael unrhyw smic o'i geg o heddiw.

Mae Ivy yn parablu'n ddi-baid. 'Ac wedyn mi ddywedodd Mel fod yn rhaid i ni fod yn dawelach fyth achos yr hen ddyn i lawr y grisiau, y dyn o'r siop anifeiliaid anwes. Wyt ti wedi'i gyfarfod o, del?'

Dwi'n nodio. 'Do, dwi'n meddwl. Pen moel?'

'Ia, dyna chdi. Mae o'n galw'i hun yn Mr Morris. Mistar, wir!' Mae hi'n codi'i dwrn bychan ac yn ei ysgwyd. 'Ti'n gwbod be ddudodd o wrth Mel ddoe? Deuda wrthi, Mel. Yr hen ffŵl gwirion iddo fo.'

Mae hi'n dechrau mwmial o dan ei gwynt ac mae Mel yn ysgwyd ei phen arna i.

'Mi ddudodd o,' medda Ivy eto, 'nad ydi'r fflatia yma'n ddigon mawr i deuluoedd mawr, a gofyn am ba mor hir oeddan ni'n aros. Dydi hynny ddim o'i fusnas o, wir.' Mae hi'n pwyso ymlaen ac yn pwnio Len ar ei fraich. 'Deuda wrthi be ddudaist ti, Len.'

Yn annisgwyl, mae Len yn troi rownd ac yn agor ei geg. Ond does yna ddim sŵn yn dod allan. Mae o'n gwgu, dyna i gyd, cyn troi yn ôl at y teledu.

'Mi ddudodd Len, "Deuda wrtho fo am ffonio'r cyngor."' Mae Ivy'n edrych arna i'n wybodus. 'Ond dydan ni ddim isio gneud hynny, nag ydan? A ninnau'n trio ffoi.'

Mae Ivy yn tawelu ac mae Mel yn estyn platiau o frechdanau i bawb.

Mae hi mor braf eistedd mewn lolfa go iawn yn cael te nos Sul o amgylch y teledu. Dyma mae teuluoedd normal yn ei wneud, mae'n rhaid. Ar ôl cael fy fflat, er y bydda i wastad yn bwyta fy mwyd o gwmpas y bwrdd, efo platiau sy'n matsio a chyllyll a ffyrc a hancesi papur, dwi'n penderfynu y bydda i'n cael fy nhe nos Sul yn union fel Ivy a Len a Mel. Efallai y galla i eu gwahodd nhw acw, hyd yn oed.

'Cymra frechdan arall, del. Mae 'na hen ddigon ac mae 'na deisenna hufen hefyd.'

Mae Ivy yn llenwi 'mhlât i a dwi'n gwenu drwy gegiad o samwn a chiwcymbr ar fara brown crystiog.

'Sut mae'r nofio'n mynd?' Mae Mel wedi setlo yn y gadair freichiau arall.

'Ddim yn ddrwg. O'n i angen gofyn rwbath i Len am y cyngor ond bosib...'

'Dydi o'm yn cael dwrnod da iawn,' medda Mel dan fwmial. 'Pam na ddoi di i helpu efo'r llestri, Josie?'

Rydan ni'n neidio ar ein traed ac yn clirio'r platiau. Dwi ar dân eisiau gweld cegin Mel ac wrth gwrs, mae hi'n berffaith. Cypyrddau a chownteri sy'n matsio, sinc ddur ddisglair a bwrdd draenio. Popeth yn lân ac yn daclus. Siawns y gallai Mam a fi gael cegin debyg iawn i hon tasen ni ond yn clirio?

'Ti 'di sortio petha efo'r cyngor?' ydi cwestiwn Mel wrth iddi lenwi powlen olchi llestri a thywallt y sebon i mewn iddi.

'O fath. Anfonodd Mam lythyr ata i'n deud bod Taid Ted wedi gadael pres i fi, ond mae'n rhaid i fi drio ffeindio'r llyfr cynilo. Mi alla i wedyn gael y pres a thalu ei dyledion hi.'

'All o ddim bod yn anodd i'w ffeindio.'

Dwi'n tuchan. 'Does gen ti'm syniad faint o stwff mae Mam wedi'i gasglu.'

Mel sy'n golchi a finnau'n sychu efo lliain sychu llestri glân wedi'i smwddio. Tybed a allai fod yno ddigon o bres i dalu'r ddyled ac wedyn i roi blaendal am fy fflat fy hun? Neu o leia i wella ein cegin ni fymryn. Mae gan Mel ei pheiriant golchi dillad ei hun; fyddai hi byth yn mynd i'r *launderette* fel fi a Mam.

Ar ôl tacluso'r gegin, rydan ni'n mynd yn ôl i'r stafell fyw ac mae Mel yn gwneud paned arall o de.

'Ooo!' ydi gwich Ivy wrth i fi eistedd i lawr. 'Dwi wrth fy modd efo'r rhaglen yma, a Len hefyd, dwyt?' Mae hi'n ei bwnio fo eto ac mae o'n chwyrnu.

Dwi'n edrych ar y teledu. Mae yna ddynes yn sefyll y tu allan i'w thŷ yn dweud, 'Dwi'n byw bywyd cyfrinachol. Does yna neb byth yn dod i mewn.'

Mae'r olygfa'n newid a ninnau'n gweld y drws ffrynt, sy'n gilagored, ac mae'r gyflwynwraig, dynes o'r enw Judy, yn gweiddi drwy'r bwlch, 'Os symudwch chi focs neu ddau, ia, dyna chi, mi alla i ddod i mewn wedyn.'

Dwi'n dechrau teimlo ias drwy 'nghorff wrth i fi syllu ar y sgrin. Mae Judy yn y cyntedd ac mae'r ddynes mae hi'n ei galw yn Nellie yn dweud, 'Os dringwch chi dros y pentwr yna mi allwch chi ddod i lawr y cyntedd at y grisiau.'

Mae'r camera'n dangos Judy'n bustachu drwy gyntedd sy'n llawn dop i'r nenfwd o focsys, sachau a phentyrrau o bapurau newydd. 'Rhaid ei bod hi'n anodd iawn byw fel hyn,' medda Judy.

'Mae rhywun yn dod i arfer,' ydi cyfaddefiad Nellie. 'Ond mae hi'n bryd clirio'r llanast. Dwi'n awyddus i wahodd fy ffrindiau draw i ddathlu 'mhen-blwydd yn drigain ac mae hi fel byw ar domen sbwriel, taswn i'n onest.'

Mae troslais i'w glywed wrth i'r camera ddal ati i grwydro'r tŷ, 'Mae yna fymryn o hordiwr ym mhawb ohonon ni. Pan fydd pethau'n mynd dros ben llestri, dyna pryd mae'n troi'n broblem.'

Mae pob stafell wan jac yn y tŷ yn orlawn i'r nenfwd. Does yna ddim cegin, bron ddim bathrwm, dim llofftydd sbâr ac mae llofft Nellie yn edrych, wel, yn union fel un Mam. Mae yna sachau'n gorchuddio hanner y gwely.

Mae'r troslais yn parhau, 'Dechreuodd Nellie gasglu bethau ddeng mlynedd ar hugain yn ôl. Mae'r casgliad wedi'i llethu hi'n llwyr. Mae hi mor hoff o'i 'nialwch, wneith hi ddim cael gwared ar ddim byd. Mae Judy am geisio'i helpu hi i roi cychwyn arni.'

Mae Judy'n sefyll ar y landin i fyny grisiau a golwg wedi ymlâdd arni. 'Mae'n teimlo fel ton ddu yn dod amdana i.'

Mae Nellie yn chwerthin ac yn codi bag. 'Mae gen i fwy o nicers na Marks and Sparks. Mae'r pris yn dal ar y sgert yma.'

'Felly does dim angen mwy ohonyn nhw,' medda Judy.

'O na, mi fydd yn rhaid i fi brynu mwy, o bydd.'

Mae'r troslais i'w glywed eto. 'Mae Nellie yn hordiwr sydd ag anhwylder obsesiynol. Bydd angen therapydd medrus iawn arni i ddeall pam ei bod hi'n hel y 'nialwch yma, ac i'w dysgu hi sut i'w glirio a chael ei chartre yn ôl.'

Mae'r rhaglen yn dod i ben ac mae'r hysbysebion yn dechrau.

Dwi'n eistedd yno'n syllu ar y sgrin mewn sioc. Fy nhŷ i ydi hwnna! Yn union yr un fath!

Mae Nellie fel fy mam i'n union, ac mae Judy fel Tasha, yn dod i'r tŷ ac yn dweud bod fy mam i'n hordiwr. Dwi'n teimlo mor dwp na wnes i wrando, ond do'n i ddim yn dallt be oedd Tasha yn ei ddweud. Mae popeth yn gwneud synnwyr rŵan. Drwy fy oes, mae Mam wedi taflu llwch i fy llygaid i ac wedi mynnu ein bod ni'n byw fel yna, yn gwbl wahanol i bawb arall ar y blaned, gan ein bod ni'n achub y blaned.

Ond dydi hynny ddim yn wir o gwbl.

Mi oedd Nellie wedi colli cysylltiad efo'i phlant ar ôl iddyn nhw sylweddoli mai'r llanast, ac nid nhw, oedd yn dod gynta.

Dyna fi'n union. Dydi Mam ddim yn prynu bwyd iawn, na sgidiau ysgol, na dim byd i fi. Mae hi'n gwario'i holl bres ar ei phethau hi. Ac rŵan mae hi mewn cymaint o ddyled mae hi yn y carchar, a'r cyfan oherwydd ei hobsesiwn hordio hurt.

'Josie? Teisan?' Mae Mel yn syllu arna i. Rhaid ei bod hi wedi gofyn ddwywaith neu dair a finnau filltiroedd i ffwrdd.

Alla i ddim aros fan hyn. Dwi'n teimlo cymaint o gywilydd a gwarth ac yn teimlo'n naïf. Ha ha. Dyna wnes i alw Tasha ddoe. Rhaid ei bod hi'n chwerthin a chwerthin am fy mhen i. Rhaid bod pawb yn chwerthin am fy mhen i. Hon oedd ei hoff gyfres hi, medda Ivy. Mae hi mor boblogaidd, fel y rhaglenni dogfen yna am bobl dew. Mae pawb yn yr ysgol wastad yn siarad am y rhaglen ddiweddara am bobl dew ac yn chwerthin am ben y bobl hynny, druan. Rŵan 'mod i'n dallt, dwi'n gwbl sicr eu bod nhw'n gwybod

bod fy mam i'n hordiwr obsesiynol fel yr holl bobl yma ar y teledu, a'u bod nhw'n siarad amdana i y tu ôl i 'nghefn i.

Mi fydd Dom a Tasha wedi sôn wrthyn nhw am fy nhŷ i erbyn hyn, byddan? Mae pawb yn gwybod fy nghyfrinachau i o'r diwedd. Dwi eisiau rhedeg a dianc.

Dwi'n codi ac yn mwmian diolch.

Medda Ivy mewn llais siomedig, 'Pam wyt ti'n mynd? Ti wedi cael dy frifo, del? Rwbath ddudais i?'

Mae Mel wrthi'n clirio'r cwpanau. Mae'i bywyd hi bron iawn yn berffaith. Mae angen iddi benderfynu be i'w wneud efo'i thaid a'i nain, dyna i gyd. Pam fyddai ots ganddi amdana i?

'Na, Ivy, mae hi wedi bod mor braf eich gweld chi, go iawn. Mi ddo i eto cyn hir.'

Mae Ivy yn gwenu'n garedig arna i ac mae'i llygaid aderyn bach hi'n disgleirio. Bechod na fyddai gen i nain fach annwyl i boeni amdana i. Dim ond Mam sydd gen i, ac ar ôl gweld y rhaglen yna, dwi'n teimlo 'mod i'n ei chasáu hi efo cas perffaith rŵan.

Mae fy mam i wedi bod yn palu celwyddau wrtha i drwy fy oes. Dyna sy'n mynd drwy fy meddwl wrth i fi frasgamu adre, fy nwylo yn fy mhocedi, yn crynu gan ddicter. Mae hi wedi difetha 'mywyd i. Pam ddylwn i drafferthu i'w chael hi allan o'r carchar? Mi geith hi bydru yno am byth, wir. Dwi ddim hyd yn oed wedi gofyn i Mel sut mae ffonio'r carchar. Ar y funud, dwi byth eisiau siarad efo Mam eto!

Dwi'n camu i'r tŷ ac yn clepian y drws y tu ôl i fi. Mae'r bocsys yn y cyntedd yn crynu ac yn edrych yn fygythiol uwch fy mhen. Dwi'n gallu clywed Shirl a Bazza'n sgwrsio ac yn chwerthin. Mae drws y stafell fyw ar agor.

Mae'r dicter sy'n hyrddio drwydda i'n cyrraedd ei benllanw ac wrth wthio fy ffordd drwy'r cyntedd, dwi'n camu i'r stafell fyw ac yn gweiddi, 'Be goblyn ydach chi'n ei neud yma? Ewch allan! Deud y gwir, ewch allan o 'nhŷ fi yr eiliad yma!'

Maen nhw'n rhythu arna i, Bazza efo sigarét yn hongian o'i wefusau tenau. Maen nhw'n edrych fel cardotwyr truenus. Pam wnes i adael iddyn nhw ddod yn ôl i mewn?

Dydi Shirl ddim hyd yn oed yn trio gwenu'n oer. Yn hytrach, mae hi'n nodio ar Bazza. Mae o'n dal i rythu arna i, ond mae'i law o'n estyn am dop ei fŵts ac mae o'n tynnu'r gyllell fwya i fi'i gweld erioed oddi yno. Mae ganddi lafn llydan sy'n troi'n bigog ac yn finiog ar y pen. Mae 'ngwaed i'n fferru.

Yn ara deg, mae o'n codi'r gyllell yn ei law ac yn dechrau glanhau ei winedd mochaidd efo'r darn miniog.

'Fel *hyn* mae hi am fod,' medda Shirl, ac mae'i llais hi'n wenwyn pur, heb arlliw o ffug gyfeillgarwch rŵan. ''Dan ni am aros yma am sbel, ffeindio'r llyfr banc yna, ac wedyn mi gei di dynnu'r pres allan i ni. 'Dan ni braidd yn brin ar y funud, del, ti'n gwbod sut mae petha. Felly 'dan ni angen i chdi ein helpu ni. Dos di i ddechrau clirio'r gegin, achos cynta'n byd y cawn ni'r pres, cynta'n byd y byddwn ni wedi diflannu. Yndê, Bazza?'

Mae Bazza'n tynnu'r llafn o'i ewin ac yn ei bwyntio'n ddiog ata i. 'Ia, Shirl.'

'Na.' Er bod fy llais i'n crynu, dwi'n codi fy ngên i'r awyr. Dwi wedi cael llond bol ar bobl yn cymryd mantais ohona i, ac yn fy nhwyllo i. Does neb yn real. Does neb pwy maen nhw'n esgus bod, gan gynnwys fy mam a Tasha a Dom a hyd yn oed Jordan. Os ydi o'n fy licio i, pam nad ydi o eisiau 'ngweld i? Dydi o ddim yn hogyn go iawn os ydi o am ddefnyddio tŷ fy mam i fy marnu i. Dim fy mai i ydi hyn.

'Fel hyn mae hi am fod,' medda fi, wrth i Shirl a Bazza grechwenu ar ei gilydd, sy'n fy ngwneud i'n fwy blin fyth. 'Dwi'n mynd at yr heddlu ac maen nhw'n mynd i ddod i'ch arestio chi.'

Dydyn nhw ddim yn symud. Dydyn nhw ddim hyd yn oed yn edrych yn bryderus.

Dwi'n dechrau mynd wysg fy nghefn am y cyntedd. Mi alla i wasgu fy ffordd allan o 'nhŷ fi ddwywaith cyn gyflymed â nhw, ac mi fydda i'n rhedeg i lawr y stryd cyn iddyn nhw gyrraedd y drws ffrynt.

'Gwna di hynny,' medda Shirl. 'Ac mi fyddi di mewn cartra maeth cyn hannar nos heno a chei di byth dy fam yn rhydd.'

Dwi'n stopio yn fy unfan. O mam bach, mae hi'n

iawn. Dwi'n un ar bymtheg ddydd Iau ond mae yna bum diwrnod tan hynny, a beth bynnag, mae'n rhaid bod yn ddeunaw cyn iddyn nhw adael i chdi fyw ar dy ben dy hun. Dyna be mae Tasha yn ddweud.

Dwi'n stopio ac yn troi. 'Iawn, chi sy'n ennill,' medda fi, mewn llais blinedig. 'Ond brysiwch, ac ewch o 'ma wedyn.'

Dydyn nhw ddim yn dweud gair, diolch i'r drefn. Mae Bazza'n cicio ambell focs a Shirl yn dechrau rhwygo bag plastig ar agor. Mae 'nghalon i'n suddo wrth feddwl amdanyn nhw'n dwyn ein pres ni, neu'n hytrach, fy mhres i. I *fi* roddodd Taid Ted y pres yna.

Dwi'n clywed tapio ar y drws ffrynt. Dwi'n taflu cip i'r stafell fyw ond dwi ddim yn meddwl bod y cardotwyr wedi clywed. Dwi'n gwasgu fy ffordd at y drws ac yn ei agor o. Mae Tasha ar y stryd, yn crio'n dawel ac yn crynu.

Dwi'n gafael ynddi, yn ei thynnu hi i mewn, ac yn hisian, 'Paid â gneud smic. Dilyna fi.'

Mae hi'n nodio. Rydan ni'n cau'r drws ffrynt efo'r mymryn lleia o sŵn. Rydan ni'n sleifio heibio i'r stafell fyw ac i fyny'r grisiau i fy llofft. A ninnau y tu mewn, dwi'n troi'r goriad yn y clo.

'Maen nhw yn ôl,' medda Tasha. 'Be ddigwyddodd? A dwi'm yn meddwl y gwneith hwnna eu cadw nhw allan. Mi lwyddodd Chaz i symud popeth o'n i wedi'i roi i bwyso yn erbyn y drws.'

'Dwi 'di bod mor wirion, Tasha, mor hurt bost o wirion.'

Dwi'n sôn wrthi sut gwnaeth Shirl a Bazza dwyllo'u ffordd yn ôl i mewn a sut maen nhw wedi 'mygwth i. A dwi'n sôn wrthi am y rhaglen deledu am yr hordiwr. 'Felly dwi'n dallt be oeddet ti'n ei ddeud ac mae'n siŵr bo' chi i gyd yn chwerthin am fy mhen i, a phawb yn yr ysgol hefyd.'

'Pwy sy'n chwerthin? Fi a Dom? Paid â gwylltio. 'Dan ni ddim wedi deud gair wrth neb. Ti'm yn wirion, Josie Tate. Ti'n glyfar ofnadwy. Dwi'n gwbod hynny, achos mae Dom bach annwyl mor glyfar, a titha'n eitha tebyg iddo fo.'

Mae Tasha wedi stopio crio ac wedi sychu'i llygaid. Mae ganddi fag dros ei hysgwydd ac mae hi'n ei wagio fo ar y bwrdd. 'Yli, dyma fy holl fyd i rŵan. Amball drowsus, crys-T, siorts, pâr neu ddau o deits a 'ngwisg ysgol i.'

'Felly ddaru dy fam ddim gwrando.'

Mae hi'n tuchan. '*Chaz 'di'r peth gora ddigwyddodd i fi erioed,*' medda hi, gan ddynwared ei mam. '*Mae Chaz yn ddyn da a fyddai o byth yn gwneud dim byd i dy frifo di. Mae Chaz yn deud ei fod o wedi trio bod fel tad i chdi. Mae Chaz yn deud bo' chdi'n ffugio hyn i gyd achos bo' chdi'n genfigennus. Mae Chaz yn deud...*' Mae hi'n stopio, fel tasai rhywbeth wedi mynd yn sownd yn ei gwddw.

Mae hi'n codi Mickey Mouse ac yn ei anwesu fo'n dynn yn erbyn ei brest. 'Be ydw i am neud rŵan, Josie? Mae gen i gymaint o ofn gorfod byw mewn bocs ar y stryd.'

PENNOD 22

Tasha

Flog Tasha, dydd Llun, 21 Hydref, 2.46 p.m.

Dwi'n flogio yn y *launderette*. Mae 'na Wi-Fi ar gael drwy'r wal o'r fflat i fyny'r grisiau, ond mae'r signal yn wan. Mae'n anodd cael negeseuon. O leia mi alla i flogio. Mae Josie a fi wedi dod yn ffrindia gora. Dwi mor falch wnes i ddim deud wrth bawb yn yr ysgol bod ei mam hi'n hordiwr. Ers talwm, dyna fyddai Tasha Brown yr hen ast wedi'i neud. Ond ers i Josie adael i fi gael aros efo hi, hyd yn oed cyn iddi ddod i wbod am Chaz, doedd ei bradychu hi ddim yn teimlo'n iawn. 'Dan ni yn dîm rŵan, achos mae'n rhaid i ni drio cwffio byw yn y tŷ efo'r dihirod yna.

Dwi'n ddigartra.

Neu dwi wedi gadael cartra. Bron yn bendant.

Ond o leia dwi'm yn cysgu mewn drws siop.

Mi ddudodd Mam ddoe, 'Dwi'm yn meddwl y galli di aros yma ar y funud, Tasha. Dos yn ôl at Dom a gad wbod pan fyddi di wedi callio.'

Ond dwi'm yn aros efo Dom. Dwi'n rhannu gwely efo Josie Tate. Mae'i mam hi yn y carchar, ac mae hi'n byw mewn tŷ hordiwr efo dau ddihiryn sy'n cario cyllell fawr ac sydd efo problem smocio.

Felly dwi'm yn gwbl ddigartra, achos mae gen i do uwch fy mhen, ond ella y bydda i cyn hir, achos mae hi'n beryglus ofnadwy yn nhŷ Josie.

Mae Mam wedi dewis Chaz o 'mlaen i ac mae 'ngwisg ysgol i'n dechrau drewi.

Mi ofynnais i Josie sut oedd hi'n golchi dillad neithiwr.

'Dwi'n mynd i'r *launderette* unwaith yr wythnos,' medda hi.

Mae Mam wedi rhoi ugain punt i fi ac wedi deud wrtha i am ei thecstio hi pan fydda i angen mwy, ac mi wneith hi adael y pres mewn amlen i fi yn yr ysgol. Wel, diolch yn fawr.

Felly dwi'm 'di mynd i'r ysgol pnawn yma, a dwi yn y *launderette* mewn sgert frown afiach a chrys-T y gwnes i eu ffeindio yng nghanol y 'nialwch – mae Josie a fi'n defnyddio'r gair yna rŵan, a hitha wedi gweld y goleuni – a heb ddillad isa. Mae popeth dwi'n berchen arno fo'n troi a throi yn y peiriant golchi.

Saib

Mae dynes efo ci ar dennyn yn dod i mewn. Ond dim ots gen i pwy sy'n fy nghlywed i erbyn hyn. Mae gen i ddigon o broblemau eraill i boeni amdanyn nhw.

Mae hi'n gwagio un o'r peiriannau sychu, yn treulio oes yn plygu ei holl ddillad, a dwi'n teipio ar y gliniadur fel taswn i'n gwneud fy ngwaith cartre. O'r diwedd mae hi'n gadael ac mi alla i gario ymlaen i recordio fy flog.

Recordio

Mae hi'n cymryd oes i'r dillad olchi fan hyn. Dim fod gen i nunlla arall i fynd iddo fo. Dwi'm yn mynd yn ôl i'r tŷ tan y bydd Josie adra.

'Dan ni'n gorwedd yn effro hanner y nos yn sibrwd am sut i gael gwared ar Shirl a Bazza. Mae Josie yn deud nad oes ots ganddi hi am y pres dim mwy, ond mae hi'n lloerig efo'r ddau am fflachio cyllell arni. 'Ella y medra i ffeindio gwn o rywle,' medda hi un tro. 'Siŵr fod gan Mam un rwla yn y 'nialwch. Pam ddim? Mae ganddi bopeth arall.'

'Ti'n wallgo,' medda fi.

'Mae gwn yn well na chyllell,' medda Josie, a'i llygaid gwyrdd hi'n disgleirio yng ngolau ei chloc radio. 'Dwi'm am adael iddyn nhw ennill,' medda hi, a dwi'n ei choelio hi. Wir, dwi'n ei choelio hi, ond mae gen i ofn. Wnes i ddim gollwng gafael ar Mickey drwy'r nos.

Gan mwya, dyma fi'n gorwedd yno'n meddwl am Mam ac am sut nad ydi hi'n gwrando gair arna i. Ydi hynny'n golygu nad ydi hi'n fy ngharu fi ddim rhagor? Neu bosib na wnaeth hi erioed fy ngharu fi. Mae Josie yn deud bod ei mam hi'n ei charu hi, mae hi'n gwbod hynny, ond nad ydi hi'n poeni digon amdani, o ran bwyd a dillad a thŷ glân a phetha felly. O'n i wastad yn meddwl 'mod i'n dod o gartra da, achos mi oedd gen i wastad bopeth oedd ei angen arna i. Wnaeth Mam hyd yn oed fy anfon i ar drip sgio'r ysgol llynedd. Does dim rhaid i fi weithio i gael y pethau dwi eu hangen, fel bwyd. Mae'n rhaid i Josie brynu'r rhan fwya o'i bwyd ei hun ac mae hi'n bwyta sothach. 'Alla i'm fforddio ffrwytha,' medda hi wrtha i wsnos diwetha pan fentrais i ofyn am afal.

Mae'r peiriant golchi wedi gorffen a dwi'n taflu popeth i'r sychwr. Dwi erioed wedi golchi fy nillad fy hun o'r blaen. Mam sy'n gwneud hynny, ac mae hi'n cadw'r fflat yn lân ac yn daclus. Wnes i erioed feddwl am fy nghartre cyn hyn, ond ar ôl aros efo Josie ac wedyn y nosweithiau cyfyng yna efo Dom, mi alla i weld cystal cartre wnaeth Mam ei greu i ni.

Ond dydi hi ddim yn fy ngharu fi.

Mi fyddai mam Dom yn gwneud unrhyw beth drosto fo, ac o leia mae mam Josie yn ei charu hi. Ond fel dywedodd Josie neithiwr, dydi cariad ddim yn ddigon.

'Dim ond am bo' chdi'n caru rhywun, dydi hynny ddim

yn golygu bod gen ti'r hawl i'w twyllo nhw. Yn enwedig plentyn!' Roedd ei llais hi mor uchel roedd yn rhaid i fi'i hatgoffa hi i dawelu.

Wedyn mi ddywedodd hi, 'Os ti'n caru rhywun, ti'n gofalu eu bod nhw'n saff a bod ganddyn nhw bopeth maen nhw'i isio, fel bwyd a dŵr poeth i gael cawod a dillad glân. Yn lle hynny, mae Mam yn cael ei hel i'r carchar, yn ein gadael ni yn y tŷ afiach yma, ac yn anfon y bobl ddrwg yna i ddwyn ein pres ni.'

'Mae ein mamau ni'n dwy wedi gwneud cam efo ni.' O'n i'n teimlo mor ddigalon, mi ddechreuais i grio eto.

'Mi gei di aros fan hyn am faint bynnag ti isio,' medda Josie.

'Fydd dy fam ddim fy isio fi yma pan ddaw hi adra.'

'O bydd, mi fydd hi. Dim hi sy'n penderfynu bellach. Dwi 'di cael llond bol arni hi a'i chelwydda.'

'Mae ein mamau ni'n dwy'n palu celwydda.'

Mi oedden ni'n dawel am oes wedyn a dyma ni'n clywed Shirl a Bazza yn sgwrsio yn y cyntedd. Mi oedd eu tafodau nhw'n dew fel tasen nhw'n feddw eto, ac allwn i ddim dallt popeth roedden nhw'n ei ddweud, ond wedyn mi ddywedodd Shirl mewn llais andros o uchel, 'Ac os ydi'r ddwy fadam yna'n meddwl eu bod nhw'n gallu dweud wrthan ni be i'w neud, wel, mi fyddi di'n barod amdanyn nhw, byddi, Bazza?'

'O bydda, Shirl. Mae'r gyllall yn finiog ac yn barod.'

Mi glywais i Josie yn griddfan o dan y dillad gwely, ac mi oedd gen i'r cynfasau wedi'u stwffio i 'ngheg i fy stopio i rhag sgrechian. Dwi erioed wedi teimlo cymaint o fraw, dim hyd yn oed pan oedd Chaz yn trio dod i mewn ata i. Efallai y byddai hi'n saffach cysgu mewn drws siop ar y stryd.

Dyma ni'n gorwedd o dan y dillad gwely am oriau, a finnau'n cofleidio Mickey eto. O'r diwedd, aeth y tŷ i gyd yn dawel fel y bedd, a dyma fi'n mentro sibrwd, 'Ti'n effro?'

'Dwi'n trio meddwl sut i gael gafael ar y gwn yna. Dwi'n mynd i'w saethu nhw yn eu penna.'

'Mi ffeindia i'r bwledi,' medda fi, a ninnau'n dwy'n crynu chwerthin yn dawel. 'Mi geith Dom wneud y maths er mwyn i ni bwyntio'r baril i'r lle iawn.'

'Be am Jordan?' sibrydodd Josie.

'Mi geith o fopio'r gwaed.'

Dyma ni'n crynu eto o dan y dillad gwely, ac wedyn mi eisteddodd Josie yn sydyn a chynnau'r golau wrth ei gwely. 'Llwgu?'

'Allwn i fyta eliffant.'

'Wel, does gen i'm eliffant, ond ella y gwneith hwn y tro.'

Dyma hi'n estyn dros y gwely, yn codi bag plastig trwm yr olwg, ac yn gollwng ei gynnwys dros y cynfasau.

'Waw! Gwledd!' medda fi.

Dros y gwely i gyd roedd yna bacedi o greision, bariau anferth o siocled, blociau o gaws, pacedi o gracers a bag anferth o afalau.

'Gwledd ganol nos,' medda Josie, gan wenu fel giât. 'Ac mae'n rhaid i chdi fyta'r *holl* afala. Rhy iach i fi!'

Recordio

Mae'n siŵr mai dyma 'nghyfle ola fi i wneud flog cyn i 'nillad i sychu. Ond be dwi wir isio'i ddeud ydi bod modd i bobl ddigartra gael bwyd a golchi eu dillad, ac os ydyn nhw'n nabod rhywun fel Josie Tate mi allan nhw hyd yn oed ddod o hyd i wely am y nos.

Ond sut mae gwneud i dy fam di dy garu di a dy roi di o flaen ei chariad sy'n byrf? Mae Josie yn meddwl y bydd Chaz yn gwneud llanast o betha cyn hir ac y bydd Mam yn gweld sut ddyn ydi o go iawn. Ond dwi'm mor siŵr.

O'n i'n meddwl 'mod i'n nabod fy mam ond dwi bellach yn dechra meddwl am yr holl adega pan wrthododd hi roi cysur i fi ar ôl i fi ddisgyn, neu wrthod fy helpu i efo 'ngwaith cartra, neu ddisgwyl i fi chwarae ar fy mhen fy hun yn y llofft am oria ac oria a hitha'n mynd ar safleoedd dêtio ar y we.

Mae fy mam i'n gallu creu'r math iawn o gartra.

Ond be ydi diben cartra braf os nad oes 'na neb yn dy garu di a dy isio di?

PENNOD 23
Josie

A hithau'n olau dydd, dwi'n sylweddoli na wna i byth ddod o hyd i wn. Hyd yn oed taswn i, fyddwn i'n ddigon dewr i saethu Shirl a Bazza go iawn? Dwi'n chwerthin ar y syniad wrth i Tasha a fi adael y tŷ am saith. Mae hi'n fore rhewllyd ac mae'r twll yn fy esgid i'n golygu bod yna aer oer yn troelli o amgylch bysedd fy nhraed.

'Dos i aros amdana i yng Nghaffi Terry ac mi gawn ni frecwast cyn mynd i'r ysgol,' medda fi wrth Tasha.

Mae hi'n tynnu'i siaced yn dynnach amdani ac yn cerdded i ffwrdd. Mae hi'n edrych mor bitw. Ydi hi'n mynd yn feinach? Dydi hi'm yn bwyta cymaint â fi ac mae ein sefyllfa fwyd ni mor ansicr ar y funud. Problem arall i'w datrys: sut i gadw Tasha yn fyw wrth i fi gael gwared ar y cardotwyr?

Wrth ymlwybro ar fy rownd bapur, dwi'n pendroni pa mor hir fyddan nhw'n ei gymryd i ddod o hyd i'r bag colur pinc sy'n dal llyfr banc Taid. Hyd yn oed tasen nhw'n dod o hyd iddo fo, does gen i ddim syniad sut lwyddan nhw i gael y pres. Wneith y banc ddim mynd ati'n syth i roi miloedd o bunnoedd i blentyn fel fi nac i ddau mor druenus yr olwg â nhw.

Dyna fy unig obaith i, a dweud y gwir, sef eu bod nhw'n sylweddoli nad oes ganddyn nhw obaith o gael y pres a'u bod nhw'n diflannu cyn i rywun ffonio'r heddlu.

Dwi bron iawn wedi rhoi'r ffidil yn y to wrth feddwl am dalu'r ddyled a rhyddhau Mam. Pam nad ydi hi wedi fy ffonio fi eto? Mae hyd yn oed y llofruddion gwaetha'n cael ffonio adre.

Dwi'n cyfarfod Tasha ac ar ôl cael brecwast rydan ni'n cerdded i'r ysgol. Mae hi'n anfon neges ata i amser cinio.

mynd I'r launderctte, cyfarfod a mynd adra efo'n gilydd? xx T

Dwi'n anfon neges yn ôl.

ia siŵr caffi terry 4

Dwi yn y llyfrgell. Dwi wedi gwglo Carchar Llancerrig, ond dydi'r wefan ddim yn egluro sut i ffonio carcharor. Mae gen i ormod o ofn ffonio'r rhif ymholiadau fy hun. Mae pawb yn edrych dros fy ysgwydd i bob munud, ac yn trio gweld am be dwi'n chwilio. Does yna ddim preifatrwydd yn y lle yma.

Does gen i ddim mynedd gwneud gwaith a dwi'n dechrau meddwl pa mor wirion oeddwn i a Tasha neithiwr, yn siarad am ynnau a bwledi. Mi ddywedodd Tasha mai gwaith Jordan fyddai mopio'r gwaed, a dwi'n gwenu eto wrth feddwl am Jordan berffaith ar ei bengliniau ar ein carped mochaidd ni, a hwnnw'n llawn gwaed.

Mae llun o'r tro cynta i ni gyfarfod yn fflachio drwy 'mhen. Fi oedd yr un ar fy mhedwar ar lawr. Pan welais i o, o'n i'n meddwl ei fod o'n noethlymun. Er bod gen i gywilydd, allwn i ddim helpu sylwi ar ei gorff gorjys, tyn, cyhyrog, aur.

'Smo ti angen colur, Josie. Mae 'da ti lyged gwyrdd mor brydferth, fel y môr, a 'wy'n dy hoffi di fel wyt ti.

Mae be ddywedodd o ar ein dêt ni nos Sadwrn yn sibrwd yn fy nghlust i eto. Pan ddawnsion ni'n agos yn y gìg, mi frwsiodd ei wefusau fy moch ac mi oedden nhw'n teimlo fel sidan.

Jordan! Pam wnes i adael iddo fo fynd? Rhaid 'mod i'n wallgo! Dwi'n teimlo 'mod i wedi cael fy nharo gan fellten.

Dwi'n llamu ar fy nhraed, yn stwffio fy llyfrau i fy mag, yn anwybyddu cloch gwers ola'r dydd, ac yn brasgamu o'r ysgol. Dwi ddim hyd yn oed yn aros am y bws. Yn hytrach, dwi'n dechrau loncian ac yn rhedeg yr holl ffordd i'r *launderette*, gan gyrraedd wrth i Tasha adael.

'Aros, Tash! Aros.' Mae 'ngwynt i yn fy nwrn a'r cyfan y galla i ei wneud ydi sefyll o'i blaen hi, yn brwydro am anadl.

'Lle mae'r tân, bêbs?'

O'r diwedd dwi'n cael fy ngwynt ata i. 'Mae'n rhaid i fi fynd allan heno.'

Mae'i llygaid hi'n agor led y pen mewn braw. 'Alli di'm fy ngadael i ar fy mhen fy hun efo nhw, Josie, plis.'

'Mae'n rhaid i fi weld Jordan. Pam ddylwn i adael i fy mam i ddifetha popeth? Jordan ydi'r hogyn cynta erioed i sylwi arna i. Mae'n rhaid i fi fynd draw i'w dŷ fo a thrio eto. Alla i'm rhoi'r ffidil yn y to...'

Mae Tasha yn ysgwyd ei phen yn drist. 'O'n i'n meddwl mai dyna fyddai'n digwydd efo Rory, ond dwi'm yn mynd i nunlla.'

'Dydi o erioed wedi gofyn i chdi fynd allan efo fo. Callia, Tash. Mae Jordan a fi'n wahanol.'

Mae'i hwyneb hi'n disgyn a dwi'n teimlo mor gas. 'Yli, gad i ni fynd yn ôl i'r tŷ, dwi angen newid. Mae'i rieni fo'n byw mewn palas...'

'Palas!'

'Maen nhw'n gyfoethog. Alla i'm mynd yn edrych fel hyn. Wnei di fy helpu fi?'

'Os ti'n addo peidio â 'ngadael i adra efo *nhw*.'

'Dwi'n addo,' medda fi.

Ar ôl cyrraedd y tŷ a chamu drwy'r drws, mi allwn ni glywed y cardotwyr yn chwilota yn y stafell fyw eto. Wrth i ni gerdded heibio, dwi'n crechwenu, 'Dach chi 'di ffeindio rwbath eto?'

'Naddo,' medda Shirl. Dydi'i hwyneb hi ddim yn edrych mor sicr bellach. 'Ond mi wnawn ni.'

Dwi'n tuchan. 'Sut ydach chi mor siŵr y ffeindiwch

chi unrhyw beth? Mae Mam yn diodda o gyflwr meddyliol drwg.'

Dwi'n clywed Tasha yn ebychu y tu ôl i fi, a dwi'n sythu, ond does dim ots gen i bellach. Be sydd gen i i'w golli? Mae hi fel tasai ychydig o agwedd Tasha wedi dylanwadu arna i.

'Mae Mam yn hordiwr obsesiynol. Seiciatrydd mae hi'i angen, dim carchar. Farwodd fy nhaid i bedair blynedd ar ddeg yn ôl. Dwi'n siŵr bod Mam wedi gwario'r holl bres ac wedi anghofio pob dim amdano fo.'

'Nac ydi tad,' medda Shirl. 'O'n i mewn cell efo hi. Mi soniodd hi amdano fo. Allai hi ddim bod wedi'i wario fo, achos dim ond llanast sy fan hyn.'

'Ia siŵr,' medda fi, a'r grechwen ar fy wyneb yn fwy fyth. 'Sbia o dy gwmpas. Mae'r tŷ'n llawn dop,' a dwi'n chwifio fy llaw o gwmpas. 'Mi dalodd hi am bopeth sy yma mewn siopau elusen. O le cafodd hi'r pres, ti'n meddwl?'

Dwi'n bachu braich Tasha ac rydan ni'n gwthio i fyny'r grisiau i fy llofft, yn piffian chwerthin.

'Ti'n anhygoel, Josie Tate!' medda Tasha. Dwi'n teimlo'n ddeg troedfedd o daldra.

Dwi mor benderfynol bellach, dwi'n barod i herio'r byd i gyd, ac os ydi hynny'n golygu brasgamu drwy'r giât i dŷ Jordan a mynnu'i fod o'n dweud wrtha i yn fy wyneb ei fod o wedi gorffen efo fi, wel dyna ni.

Dwi'n gwisgo, ac mae Tasha yn fy helpu i efo 'ngholur a 'ngwallt. Rydan ni'n cytuno y bydd hi'n dod efo fi ac yn aros yn y stop bws amdana i.

Rydan ni'n mynd allan o'r tŷ ac yn cau'r drws efo cymaint o glep ag y gallwn ni, nes bod y ffenestri'n crynu. Mae Bazza'n camu allan ar ôl ychydig eiliadau ac yn gweiddi arnon ni, ond mae Tasha yn codi dau fys arno fo ac i ffwrdd â ni fraich ym mraich, yn chwerthin mor uchel ag y gallwn ni.

Rydan ni'n gwahanu o'r diwedd ym mhen ucha stryd Jordan. Wrth i fi ddynesu at y tŷ, dwi'n sydyn yn teimlo fy holl ddewrder yn diflannu. Mae 'mhengliniau i'n gwanio ac yn crynu. Be os bydd o'n gwrthod fy ngweld i? Neu be os na wneith ei rieni fo 'ngadael i mewn?

Dwi'n cyrraedd y giât ac mae 'mys i'n hofran dros y gloch. Cana hi, Josie Tate, cana hi. Be sydd gen ti i'w golli?

Popeth, mae'n siŵr. Dwi'n canu'r gloch.

Distawrwydd.

Dwi'n sefyll yno. Ddylwn i ganu'r gloch eto, tybed? Ond wedyn mae'r giât yn clicio. Dwi'n ei gwthio hi. Dwi i mewn.

Y tro hwn, wrth gerdded i fyny'r dreif at y drws ffrynt, mae hwnnw wedi cau'n glep; does neb yn aros i 'nghyfarch i. A finnau'n meddwl y bydd yn rhaid i fi guro ar y drws – alla i ddim gweld cloch yn unman – mae hwnnw'n agor ac mae Jordan yn camu drwyddo. Mae o'n cau'r drws y tu ôl iddo fo.

'Haia,' medda fo.

Mae'i ddwylo fo'n ddwfn ym mhocedi ei jîns. Mae o'n

gwisgo crys chwys y Torpidos, a'r hwd wedi'i chodi, fel tasai o'n ei amddiffyn ei hun. Mae'i aeliau o wedi'u crychu'n bryderus.

'Ti isio siarad allan fan hyn?' medda fi mewn llais oeraidd, ond bod y gair ola'n swnio'n grynedig.

Mae o'n nodio. 'Gad i ni fynd am dro rownd yr ardd.'

Dwi'n ei ddilyn i lawr ochr y tŷ ac mae yna dir yn ymestyn o'n blaenau ni sy'n edrych fel fferm. Mae yna lawnt anferthol, brydferth yn disgyn i lawr yn raddol at goedwig fechan. Y tu hwnt i honno, mae cefn gwlad. Mae hi'n noson glir ac mae'r bryniau yn y pellter yn ymestyn fel llinell lân esmwyth ar hyd y gorwel.

'Waw!' medda fi, er 'mod i'n trio bod yn oeraidd ac yn ddideimlad.

'Odi, mae hi'n olygfa braf. Gallwn ni gerdded i lawr i'r coed os ti moyn.'

'Iawn.'

Mae o'n gafael yn ysgafn yn fy llaw a dwi'n gadael iddo fo wneud hynny. Rydan ni'n cerdded dros y gwair ac i'r goedwig. Mae yna sedd wedi'i cherfio o goeden sydd wedi disgyn ond mae hi'n edrych braidd yn wlyb. Dwi'n petruso ac mae o'n estyn bag plastig o'i boced ac yn ei roi i lawr yn ofalus.

Dwi'n eistedd.

Mae o'n gafael yn fy llaw eto a finnau'n dweud, 'Be ti 'di bod yn neud?'

'Jest ymarfer, dim byd sbesial.'

‘O.’

Mae o’n troi ata i, ac mae yna olwg mor boenus ar ei wyneb o. Dwi’n meddwl bod yna ddagrau yn ei lygaid o.

Dyma ni, medda fi wrtha i fy hun, gan gyffio y tu mewn. Mae o wedi syrthio mewn cariad efo Chantelle a phwy allai ei feio fo? Mae hi’n gorjys ac yn gyfoethog fel fo, ac yn saff does ganddi hi ddim mam yn y car–

‘Ma’n flin ’da fi, Josie!’ Mae o’n torri ar draws fy holl feddyliau. ‘’Wy wedi gwneud rhywbeth mor wirion, ond ’sdim ots ’da fi. ’Wy ddim am adael i hyn newid pethe. ’Wy ddim am adael iddyn nhw...’ Mae’i lais o’n torri a dydi o ddim yn gallu anadlu.

‘Hei! Ara deg.’

Mae o’n llamu ar ei draed ac yn gollwng fy llaw. Dwi’n siŵr ei fod o am gerdded i ffwrdd a ’ngadael i yno. Fydda i ddim yn gallu ffeindio’r ffordd yn ôl. Dwi’n dechrau mynd i banig ond wedyn yn sylwi arno fo’n bustachu ym mhoced ei jîns. Mae o’n tynnu rhywbeth llwyd ohoni. Anadlydd.

Oes gan Jordan asthma? Sut mae o’n gallu nofio, felly?

Mae o’n pwmpio ddwywaith ac yn anadlu’n ddwfn, cyn i’w sgwyddau ddisgyn wrth iddo fo ddechrau ymlacio. Mae o’n rhoi’r anadlydd i gadw ac yn troi ata i. ‘Ma’n flin ’da fi.’ Dydi o ddim yn eistedd.

‘Paid â bod yn wirion,’ medda fi dan frathu, yn dal wedi dychryn braidd. ‘Dim dy fai di ydi o. Do’n i’m yn gwbod, dyna i gyd.'

Mae o'n dal ar ei draed. Mae o'n edrych tua'r coed, ei ddwylo fo'n ddwfn yn ei bocedi, a'i sgwyddau'n grwm.

'Do'n i'm yn meddwl y byddai rhywun yn gallu nofio efo asthma. Mae hynny'n ddewr.'

'Ti sy'n ddewr, Josie.' Mae o'n chwerthin drwy'i ffroenau. 'Fi sy'n gachgi llwyr. Does dim syniad 'da ti.'

'Mae'n iawn,' medda fi, 'dwi'n dallt. Ti isio gorffen efo fi ar ôl nos Sadwrn.' Dwi'n codi ar fy nhraed ac yn codi'r bag plastig, gan ddechrau'i blygu. Dyna bopeth ar ben. Roedd o'n hwyl tra gwnaeth o bara.

Mae Jordan yn troi ar ei sawdl ac yn rhoi'i ddwylo ar fy sgwyddau mor gadarn nes fy sodro i'r unfan.

'Wel, ie,' medda fo, 'ges i sioc pan ddalltes i bod dy fam yn y carchar ac wrth weld dy dŷ di. Ond y peth gwaetha wnes i, y peth gwaetha i gyd, oedd dod gartre a gweud wrth Mam a Dad. Dim am dy dŷ,' medda fo, a'i lais o'n pylu.

'Iawn.'

'Na, 'smo hi'n iawn, Josie. Weda i wrthot ti, a gei di orffen 'da fi, fi'n gwybod y byddi di moyn. Wedes i wrth Mam a Dad bod dy fam yn y carchar a wnethon nhw ddim hyd yn oed gofyn pam. Y cyfan wedon nhw oedd nad oedden nhw moyn i fi fod yn cymysgu 'da rhywun felly. Wedon nhw y bydde fe'n fy stopio i rhag canolbwyntio ar yr ymarfer, ac os byddwn i'n dal i dy weld di, y bydde'n rhaid iddyn nhw feddwl eto am fy nghefnogi i.'

'Iawn,' medda fi eto. Dyna fyddai'r rhan fwyaf o rieni'n ei ddweud, mae'n siŵr.

'Nage, 'smo ti'n gweld? Wedon nhw na chawn i *fyth* dy weld di 'to.'

Mae'i lygaid o'n llydan agored ac ar dân, yn fflamio arna i. Y cyfan dwi eisiau'i wneud ydi'i gusanu fo. Ond alla i ddim. Rydan ni wedi gorffen, do?

'Alla i weld pam na fyddai dy fam a dy dad isio i chdi fynd allan efo merch i ddynes sy yn y carchar,' medda fi. 'Mi fyddai'r rhan fwyaf o rieni'n teimlo yr un fath.'

'Bydden! Bydden, wrth gwrs y bydden nhw!'

'Felly, well i fi fynd.' Dwi'n trio gwingo'n rhydd ond mae'i ddwylo fo'n fy nal i'n sownd. Dwi bron â chrio.

''Smo ti'n gweld?' medda fo eto, mewn llais uwch. ''Na pam fi'n gymaint o gachgi. Gytunes i! Gytunes i na fydden i'n dy weld di byth eto er mwyn i fi allu nofio a chystadlu ac ennill medalau a chyrraedd y Gemau Olympaidd.'

'Iawn. Dwi'n dallt yn llwyr.'

Dydi Jordan ddim hyd yn oed yn gwrando. Mae'i groen o wedi ymestyn yn dynn dros esgyrn ei fochau ac mae o'n agor ei geg ac yn gweiddi, 'Ond 'SMO FI'N CYTUNO!'

Mae yna fymryn o eco yn y goedwig, fel siant Rory yn y gìg, ac mae'r sŵn yn ein cyrraedd ni yn ôl yn egwan drwy'r coed: '*Smo fi'n cytuno.*

Rydan ni'n dau'n sefyll yno mewn mudandod cyn i Jordan weiddi eto, ''SMO FI'N CYTUNO.'

Ac mae'r eco'n taflu'r geiriau yn ôl eto: '*Smo fi'n cytuno.*

Dwi'n fy ysgwyd fy hun. Dwi'n syllu ar Jordan. 'Be?'

''Sdim ots 'da fi beth mae fy rhieni i'n dweud. Nid dy fai di yw bod dy fam yn y carchar ac nid dy fai di yw sut chi'n byw. Dy fam sydd angen cael trefn ar ei bywyd hi. Ti yw'r ffrind gore a'r cariad cynta ac felly'r cariad gore i fi'i gael erioed. 'Sdim ots 'da fi am ddim byd – fy ngyrfa nofio, Mam a Dad. Os nad oes hawl 'da fi i ddewis fy ffrindie a 'ngariadon – cariad – wel mae'r cyfan yn ddiwerth.'

Mae'i ben o'n disgyn a dwi'n estyn ato fo, yn tynnu'i hwd yn ôl, ac yn mwytho'i ben. Rydan ni'n sefyll fel yna am oes.

Mae Jordan yn edrych i fyny arna i ac yn sibrwd, '*Ydyn ni'n iawn*?'

'*Ydan glei*,' medda fi dan sibrwd yn ôl.

Mae o'n rhoi ei dalcen yn erbyn fy un i ac rydan ni'n pwyso yn erbyn ein gilydd.

Ac wedyn mae o'n fy nghusanu fi mor hir, dwi'n colli pob synnwyr o amser a lle.

PENNOD 24
Tasha

Dwi'n aros am oriau ac oriau yn y stop bws, ac wedyn yn gweld Josie yn cerdded tuag ata i. Mi alla i ddweud yn syth bìn ei bod hi dros ei phen a'i chlustiau mewn cariad. Dwi'n teimlo pang o unigrwydd. Wneith Rory fyth fy ngharu fi fel dwi'n ei garu fo?

'Aeth hi'n iawn, felly?' medda fi.

'Mmm. Dydi'i fam a'i dad o ddim yn hapus efo'r sefyllfa.'

'Wel?'

'Dim ots ganddo fo.'

Mae'r bws yn cyrraedd ac rydan ni'n ffeindio seddi. Wrth i'r bws adael, mae hi'n siarad yn ddi-stop am sut roedd rhieni Jordan eisiau iddo fo orffen efo hi achos bod ei mam hi yn y carchar. Ond mi oedd o wedi dal ei dir.

'... Ac wedyn mi ddudodd o mai fi oedd ei gariad o a'i fod o, ti'n gwbod...' Mae hi'n gwrido ac yn plygu'i phen.

'... yn dy garu di,' medda fi i orffen y frawddeg, a'i chofleidio hi. 'Gwych.'

'Mae Jordan yn dallt mai dim fy mai i ydi bod Mam yn

hordiwr, ac mai dim fy mai i ydi ei bod hi yn y carchar. Mae o'n fy ngharu fi ac mi geith ei rieni fo dderbyn y peth neu gau eu cega.'

'Mi ddudodd o hynna? Do'n i'm yn gwbod ei fod o'n ddigon o foi.'

'Tasha!'

'Be!?!'

Rydan ni'n dechrau chwerthin yn afreolus a ddim yn stopio tan i ni gamu oddi ar y bws.

Rydan ni'n dal i chwerthin a siarad mewn lleisiau uchel wrth gamu i'r tŷ a'r munud nesa mae Bazza o'n blaenau ni yn y cyntedd, yn rhwystro'r ffordd.

Mae Josie yn codi'i gên i'r awyr ac yn dweud, 'Sgiwsia fi, 'dan ni'n mynd i'r llofft.' Dwi'n plethu 'mraich yn ei braich hi ac rydan ni'n camu yn ein blaenau, ysgwydd wrth ysgwydd, fel tîm.

'Ddim mor gyflym, genod,' medda Bazza. Mae'r gyllell yn ymddangos o'r tu ôl i'w gefn o.

'Gan bwyll,' medda fi dan chwyrnu, er bod fy mhengliniau i'n crynu. Mae'r gyllell yna'n anferth.

'Be ti isio?' Mae yna fin ar lais Josie.

''Dan ni wedi mynd drwy'r stafell fyw yna a heb ffeindio dim byd. Mae Shirl 'di mynd i'r carchar i weld dy fam a gwell iddi ddod yn ôl efo'r atab. Os na ddown ni o hyd i'r pres yna...'

Mae o'n symud y gyllell o'r naill law i'r llall.

'... mi awn ni i gyd at yr heddlu,' medda Josie.

'Ac mi ei ditha i gartra gofal,' medda fo gan grechwenu'n ffiaidd. 'Dwi 'di bod mewn cartra gofal. Mae o'n waeth na'r carchar.'

Mae Josie yn lluchio'i phen yn ôl. Wir, dwi'n meddwl mai hi ydi'r hogan ddewra i fi'i chyfarfod erioed.

'Fedrith dim byd fod yn waeth na bod fan hyn efo chi'ch dau.'

Mae hi'n plycio 'mraich i ac rydan ni'n brasgamu at Bazza. Yn rhyfeddol, mae o'n ochrgamu i'r stafell fyw ac yn gadael i ni basio. I fyny yn y llofft a'r drws ar glo, rydan ni'n taro'n dyrnau yn erbyn ei gilydd, a finnau'n dweud, 'Rhaid i fi gyfadda, oedd gen i ofn.'

'Gwir, ond os oeddan nhw am ein lladd ni, mi fydden nhw wedi gwneud hynny erbyn hyn. Maen nhw'n gwbod bod ein ffrindiau ni wedi'u gweld nhw, felly mae 'na dystion. Rhaid i ni jest aros a gobeithio y bydd Mam yn deud wrth Shirl lle mae'r pres.'

'Bendant.' Dwi'n estyn o dan y gwely ac yn tynnu'r tegell oddi yno. 'Coffi?'

Mae Josie yn chwerthin. 'Sut gest ti hwnna?'

Dwi'n tapio ochr fy nhrwyn. 'Ei smyglo fo a'i lenwi fo pan nad oeddan nhw'n edrych, y ffyliaid gwirion.'

Felly rydan ni'n gwneud coffi du ac yn gorffen y bwyd sydd ar ôl ers neithiwr. Rydan ni'n setlo yn y gwely efo radio Josie yn chwarae'n dawel tan i ni syrthio i gysgu.

Mae'i larwm hi'n canu ac mae'r radio yn dweud ei bod hi'n hanner awr wedi chwech. Mae Josie yn cropian allan o'r gwely, yn datgloi'r drws, ac yn camu allan. Pan ddaw hi yn ôl, mae hi'n sibrwd, 'Maen nhw'n cysgu'n drwm fel wastad, efo hangofer gyda lwc.'

Rydan ni'n gwisgo ein dillad ysgol, yn bachu ein stwff, ac yn gadael y tŷ. Dwi'n aros am Josie yng Nghaffi Terry wrth iddi wneud ei rownd bapur. Rydan ni'n cael brecwast ac wedyn yn mynd i gael cawod cyn mynd i'r ysgol.

Wrth i fi roi siampŵ yn fy ngwallt, dwi'n meddwl pa mor hurt ydi 'mywyd i. Dim cyfleusterau iawn, nunlle i goginio, a dau ddihiryn yn ein bygwth ni efo cyllyll. O leia pan oeddwn i'n byw adre efo Mam, o'n i'n saff ac yn cael fy mwydo. Wyddwn i ddim fod pobl yn byw bywydau mor anodd. Hyd yn oed heb y dihirod, mi oedd Josie wedi cael bywyd caled iawn, ond chlywais i erioed mohoni'n cwyno yn yr ysgol. Mae hi'n anhygoel, mae hi'n gallu ymdopi efo popeth.

Yn y pen draw, dwi'n gallu dweud ei bod hi'n caru ei mam go iawn, a phryd bynnag y byddwn i'n eu gweld nhw efo'i gilydd, mi allech chi ddweud eu bod nhw'n malio am ei gilydd. Wel, mae'n bryd i'w mam hi wneud newidiadau mawr yn ei bywyd. Mae Josie yn ymddwyn mor ddewr, fyddwn i ddim yn ei beio hi tasai hi'n gadael cartre am byth.

Fel fi, mae'n siŵr. Dim ond na fyddai fy mam i'n hidio dim.

Wrth i ni ddal y bws i'r ysgol, medda fi wrth Josie, 'Ti'n meddwl bod dy fam wedi deud wrthyn nhw lle mae'r pres?'

'Dwi'm yn meddwl ei bod hi'n gwbod, a beth bynnag, maen nhw'n dal yma.'

'Tasan ni'n mynd at yr heddlu, mi fyddai'n rhaid i chdi fynd i gartra gofal, ac mi fyddai'n rhaid i finnau fyw efo Mam a Chaz. Allith hynny ddim digwydd, Josie. Byth.'

Mae hi'n dawel iawn, felly does ganddi hi ddim cynllun go iawn, nac oes?

Sy'n golygu bod yn rhaid i fi feddwl am ffordd o gael gwared ar y ddau ddihiryn yna.

Rydan ni'n mynd i gyfeiriadau gwahanol ar ôl cyrraedd yr ysgol, ond alla i ddim wynebu mynd i'r dosbarth. Y cyfan dwi eisiau'i wneud ydi creu fy flog. Efallai y bydd siarad yn uchel yn help i feddwl am gynllun, felly dwi'n sleifio i stafell ddosbarth wag ac yn mewngofnodi.

Flog Tasha, dydd Mawrth, 22 Hydref, 9.05 a.m.

Mae hi'n braf ac yn ddistaw yma, bechod na fyddwn i'n gallu aros yma drwy'r dydd, a chysgu yma hyd yn oed. Pwy fyddai'n sylwi? Mae'n siŵr y gallwn i ffeindio sach gysgu yng nghanol y 'nialwch ac mae yna hen gwpwrdd yng nghefn y dosbarth lle gallwn i ei chadw hi.

y camera'n panio o gwmpas y stafell

Dyma fo'r cwpwrdd a dyma'r bleinds sy'n gallu cau

pan fydda i'n cysgu. Mae 'na blwg i 'ngliniadur ac i fy ffôn. Be arall mae hogan ei isio? Ond *ochenaid fawr, wyneb torcalonnus* does gen i'm amser i ddim o hyn. Dwi angen meddwl am gynllun i gael gwared ar y dihirod.

Saib

Y drwg ydi, alla i ddim meddwl am ddim byd. Allwn ni ddim ffonio'r heddlu, dydan ni ddim yn ddigon cry i'w taflu nhw drwy'r drws, ac allwn ni ddim rhoi be maen nhw'i eisiau iddyn nhw.

Daliwch funud!

Recordio

Bingo! Dwi'n gwbod yn union be maen nhw'i isio, dydw?

gwenu gan ddangos dannedd fel Mickey Pres Josie maen nhw'i isio, felly'r peth gorau y galla i ei wneud ydi eu helpu nhw i'w ffeindio fo ac wedyn mi fyddan nhw'n siŵr o ddiflannu *clicio bysedd ar y sgrin* jest fel yna!

Dwi'n clepian fy ngliniadur ar gau, yn ei wthio i 'mag, ac yn cerdded o'r ysgol cyn i neb sylwi arna i. Dwi yn ôl yn nhŷ'r hordiwr cyn hanner awr wedi naw ac yn curo'n galed ar y drws.

Ar ôl hir a hwyr mae Shirl yn ei agor. 'Ia,' medda hi dan chwyrnu, a'i llygaid hi'n dal yn gysglyd a niwlog.

'Dwi 'di dod i'ch helpu chi i chwilio am y pres,' medda fi.

'Wedi dod at dy goed o'r diwadd. Lle mae dy ffrind di?'

'Em, wel, mae ganddi hi arholiad bora 'ma.'

Mae hi'n edrych arna i o 'nghorun i'm sawdl ac yn fy ngadael i mewn. 'Dechreua di yn y stafall fach i fyny'r grisiau yn y cefn. 'Dan ni yn y gegin.'

'Iawn.'

Wrth i fi lithro rhwng ei chorff bach tew a'r pentyrrau o focsys, mae hi'n gafael yn fy sgwyddau ac yn stwffio'i thrwyn yn fy wyneb i. 'Os ffeindi di'r pres 'na, ti'n ei roi o'n syth i ni, iawn?'

Mae'i llais hi'n finiog fel llafn rasel a dwi'n nodio'n wyllt, fy nghoesau i'n wan gan ofn. Mae Shirl yn fy ngwthio a dwi'n teimlo'i llygaid yn tyllu drwy 'nghefn wrth i fi ddringo'r grisiau.

Dwi ddim wedi sylwi o'r blaen bod yna ddrws arall ym mhen draw'r landin i fyny'r grisiau. Does yna ddim golau a dim ffenestri. Wrth wthio'r drws ar agor, dim ond ychydig gentimedrau mae o'n symud. Rhaid bod y stafell yn llawn dop i'r nenfwd, fel gweddill y tŷ. Dwi'n ymestyn drwy'r bwlch. Mae 'mraich i mor denau mi alla i roi'r rhan fwyaf ohoni i mewn.

Mae fy llaw i'n bachu sach blastig. Dwi'n llwyddo i'w thynnu drwy'r bwlch, cyn estyn am ddau fag arall. Yn y diwedd, mae'r drws yn agor yn ddigon llydan i fi allu camu i mewn. O'n i'n iawn; mae'r ffenestri, y waliau a phopeth yn llawn dop o lanast. Dwi erioed wedi gweld dim byd tebyg.

Tyrd yn dy flaen, Tasha Brown. Agora bob dim sydd yma a thyrd o hyd i'r llyfr banc yna. Ac mi fydd y ddau wedyn yn ein gadael ni ac mi geith Josie a finnau gysgu'n dawel gyda'r nos. Neu tan i'w mam hi ddod adre, beth bynnag, sydd ychydig wythnosau i ffwrdd os na cheith y ddyled ei thalu.

Dwi'n agor hanner y bocsys a'r bagiau yn y stafell ac yn stryffaglu drwy bentyrrau o ddillad, papurau, llyfrau, tuniau o fwyd, poteli plastig a phob math o addurniadau rhad.

Ond does yna ddim golwg yn unman o'r llyfr banc gwirion yna.

Ar ôl tair awr dwi wedi ymlâdd. Dwi'n sleifio i dop y grisiau. Alla i ddim clywed dim byd, felly dwi'n newid yn sydyn o 'ngwisg ysgol i grys-T llewys hir a jîns. Dwi'n estyn am fy siaced a fy mag ac yn cerdded ar flaenau 'nhraed i lawr y grisiau.

Mae yna furmur yn dod o'r gegin. Mae Bazza a Shirl yn eu cwrcwd ar y llawr yn turio drwy focsys o alcohol, yn ôl pob golwg, ac yn chwerthin. Maen nhw wedi ymgolli cymaint, dydyn nhw'm yn sylwi arna i.

Dwi'n gwasgu fy ffordd at y drws ffrynt. Wrth i fi roi fy llaw ar yr handlen, mae Bazza'n gweiddi, 'Stopia fanna'r ast fach!'

Dwi'n fferru, fy nghalon i'n curo fel y drymiau ym mand Rory. Dydi 'nghoesau i ddim yn gweithio. Mae'n rhaid i fi agor y drws a dianc, ond alla i ddim symud gewyn.

'Ti 'di ffeindio'r pres 'na?' medda Shirl dan chwyrnu. 'Yr hen gnawas fach, yn trio dianc efo fo.'

'Nac ydw, dwi ddim,' medda fi mewn llais gwan.

'Ty'd yma i ni gael dy chwilio di,' medda Bazza. 'Mae hi'n deud celwydd, tydi hi, Shirl!'

'Mae hi'n gofyn am slap yn ei cheg!'

Mae'r syniad o Shirl yn slapio fy wyneb i mor erchyll nes bod fy nghorff i'n llamu. Dwi'n troi, yn gafael yn y drws ac yn ei lusgo fo ar agor, ond mae Bazza'n gweiddi, 'Yr ast fach!' a dwi'n teimlo rhywbeth yn taro cefn fy mhen. Mae hwnnw'n syrthio i lawr fy nghefn, gan fy nghleisio, ac yn glanio ar y llawr. Tun o fîns ydi o.

Am eiliad dwi'n meddwl 'mod i'n mynd i lewygu, ond dwi'n llwyddo i wthio fy hun drwy'r drws ac yn baglu i'r stryd. Mae yna bobl yn cerdded ar y pafin. Dwi'n troi yn ôl i gael cip ac yn gweld Bazza a Shirl yn sbecian drwy'r drws. Dwi eisoes hanner ffordd i lawr y stryd, yn taflu cip dros fy ysgwydd bob eiliad. Dydyn nhw ddim fel tasen nhw eisiau fy nilyn i o flaen yr holl bobl yma. Mi fyddwn i'n sgrechian nerth fy mhen.

Dwi'n rhydd ac mae'n rhaid i bethau aros felly. Mae'r stop bws o 'mlaen i ac mae yna fws ar fin cyrraedd. Dwi'n rhedeg, gan anwybyddu 'mhen chwil a'r teimlad o rywbeth gwlyb a gludiog yn llithro i lawr cefn fy ngwddw. Dwi'n siŵr 'mod i'n gwaedu, ond does yna ddim amser i boeni am hynny.

Dwi'n gorfodi 'nghoesau yn eu blaenau ac wrth i'r gyrrwr fflachio'r golau oren i dynnu allan i'r ffordd, dwi'n cyrraedd y drysau ac yn curo arnyn nhw. Mae'r gyrrwr yn rhythu arna i ac wedyn, yn anfoddog, yn agor y drysau a dwi i mewn. Dwi'n sweipio fy nhocyn bws, yn baglu at sedd, ac yn syrthio arni.

Mae hi'n hanner dydd ddydd Mercher, a does gen i unman i fynd iddo fo. Dwi'n rhoi fy llaw ar gefn fy mhen. Mae o'n goch llachar.

'Mae angen i rywun gael golwg ar hwnna, del.'

Dwi'n troi 'mhen. Mae yna ddynes Indiaidd mewn sgarff werdd brydferth, mor wyrdd â llygaid Josie, yn rhythu arna i mewn braw. Am funud mae popeth yn mynd yn niwlog, a dwi'n meddwl mai Josie sydd yna a'i bod hi wedi dod i fy nôl i.

Mae'r ddynes yn siarad eto. 'Mae'r bws yn pasio'r ysbyty. Mi alla i fynd â chdi i'r lle achosion brys, os lici di, del.'

'Alla i fynd yno fy hun.' Dwi'n troi yn ôl. Mae yna risg y bydd pobl yn gofyn lot o gwestiynau. Drwy fynd yno fy hun, mi alla i greu stori.

'Y stop nesa, felly,' medda'r ddynes. 'Bydd yn ofalus a boed i Allah fod efo ti.'

Gobeithio ei fod o, achos y funud yma dwi angen pob

duw dan haul i 'nghadw i'n saff.

Dwi'n camu oddi ar y bws ac yn croesi'r ffordd i'r adran achosion brys. Dydi hi ddim yn brysur iawn yno ac mewn deg munud mae yna ddoctor yn fy ngweld i.

'Mi gei di bwythau, Tasha, ac mi fydd angen i ni dy gadw di i mewn dros nos,' medda'r doctor.

'Be! Pam? Mae'n rhaid i fi, em, fynd yn ôl i'r ysgol.'

'Mae yna olwg ddryslyd arnach chdi, ac ella dy fod ti wedi hitio dy ben yn ddrwg. Allwn ni ddim gadael i ti fynd adre efo clwyf fel yna ar dy ben. Mae'n rhaid i ni ffonio dy fam. Alli di roi'r rhif i ni, plis?'

Dwi'n cau fy llygaid ac yn gorwedd yn ôl. Dwi'n eu clywed nhw'n murmur. Ac wedyn dwi'n teimlo pigiad miniog yng nghefn fy mhen ac mae'r doctor yn dechrau gweithio ar y clwyf. Mae o wedi fy rhoi i orwedd ar fy ochr a dwi'n gorwedd yna efo fy llygaid ar gau.

Ond mae fy meddwl i ar ras, yn creu 'nghynllun nesa.

'Dyna ni, wedi gorffen. Mi ddaw'r nyrs yn ôl mewn ychydig funudau i gael dy fanylion di.'

'Mm, iawn,' medda fi gan fwmial, yn cadw fy llygaid ynghau.

Mae popeth yn distewi o 'nghwmpas i a dwi'n agor fy llygaid yn ofalus. Dwi ar fy mhen fy hun yn y ciwbicl. Mae gen i gur pen ofnadwy ac mae gen i fandej mawr. Wrth roi 'nghoesau i lawr ar y llawr dwi'n teimlo'n chwil ond dwi'n sadio fy hun.

Mae'n bryd diflannu. Dwi'n rhoi 'mhen drwy'r cyrten. Does yna neb o gwmpas, felly dwi'n bachu fy siaced a 'mag oddi ar y gadair ac yn llithro oddi yno, allan o'r ysbyty ac yn ôl i'r stop bws cyn i neb fy ngweld i.

Be nesa, Tasha Brown? Dyna dwi'n ei ofyn i fi fy hun wrth sefyll yno'n crynu yn y glaw. Bocs cardbord mewn drws siop heno?

PENNOD 25

Flog Tasha, dydd Mawrth, 22 Hydref, 3.47 p.m.

Mi fydd pawb yn dod o'r ysgol cyn bo hir. Dwi isio gweld Dom yn ofnadwy ond mae'r bandej yma'n edrych yn hurt. Dwi yn ôl yn y *launderette*, wedi bod yn pendwmpian am yr awr ddiwetha. Mae hi'n dawel yma ac yn gynnes efo'r sychwyr ymlaen. Dwi'n licio sbio ar y dillad yn troi rownd a rownd wrth gael eu glanhau. Mi ddudodd Josie neithiwr mai ei breuddwyd hi ydi cael ei fflat ei hun a chadw'r lle fel pìn mewn papur o hyd. 'Fydd gen i ddim byd yn y fflat,' medda hi. 'Wel, dim ond y pethau sy'n rhaid eu cael.'

Dwi'n dallt yn iawn. Mae'i chartra hi'n fochaidd, does 'na nunlla i folchi, a fyddwn i byth yn gwneud pw mewn tŷ bach efo'r drws ar agor. Dwi'n treulio hanner fy niwrnod yn penderfynu lle i fynd i'r toilet. Mae'n gas gen i gael cawod yn yr ysgol. Mae'r cawodydd yn llawn o flew afiach pobl a hen boteli siampŵ. O'n i'n meddwl y byddai Josie wedi arfer â hynny, ond mae hi'n deud nad wyt ti byth yn arfer.

Saib

Mae fy ffôn i'n bipian. Neges gan Dom.

Caffi Terry, arholiada di gorffen tyd draw xx dom

Mae fy llygaid i'n llenwi efo dagrau. Dwi'n marw eisiau ei weld o, ond alla i ddim mynd yno'n edrych fel hyn. Dwi'n teimlo ochr fy mhen ac yn dechrau datod y bandej. Mae'n gwneud i fi deimlo braidd yn chwil eto, ond dwi'n dal i'w droelli a'i droelli nes ei fod o wedi dod i ffwrdd. Dwi'n meddwl am ei daflu, ond wedyn yn stopio. Bosib y bydd o'n ddefnyddiol. Mi alla i ei olchi y tro nesa y bydda i'n golchi 'nillad. Dwi'n ei blygu'n ofalus ac yn ei roi o yn ôl yn fy mag. Rywsut mae hynny'n gwneud i fi deimlo mor ofnus ac unig ac yn fwy fel rhywun digartre nag erioed. Y bag yma ydi'r cyfan sydd gen i yn y byd.

Does gen i unman i gysgu heno, na Josie chwaith. Dwi'n anfon neges at Dom.

yna mewn 10 xx tash

Recordio

Dwi'n edrych yn well heb fy mandej ac mae 'ngwallt i bron â chuddio'r dresin sy dros y clwyf. Mi dduda i wrth Dom 'mod i wedi disgyn yn y wers ymarfer corff. Mae o'n gwbod nad ydw i'n dda am wneud pethau corfforol. Ella y gwneith o adael i fi aros efo fo heno. Ond be am Josie?

Dwi'n rhoi 'ngliniadur i gadw, ond yn teimlo mor flinedig,

dwi'n gorwedd ar y fainc efo 'mhen ar fy mag ac yn cau fy llygaid. Munud neu ddau o orffwys, dwi'n dweud wrtha i fy hun, ond pan dwi'n agor fy llygaid eto, mae hi fel bol buwch y tu allan ac mae yna gi'n llyfu fy wyneb i.

'Ty'd yn d'laen,' medda llais garw.

Mae yna ddyn yn sefyll drosta i. Mae ganddo fo datŵ ar ei wddw a phen moel. Mae yna set anferth o oriadau yn pendilio yn ei law o.

'Ffwr' â chdi. Dim hostel i'r digartra ydi hwn.'

Dwi'n codi ar fy nhraed, yn taflu 'mag dros fy ysgwydd ac yn camu allan. Mae fy ffôn i'n dweud ei bod hi'n bum munud wedi pump a dwi wedi methu deg o alwadau a negeseuon gan Dom.

Dydi Caffi Terry ddim yn bell ond mae hi'n wyntog ofnadwy ac mae hi'n pistyllio bwrw glaw. Dwi'n codi sip fy siaced ond dwi'n wlyb socian mewn eiliadau. Erbyn i fi wthio drwy ddrws y caffi dwi'n wlyb at fy nghroen.

Mae Dom yn eistedd wrth fwrdd efo Jordan a Josie ac mae Branwen Brychni'n pwyso ar ysgwydd Dom. Maen nhw'n edrych ar ryw bapurau ac yn chwerthin. Mae braich Jordan o gwmpas sgwyddau Josie ac mae hi'n pwyso'i phen ar ei foch o. Maen nhw i gyd yn edrych mor hapus, ac wel, mewn cariad.

Medda Brychni, 'Am wych, Dom. O'n i'n gwbod y byddet ti'n gallu'i ddatrys o. Symud yr x. Athrylith.'

Mae hi'n pwyso drosto fo ac yn rhoi cusan ar ei foch.

Dwi'n teimlo pang o boen yn fy mherfedd wrth wylio Dom yn gwenu yn ôl. Mae Brychni yn fy ngweld i ac yn dweud wrth Dom, 'Rhaid i fi fynd. Wela i di yn y Clwb Maths dydd Gwener?' Mae hi'n ei daro'n ysgafn ar ei fraich ac mae o'n nodio ac yn mwmian hwyl fawr.

Mi ddylwn i fod mor hapus drosto fo. Dyna dwi'n trio'i ddweud wrtha i fy hun, a fyntau wedi cael ei gariad cynta. Mae Brychni'n glyfar fel fo, felly mae hi'n gwybod am be i sgwrsio.

Ond mae rhan ohona i'n rhwygo'n ddau. Os na fydd gen i fy Nom bach annwyl i mwyach, pwy fydd ar fy ochr i yn erbyn y tywyllwch a'r glaw?

'Lle ti 'di bod, Tish Tash? Dwi 'di bod yn ffonio a ffonio.' Mae Dom yn gafael yn fy mraich i ac yn fy nhynnu fi ato fo.

Mae Jordan a Josie yn mynd i archebu mwy o goffi. 'Mae hi'n neis,' medda hi.

'Branwen? Mae ganddi hi frên anhygoel.'

Mae o i'w weld mor ddidaro am y peth, ond wedyn, efallai ei fod o'n meddwl am fy nheimladau i. Dwi wedi dweud wrtho fo mor aml 'mod i dros fy mhen a 'nghlustiau mewn cariad efo Rory – ydw i'n dal i fod? – felly efallai nad ydi o eisiau cyfadde ei fod o mewn cariad efo Branwen y Brêns. Mae 'nheimladau i'n gwibio a dwi'n teimlo braidd yn chwil.

Mae'r gweddill yn dod yn ôl efo'u paneidiau. 'Mae angen i ni fynd adra cyn bo hir,' medda Josie.

'Oes rhaid?' medda Jordan.

'Ti'n gwbod be gytunon ni,' medda Josie gan dynnu'i goes o. 'Ti'm isio gwylltio dy rieni dim mwy… hei, Tash, be sy'n bod!'

Dwi wedi gollwng fy nghoffi, yn ôl pob golwg, ac mae hwnnw'n diferu dros fy nillad i. Mwy o waith golchi, dyna sy'n mynd drwy fy meddwl i wrth i 'mhen i ddisgyn. Mae Dom yn chwibanu'n isel.

'Tish Tash, be ti 'di neud?' Mae'i fysedd o'n estyn am fy mhen i.

Dwi'n gallu clywed fy hun yn mwmian fel hen gardotyn, yn crwydro'r strydoedd ar fy mhen fy hun bach. Fydd neb yn gwrando, does dim ots gan neb. '… felly mi es i yn ôl i'r tŷ a deud y byddwn i'n helpu i ffeindio'r pres…'

'Pam? Mam bach, Tasha! 'Ben dy hun efo'r moch yna!' Mae llais Josie bron â thorri, mae hi mor flin efo fi. Dwi ddim yn ei beio hi.

'Oedd yn rhaid i fi wneud rwbath,' dwi'n mwmian. 'Oedd yn rhaid i fi drio cael y tŷ yn ôl, a chael gwared ar y dihirod 'na. Does gen i nunlla arall i gysgu a dwi rŵan ar y stryd. Alla i'm mynd yn ôl yna.'

'Beth ar y ddaear! Ti'n wallgo?!' Mae Jordan yn swnio fel tasai o wedi dychryn go iawn. 'Josie, 'smo ti'n cysgu ar y stryd. Be sy'n digwydd gatre?'

Dwi'n clywed Josie yn sôn am Shirl a Bazza. 'Ond mi alla i ddelio efo nhw,' medda hi yn ei llais dewr.

'Dim mwy,' medda fi. 'Mi daflon nhw dun o fîns at fy mhen i heddiw. Mae gen i ddeg pwyth. Mae Bazza isio'n lladd ni.'

Mae Dom yn gafael ynof i, ac yn fy nal mor dynn dwi bron â stopio anadlu. Mae o mor gynnes a diogel a charedig, a dwi byth eisiau iddo fo 'ngollwng i. Bechod nad ydan ni'n frawd ac yn chwaer yn byw efo'n gilydd efo'i fam a'i dad hyfryd o, a hyd yn oed ei holl frodyr bach drewllyd o. Fyddai dim ots gen i pa mor gyfyng fyddai hi, na pha mor dlawd fydden ni. Tasai rhywun ond yn fy ngharu i. Dim ond fi.

Medda Dom, 'Pam wnest ti ddim sôn? Dwi 'di deud, mi alla i sortio popeth. Does 'na'm rhaid i chdi neud hyn i gyd ar dy ben dy hun. Dwi wastad yma i chdi, Tasha.'

Mae'i lais o'n suddo o 'nghwmpas i fel blanced gynnes, gan lapio'i hun o gwmpas fy nghalon a fy ysgyfaint a fy stumog, gan fy llenwi fi efo gobaith.

'A fyddi di *byth* ar y strydoedd achos ti am gael byw efo fi a Mam,' medda Josie. 'Iawn 'ta, Dom, be 'di'r cynllun?'

Mae Dom wedi rhyddhau un fraich ond mae o'n dal i fy nal i'n dynn efo'r llall, a dwi'n gallu'i deimlo fo'n pwnio rhifau i'w ffôn. 'Jordan, was, dwi angen gneud ambell alwad ffôn. Alli di gymryd Tasha?'

'Gallaf glei,' medda Jordan, a dwi'n eu teimlo nhw'n cyfnewid llefydd nes bod Jordan wedi lapio'i fraich amdana i, a Josie ar yr ochr arall. Dwi mewn brechdan rhyngddyn nhw, fel addurn gwydr bregus mae pawb yn ofni'i dorri'n deilchion tasen nhw'n gollwng gafael. Am y tro cynta ers oes, dwi'n teimlo'n ddiogel.

Dwi'n agor fy llygaid ac yn gwylio Dom yn cerdded drwy'r caffi, yn siarad i mewn i'w ffôn, 'Angel, ia... na... Gari a Bari.'

Mae hi bron fel tasai o wedi tyfu rywfaint wrth iddo fo gymryd yr awenau. Mae Josie yn dal i ddweud ei fod o, wel, yn fy licio i. Ydi o? Yn bwysicach, ydw i'n ei licio fo?

Dwi'n ei glywed o'n adrodd cyfeiriad Josie ac wedyn mae o'n dod yn ei ôl efo gwên fel giât ar ei wyneb. 'Wedi'i sortio.'

'Be mae Angel am ei neud?' ydi 'nghwestiwn i wrth i'r ddau arall glosio at ei gilydd eto.

Mae Dom yn rhoi'i fraich o 'nghwmpas i eto ac alla i ddim peidio â sylwi sut rydan ni'n ffitio i'n gilydd fel dau ddarn o jig-so.

'Ti ddim 'di cyfarfod Gari, cariad Angel,' medda Dom. Prin 'mod i'n gwrando wrth anadlu ei arogl sinamon melys o. 'Dychmyga reslwr Sumo, un anferth, efo breichiau fel peithon. Ac mae ganddo fo frawd, Bari. Dau Gofi. Dwi'n cyfarfod â nhw yn nhŷ Josie am chwech ac maen nhw'n siŵr o gael gwared ar y diawliaid. Arhoswch chi'ch dau fan hyn efo Tasha.'

'Byth,' medda Josie. 'Dwi'n dod efo chdi.'

'Os 'ny, fi'n dod 'fyd,' medda Jordan.

‘Dwi’m yn aros fama ar fy mhen fy hun,’ medda fi, gan afael yn dynn yn Dom.

‘Iawn ’ta,’ medda Dom. ‘*Os ydach chi’n mynnu, io.*’

Mae o wedi dechrau siarad fel rapiwr eto ac mae hyd yn oed Jordan yn chwerthin dros y lle. ‘*Chi yw ’nheulu i, io!*’

PENNOD 26

Josie

Toc cyn chwech, rydan ni'n gadael Caffi Terry ac yn cerdded yn ôl i'r tŷ. Dwi'n gallu teimlo'r tensiwn yng nghorff Jordan wrth iddo fo fy nal i'n dynn, a'i fraich o gwmpas fy ngwasg. Oes gen i ofn? Dwi ddim yn gwybod bellach. Mae'r pythefnos diwetha wedi bod mor hurt, does yna bron ddim pwrpas ofni dim. Y peth gwaetha allai ddigwydd ydi 'mod i a Tash yn gorfod mynd i gartre gofal. Wna i ddim gadael i Chaz gyffwrdd pen bys ynddi eto a wneith Dom ddim gadael i hynny ddigwydd chwaith. Dydan ni'n sicr ddim yn mynd yn ôl i'r tŷ at Shirl a Bazza a'u cyllell wirion.

Mi sibrydodd Tasha yn fy nghlust i, jest cyn i ni adael y caffi, '*Dwi mor falch bod gan Dom gariad o'r diwedd.*' Ond roedd ei llygaid hi'n llawn dagrau.

Dwi eisiau dweud wrthi pa mor wirion ydi hi, a bod Dom mewn cariad efo *hi*. Mae'r peth mor amlwg. Pam na allith hi weld hynny? Rhywbeth i'w drafod ar ôl i ni ddatrys problem y dihirod.

Wrth i ni gerdded, dwi'n dweud wrth Jordan, 'Os

gwneith hogia Dom gael gwared ar y ddau, bosib y gallith Tasha a fi ddod o hyd i'r pres a thalu dyled Mam.'

'Faint yw'r ddyled, Josie?'

'£5,466.42.'

Mae o'n chwibanu'n isel. 'Gallen i ofyn i Dad.'

'Byth bythoedd!' Dyna'r peth ola dwi'i angen, dyled arall a dyled i Dafydd Price o bawb yn y byd. 'Dydi dy dad ddim yn fy licio fi, hyd yn oed.'

Mae Jordan yn tawelu ac mae'i lygaid o'n diflannu y tu ôl i esgyrn ei fochau.

Rydan ni'n troi i fy stryd i ac mi alla i weld fan wen a dau ddyn yn sefyll y tu allan i'r tŷ. Heb feddwl dwywaith, dwi'n dweud wrtha i fy hun am gerdded heibio; dydan ni byth yn agor y drws i neb. Dwi'n chwerthin yn dawel i fi fy hun. Mae'r dyddiau hynny wedi dod i ben, Josie Tate. Mae pawb yn gwybod dy fusnes di rŵan.

Mae Jordan yn sythu wrth i ni gyrraedd y drws ffrynt. Rhaid ei fod o wir yn casáu fy nhŷ i.

'Gari a Bari 'di'r rhain,' medda Dom ac mae o'n taro'i ddwrn ac yn chwifio'i fys yn rhyfedd ar y ddau. Mi oedd Dom yn iawn. Dydi reslwr Sumo ddim yn hanner disgrifio Gari. Fo ydi'r cwlffyn dynol mwya i fi'i weld erioed, efo'i ben moel o'n gorffwys ar sgwyddau anferth ac ar gorff mwy llydan fyth. Mae'i goesau o fel boncyffion ac mi allai un o'i ddwylo fo wasgu fy nwy law i'n slwtsh mewn chwinciad.

Mae Bari yn dalach, dros chwe throedfedd, ac er nad

ydi o mor sgwâr, mae o'n dal yn fawr. Ac mae'r cyhyrau'n chwyddo o dan ei ddillad o.

Mae'r ddau yma'n codi braw arna i. Be os byddan nhw'n penderfynu mai nhw sydd i reoli pethau ar ôl i'r dihirod fynd?

Wedyn mae Gari yn gwenu'n gynnes arna i. 'Chwilio am blymar ti, ia? Ni 'di'r gora, ia.' Mae'i lais o yn ofnadwy o, wel, normal.

'Bosib yn nes ymlaen,' medda Dom.

'Iawn, mêt, ar ôl i ni ddeud wrth y bobl neis i adael, ia,' medda Gari.

Mae Bari yn syllu ar y drws ffrynt. Mae yna olwg ddifrifol ar ei wyneb o, ac mae'i freichiau o wedi'u plethu fel bownsar.

'Dwi'n falch eu bod nhw ar ein hochr ni,' medda fi'n dawel wrth Jordan. Mae o'n nodio'n bryderus.

Mae Gari yn curo'n galed iawn ar y drws. Sŵn fel clec taran.

Mae yna synau o'r tu mewn ac mae rhywun yn gweiddi, 'Pwy sy 'na?'

Mae o'n troi ata i ac yn sibrwd, 'Deuda wrtho fo bo' gennach chdi'm goriad, ia.'

Dwi'n nodio ac yn gweiddi yn ôl, 'Josie sy 'ma, dwi 'di anghofio 'ngoriad. Gadwch fi i mewn.'

Mwy o synau. Mae'r drws yn agor yn llydan ac am funud dwi'n meddwl 'mod i yn y tŷ anghywir. Dwi'n gallu gweld drwy'r cyntedd sydd bron yn wag. I le'r aeth casgliad Mam? Be mae'r ddau yma wedi bod yn ei wneud?

Mae Bazza'n sefyll yn y cyntedd ac mae Shirl fymryn yn tu ôl iddo fo. Dwi'n gallu gweld rhywbeth pinc yn ei llaw hi. Dwi'n camu ymlaen ac mae Jordan yn fy nhynnu yn ôl.

'Pwy 'di dy ffrindia di?' medda Bazza.

Medda Gari, ''Dan ni 'di dod i'ch hel chi o 'ma, ia. Rŵan, ewch, plis, ia.' Mae'i lais o'n feddal ond yn llawn bygythiad.

Dwi'n gweld Shirl yn codi'i llaw a dyna lle mae o; y bag colur pinc. Maen nhw wedi ffeindio'r llyfr banc ac maen nhw ar fin dwyn fy mhres i gyd!

'Reit, dyna ni!' Dwi'n llithro o afael Jordan, yn brasgamu dros y trothwy i'r cyntedd, ac yn dal fy llaw allan. Mae cael y brodyr yn gwmni'n gwneud i fi deimlo fel cawr. 'Rhowch hwnna i fi,' medda fi wrth Shirl.

Dwi'n teimlo rhuthr gwynt wrth i'r drws glepian ar gau y tu ôl i fi. Mae Bazza'n gafael yn fy ngwddw ac mae Shirl yn gweiddi, 'Deuda wrth dy fyddin fach di am adael, del, neu mi dorrwn ni dy wddw di a dy roi di'n fwyd i'r adar.'

Sut allwn i fod wedi bod mor wirion! Dwi'n gallu clywed Jordan a Tasha yn sgrechian ac yn gweiddi y tu allan i'r drws ac maen nhw'n curo ac yn bangio, ond alla i ddim clywed y brodyr. Efallai eu bod nhw wedi cael llond bol ac wedi gadael.

Mae rhywbeth oer yn pwyso ar fy moch. Cyllell Bazza. Dyna'i diwedd hi. Mae o'n fy nhynnu fi drwy'r tŷ. Rydan ni bron wrth y grisiau.

'Allwn ni fynd allan drwy ffenest y gegin,' medda Shirl. ''Dan ni 'di clirio ac wedi ffeindio be rydan ni'n chwilio amdano fo.' Mae'i gwefusau oer hi'n crechwenu'n erchyll. 'I lawr ochr y popty oedd o, del, yn llawn cachu llygod mawr.'

Ych a fi!

Mae hi'n chwifio'r bag colur yn fy wyneb a dwi'n trio llamu amdani. Ond mae Bazza'n gafael ynof fi mor dynn, dwi'n sgrechian.

Ac wedyn dyma'r glec fwya ofnadwy ac mae'r drws ffrynt yn syrthio'n fflat ar y llawr, nes bod y ffenestri i gyd yn crynu.

Mae Gari yn sefyll yno, a Bari y tu ôl iddo fo. Maen nhw'n edrych fel hunlle rhywun yn dod yn wir. Mae'u hwynebau nhw fel concrid a dwi'n gallu teimlo Bazza'n crino y tu ôl i fi.

'Sefwch 'nôl!' medda fo dan sgrechian. 'Mi lladda i hi, dwi'n addo.'

Ond mae Gari yn brasgamu tuag aton ni ar ei goesau boncyffion ac mae gweld y cyhyrau yna'n agosáu yn gwneud i fi, hyd yn oed, deimlo'n nerfus.

Mae Bazza'n llythrennol yn crynu mewn braw. Dwi'n taeru y galla i glywed ei ddannedd o'n clecian yn ei ben. Dwi'n dechrau synhwyro buddugoliaeth. Am y tro cynta erioed ers iddyn nhw wthio'u hunain i mewn i 'mywyd i, y ddau yma, a dim ni, sydd wedi dychryn am eu bywydau.

Hwrê!

Mae'r llafn yn llithro o 'moch i wrth i law Bazza grynu fel deilen. Dwi'n gweld Gari yn noethi'i ddannedd.

Mae hyn yn rhyfedd. Pam nad ydi o'n rhoi peltan i Bazza nes bod hwnnw ar lawr?

Mae Gari yn gwgu arna i ac yn amneidio fymryn â'i ben, ac wedyn dwi'n dallt.

Dwi'n plygu fy ngên ac yn brathu llaw Bazza efo fy holl nerth.

Mae hwnnw'n gweiddi ac yn gostwng ei fraich. Gan ruo, mae Gari yn anelu cic. Mae'r gyllell yn hedfan drwy'r awyr. Wrth i fi lithro o'i afael, mae Bari yn cydio yn fy mreichiau ac yn fy ngwthio allan drwy'r drws i freichiau Jordan. Mae o'n fy nal i mor dynn, prin 'mod i'n gallu anadlu.

Mae Tasha a Dom wrth ein hymyl ni. Mae'r sgrechian a'r gweiddi'n denu'r myfyrwyr yn y tŷ drws nesa drwy'r drws i'r stryd. Maen nhw'n chwerthin ac yn annog y brodyr. Mae Bazza'n ymddangos yn y drws, a Bari yn ei ddal o ar ei orwedd efo un llaw ar ei siaced a'r llaw arall ar wregys ei jîns o.

'Gad fi fynd!' ydi gwaedd Bazza.

'Iawn, mêt.' Mae Bari yn ei swingio fo ddwywaith fel ton ac yn ei daflu fo mor galed ar y pafin, mae o'n bownsio. Mae Shirl yn dilyn, wrth i Gari'i thaflu hithau fel bag o sbwriel i'r stryd.

Mae'r myfyrwyr yn clapio ac yn gweiddi hwrê.

'Dach chi 'di gorffan fama rŵan, ia,' medda Gari, yn ei lais tawel. ''Dan ni 'di gofyn yn glên i chi fynd, ia, a dach chi'm 'di gwrando, ia. Rŵan, miglwch hi, ia, yn reit gyflym, ia.'

Mae Bazza a Shirl yn bustachu ar eu traed, yn gafael yn ei gilydd yn dynn ac yn simsanu i lawr y stryd.

'Go dda,' medda un o'r myfyrwyr, gan ysgwyd llaw Gari cyn iddyn nhw i gyd gamu yn ôl i'w tŷ.

Mae Bari yn sefyll wrth ffrâm y drws, ei freichiau o wedi'u plethu eto, fel tasai o'n gwarchod y lle.

Medda Gari, 'Wnewch chi'm eu gweld nhw eto, ia. Ddudan ni wrthyn nhw be fydd yn digwydd os mentran nhw ddod 'nôl, ia.'

Mae o'n crymu ac yn estyn rhywbeth sydd wedi mynd yn sownd wrth ochr sach ddu. 'Chdi bia hwn?'

Y bag colur pinc ydi o. Rhaid bod Shirl wedi'i daflu fo. Dwi'n ei gymryd ac yn nodio, gan ei droi o drosodd a throsodd yn fy nwylo. Alla i ddim coelio bod y bag bach blêr yma yn fy llaw o'r diwedd.

Rydan ni i gyd yn sefyll yno'n fudan cyn i Dom ddweud, 'Panad?'

'Sgen ti siwgr?' ydi cwestiwn Gari.

'Em, wrth gwrs.' Dwi'n stwffio'r bag bach i boced fy siaced ac mae pawb yn camu i'r tŷ.

Gan eu dilyn nhw drwy'r cyntedd, dwi'n sylwi ar lun Mam. Mae rhywun wedi'i roi o yn ôl ar y wal; y llun o'r bwthyn, efo'r blodau a'r slogan, *Does unman yn debyg i adra.*

Yng nghanol yr *a* gynta yn *adra*, mae cyllell Bazza.

Mae Jordan yn aros amdana i ac mae o hefyd yn sylwi. 'Cyfiawnder,' medda fo, gan dynnu'r gyllell o'r llun a'i glanhau hi ar ei jîns, cyn ei rhoi hi mewn bocs wrth ymyl y gegin. 'Allet ti daflu hwnna mas.'

Mi allwn i daflu lot o bethau 'mas'.

Rydan ni'n dringo'r grisiau. Mae Dom wedi rhoi Tasha yn fy ngwely i. Mae Gari a Bari yn sefyll y tu ôl i'r drws. Dwi'n estyn y tegell, yn ei lenwi, ac mae Tasha yn sibrwd, 'Allwn ni ddim cysgu fama heno heb ddrws ffrynt. Mae o'n codi braw arna i.'

'Wneith Gari'i drwsio fo,' medda Dom, yn ei lais cysurlon.

'Faint gostith o?' ydi 'nghwestiwn i. Mae gen i'r bag colur ond dwi ddim wedi cael cyfle i'w agor o. Dwi'n ei estyn o boced fy siaced ac yn syllu arno fo.

Mae Gari a Bari yn mwmial ymgynghori, ac wedyn maen nhw'n nodio ac yn wincio ar Dom.

'Mi ddudodd Tasha bod yna ddiod yn y gegin?' medda fo.

'Dwi'm yn siŵr.' Dwi'n trio agor y bag.

'Dere â hwnna i fi.' Mae Jordan yn cymryd y bag ac yn dechrau chwarae efo'r sip.

'Mae yna focsys o gwrw,' medda Tasha.

'Mi drwshith Gari a Bari'r drws ffrynt am grât neu ddau,' ydi awgrym Dom.

'Ia, wrth gwrs.' Dwi'n gwenu fel giât ar y brodyr. 'Mi fyddai hynny'n wych. Dyma chi'ch panad.'

Dwi'n rhoi'r ddwy baned chwilboeth gynta iddyn nhw ac maen nhw'n ychwanegu llwyeidiau o siwgr, a ninnau i gyd yn dechrau chwerthin wrth gofio sut ddaru Bazza a Shirl ffoi fel llygod bach.

'Josie, ti'n hogan ddewr, ia,' medda Gari, gan wenu arna i. 'Yn cythru amdanyn nhw ar dy ben dy hun, ia.'

'Mae hi'n ferch anhygoel,' medda Jordan.

'Nadi, dydi hi ddim!' medda Dom. 'Ti'n wallgo, Josie Tate. Mi fydden nhw 'di gallu dy ladd di.'

'Ti'n deutha fi,' medda Tasha dan fwmial.

Mae hi'n mynd yn hwyr ac mae'n rhaid i Jordan adael. 'Fi 'di llwyddo i'w agor e,' medda fo, gan roi'r bag i fi. Rydan ni'n mynd i lawr y grisiau ac yn cael cusan ffarwél.

Mae Dom yn gadael hefyd, gan ddweud wrtha i am ofalu am Tasha, a dwi'n addo gwneud hynny.

Mae'r brodyr yn estyn eu tŵls o'r fan ac yn trwsio'r drws.

''Dan ni wedi rhoi clo newydd i chdi, Josie,' medda Gari. 'Dyma chdi'r goriad, ia.'

Mae o'n sefyll yna'n ddisgwylgar ac wedyn dwi'n cofio am y cwrw. Dwi'n rhedeg yn ôl i'r gegin ac yn cario sawl crât iddo fo.

Mae o a'i frawd yn cyfnewid ambell air mewn iaith Cofi. Maen nhw'n diolch ac mewn eiliad maen nhw wedi diflannu.

Dwi'n dringo yn ôl i'r llofft ac mae Tasha yn dal yn effro. 'Ydan ni'n saff?' medda hi mewn llais gwan.

'Hollol saff. Fyddai Dom ddim yn gadael i ddim byd ddigwydd i chdi.'

Mae hi'n rhoi gwên fach. 'Dwi'n gwbod. Fo ydi fy ffrind gora fi.'

'Ti'n wallgo, Tasha.' Dwi'n anwybyddu'r olwg syfrdan arni. 'Alli di'm gweld? Mae o dros ei ben a'i glustia mewn cariad efo chdi.'

'Paid â malu. Mae o'n mynd allan efo Branwen Brychni. Mae hi'n glyfar fel fo. Dwi byth yn gwneud dim byd yn yr ysgol heblaw be sy rhaid.'

'Ia, wel, dwi'm yn gallu nofio hyd yn oed, ond dydi Jordan ddim yn meindio. Dwi'n deud wrthach chdi, mae Dom mewn cariad efo chdi a...'

Ond mae hi wedi syrthio i gysgu. Dwi ar fy mhen fy hun ym mudandod y tŷ.

PENNOD 27

Dwi angen fy llofft fy hun eto. Dwi wedi cael llond bol ar rannu ond mae llofft Mam mewn cyflwr afiach. Mae'r gwely'n llawn poteli cwrw a bocsys tecawê hanner llawn ac mae'r lle'n drewi o'r dihirod.

Fedra i byth gysgu yma heno oni bai 'mod i'n clirio ac yn agor rhai o'r ffenestri. Mae hi bron yn naw o'r gloch ac mae'n dywyll yn barod. Well i fi gychwyn arni. Dwi'n codi dwy sach o'r tu ôl i'r drws, yn mynd â nhw i dop y grisiau ac yn eu taflu nhw i'r gwaelod.

Mae o'n deimlad braf.

Ar ôl dechrau, alla i ddim stopio. Dwi'n symud pob un wan jac o'r bocsys a'r bagiau o lofft Mam ac yn eu taflu nhw i lawr y grisiau. Mi alla i eu pentyrru nhw i gyd yn y gegin yn nes ymlaen, a chadw'r cyntedd yn glir. Alla i jest ddim dychmygu llenwi hwnnw eto.

Mae un o'r sachau'n rhwygo ar agor. Mae yna gynfasau, gobenyddion a hyd yn oed ddillad gwely newydd sbon yno, a'r gorchudd yn dal yn ei becyn. Dwi'n tynnu'r holl ddillad oddi ar y gwely ac yn taflu popeth i lawr y grisiau. Ar ôl clirio'r gofod o amgylch y ffenestri, dwi'n llwyddo i wthio un ar agor ac mae awyr oer y nos yn llifo i mewn.

Alla i ddim cofio'r tro ola i ni gael unrhyw awyr iach yn ein tŷ gorlawn ni. Mae hi wedi hanner nos ac yn dawel iawn y tu allan. Mae yna leuad llawn yn yr awyr, a'i olau o'n dod yn ffrwd drwy'r ffenest ac yn goleuo'r gwely. Rŵan 'mod i wedi dechrau, dwi'n teimlo nad oes yna ddim troi 'nôl. Alla i ddim rhoi'r gorau iddi tan y bydd y tŷ'n wag.

Wrth i fi eistedd ar wely Mam, a hwnnw'n lân a'r cynfasau'n ffres am y tro cynta ers misoedd, dwi'n sydyn yn gweld ei heisiau hi'n ofnadwy. Dwi'n gwybod nad ydi hi wedi gwneud pethau'n hawdd, ond mi oedd hi wastad yno'n gefn i fi, yn fy nghofleidio i'n hogan fach ac yn fy helpu i efo 'ngwaith cartre. Mi oeddwn i wrth fy modd yn siopa efo hi yn yr holl siopau elusen pan oeddwn i'n blentyn bach. Mi oedd y cyfan fel helfa drysor ddi-stop, ac mi oedd hi wrth ei bodd efo popeth y byddai hi'n dod o hyd iddo fo, fel plentyn ar ddiwrnod Dolig bob dydd o'r wythnos.

Dwi'n gwir goelio bod angen achub ein planed ni. Ond dwi ddim yn ffŵl sy'n barod i gael fy nhwyllo. Mae gan fy mam egwyddorion go iawn yn ei bywyd. Ond dwi'n sylweddoli rŵan, ar ôl gweld y rhaglen deledu yna, fod popeth wedi mynd dros ben llestri.

Dwi'n cofio am fy mhen-blwydd diwetha i. Dyna pryd ddechreuodd hi ddweud, 'Un ar bymtheg flwyddyn nesa, Josie. Lle fyddi di, tybed?'

Ydi Mam yn meddwl mai un ar bymtheg ydi'r adeg pan

fyddwn ni'n stopio byw efo'n gilydd, yn stopio achub y blaned, yn stopio brwydro yn erbyn y byd?

Efallai mai dyna pam roddodd hi'r ffidil yn y to, colli'i swydd, stopio talu'i biliau ac anwybyddu'r byd y tu allan tan i hwnnw frasgamu i mewn i'r tŷ a'i chipio hi i'r carchar.

'Pam wnest ti ddim siarad efo fi, Mam!' medda fi ar dop fy llais. Mae'r dagrau'n llifo i lawr fy wyneb i.

Dim plentyn twp, naïf ydw i bellach. Dwi wedi newid mewn wythnos. Mae yna lot o bethau wedi newid, a does gen i ddim amser i grio. Mae hi fel taswn i wedi tyfu a does dim rhaid gwisgo côt Mam i deimlo'n hŷn. Fi ydi'r un sy'n gorfod ysgwyddo cyfrifoldeb yn y teulu yma: talu'r ddyled, rhyddhau Mam o'i carchar, clirio'r 'nialwch a gofalu nad ydan ni byth yn cael ein hunain yn y fath dwll eto.

Fydd Mam ddim adre cyn fy mhen-blwydd i fory, ond mi allwn ni gael ein dathliad bach arbennig ni rywdro eto. Alla i ddim aros.

Mae hi'n bryd gweld a wnaeth Taid Ted adael unrhyw beth gwerth chweil i fi.

Dwi'n agor y bag colur ac yn tynnu llyfryn llwyd crebachlyd ohono fo. Ar y clawr mae'r geiriau Cymdeithas Adeiladu Gydfuddiannol Fieldings. Maen nhw ar y Stryd Fawr gyferbyn â Swyddfa'r Post.

Dwi'n agor y llyfr ac mae darn bach o bapur yn syrthio ohono fo, a'r ochrau wedi melynu i gyd. Llythyr ydi o.

Annwyl Josie,

Dwi'n gwybod na fyddi di'n fy nghofio i. Fydda i ddim yma llawer mwy, gan fod fy nghalon i'n wan, a dim ond dwy oed wyt ti. Ond roeddwn i eisiau gadael rhywbeth i dy helpu di yn y dyfodol. Enillais i ar y pŵls pêl-droed, felly dwi wedi rhoi'r arian yn y cyfrif yma i ti.

Gweithia'n galed yn yr ysgol a gwna dy fam yn falch. Mae hi'n ferch dda, dim ond ei bod hi wedi cael bywyd caled.

Cariad

Taid Ted

Dwi'n agor tudalennau'r llyfr cynilo.

Fedra i ddim coelio fy llygaid.

Mae yna £15,000 yn y golofn sy'n dangos y cynilion. Amhosib! Dwi'n cam-ddallt, mae'n rhaid!

Dwi'n troi yn ôl i'r dudalen gynta a dyna fy enw i, Josie Tate, a'r dyddiad y cafodd y cyfri ei agor. Dwi'n gyfoethog!

Dwi eisiau rhedeg o'r tŷ'n syth bìn ac i'r gymdeithas adeiladu a hawlio'r pres i gyd, ond mae hi'n ddau o'r gloch y bore.

Dwi'n syrthio i gysgu efo'r llyfr banc llwyd yn fy llaw. Pan dwi'n deffro, mae Tasha yn fy ysgwyd i. 'Fyddi di'n hwyr i dy rownd bapur.'

'Dwi'm yn mynd,' medda fi, mewn llais diog. 'Sbia.' Dwi'n estyn y llyfr iddi.

Mae Tasha yn ei agor. 'O mam bach! Ti'n gyfoethog, bêbs, be goblyn ti am neud efo'r holl bres yna?'

'Dwi heb ei gael o eto.'

Mae Tasha yn chwerthin. 'Gei di o cyn hir. Ty'd, gwisga amdanat. Fi sy'n prynu brecwast.'

Dwi'n gwisgo fy jîns a fy nhop. Mae'n fore dydd Mercher, dim ond fi a Tasha sydd yn tŷ ac mae'n rhaid i fi ganolbwyntio ar gael Mam yn rhydd.

'Dwi'm yn mynd i'r ysgol heddiw,' medda fi wrth Tasha. 'Ond dos di, paid â mynd i drwbl.'

Mae Tasha yn tuchan, 'Fawr o bwynt i fi fynd i'r ysgol rŵan bo' fi'n ddigartra.'

Rydan ni'n tawelu. Mae gan Tasha yr un faint o broblemau â fi, does?

Rydan ni'n cael brecwast yn y caffi. 'Dwi'n mynd i'r gymdeithas adeiladu,' medda fi. 'Be amdanach chdi?'

'Dwi'n mynd i llnau dy lofft di, Josie, bêbs. Oes 'na fwy o gynfasa glân yn rwla?'

Dwi'n gwenu fel giât arni. 'Dwi'n siŵr bo' gan Mam lwythi. Jest dalia i agor y sachau. Ond Tasha...'

'Be?'

Dwi'n bachu'i braich hi, wedi dychryn yn sydyn. 'Paid â thaflu dim byd i ffwrdd. Fyddai Mam ddim yn licio hynna. Jest rho nhw mewn pentwr i lawr grisia, iawn. Addo?'

'Addo.'

Yr holl ffordd i'r gymdeithas adeiladu, dwi'n eu dychmygu nhw'n rhoi'r pres i fi mewn bag mawr a finnau wedyn yn dal y bws i'r carchar ac yn talu'r ddyled er mwyn rhyddhau Mam. Mi fydd y cyfan yn hawdd ac wedi'i ddatrys mewn pum munud.

Mae hi eisoes wedi naw o'r gloch ac mae'r drysau'n llydan agored. Dwi'n cerdded i mewn ac yn camu at y cownter.

'Ia?' medda'r ddynes.

Dwi'n gwthio'r llyfr cynilion o dan y gwydr. 'Dwi angen tynnu ychydig o'r pres yma allan.'

Mae hi'n cymryd y llyfr. Ac wedyn mae hi'n edrych arna i. 'Sgen ti rywbeth i ddangos pwy wyt ti?'

Dwi'n rhoi fy mhàs bws iddi.

Mae hi'n edrych arno fo. 'Pymthag wyt ti, felly chei di'm tynnu pres allan heb oedolyn. Ti angen dau beth i ddangos pwy wyt ti – pasbort, trwydded yrru, bil dŵr neu drydan...' Mae hi'n paldaruo drwy'r rhestr ddiddiwedd.

Does gen i ddim o'r rheini.

'Ty'd yn dy ôl efo dy fam ac mi allith hi dy helpu di, del. Nesa plis.'

'Na, arhoswch,' medda fi, wrth i ddyn y tu ôl i fi duchan yn ddiamynedd. 'Ylwch, dwi'n un ar bymtheg fory. Alla i gael ychydig bach heddiw? Mae o'n bwysig iawn, i fy mam i.'

Mae'r ddynes yn codi'i sgwyddau ac yn dweud, 'Ty'd yn ôl fory ond mi fyddi di angen dy dystysgrif geni, ac os wyt ti angen mwy na mil o bunnoedd...' Mae hi'n codi ael ymholgar arna i.

Dwi'n nodio. Mae un deigryn bach yn llifo o fy llygad ac i lawr fy moch.

'Wel gofynna i dy ddoctor am lythyr yn cadarnhau pwy wyt ti. Fel arall, allwn ni ddim rhyddhau swm mawr, sori, del.' Mae hi wedyn yn edrych dros fy ysgwydd ac yn dweud mewn llais siriol, 'Nesa plis.'

Mae'r dyn y tu ôl i fi yn fy ngwthio fi o'r ffordd a dwi'n baglu allan o'r banc.

Pam fod yn rhaid i bopeth fod *mor* anodd?

Mae fy ffôn i'n canu. Jordan. Dwi ddim yn gwybod be i'w wneud ac mae'r ffôn yn canu a chanu tan i fi ildio a phwyso'r botwm. 'Haia.'

'Hei.'

Ond mae 'ngwddw i'n llawn. Alla i ddim siarad.

'Josie?' Mae o'n swnio'n bryderus. 'Ti'n iawn?'

'Yndw siŵr.' Dwi'n llyncu 'mhoer.

'Ti ddim yn swno'n iawn. Be sy'n bod?'

Lle mae dechrau? Dydi Jordan ddim hyd yn oed yn gwybod mai fory mae 'mhen-blwydd i. O'n i eisiau aros tan i Mam ddod adre cyn dathlu. Ond mae'n rhaid i fi ddweud rhywbeth wrth fo, felly dwi'n mwmial, 'Dwi'n un ar bymtheg fory ac mae fy mam i yn y carchar.'

'O.' Dwi'n gallu clywed y siom yn ei lais. 'Pam na ddwedest ti wrtha i?' Ar ôl eiliad o fudandod mae o'n dweud, 'Felly, em, wyt ti moyn gwneud rhywbeth?'

'Nadw, yndw, ella... Y cyfan dwi isio ar fy mhen-blwydd ydi Mam yn ôl gartra.' Mae fy llais i'n torri ac alla i ddim stopio'r dagrau.

'Wrth gwrs, Josie, fi'n diall.'

Mae rhywun yn galw'i enw ac mae o'n gweiddi yn ôl, 'Ocê, ocê... ar fy ffordd.'

Mae'i lais o'n swnio fel tasai o ar frys. 'Rhaid i fi fynd 'nôl. 'Wy'n cystadlu heddi ac mae e filltiroedd bant. Fydda i ddim 'nôl tan yn hwyr. Ffonia i di fory?'

'Iawn,' medda fi gan sniffian.

Mae o'n dod â'r alwad i ben a dwi ar fy mhen fy hun eto.

Mae'r boen yn fy mynwes i'n teimlo'n annioddefol. Dwi'n cerdded mewn breuddwyd am oesoedd ac wedyn dwi'n fy nghael fy hun y tu allan i fferyllfa Mel. Mae yna arwydd 'ar gau' ar y drws, ond mae'n ganol bore. Be ydi ystyr hynny?

Dwi'n mynd i'r fflat ac yn canu'r gloch. Dwi'n clywed sŵn traed ar y grisiau ac mae'r drws yn cilagor. 'Be ti isio?' medda Mel dan frathu.

Dwi'n methu stopio'r dagrau dim mwy, a dwi'n crio a chrio nes i Mel agor y drws a 'nhynnu fi i mewn.

I fyny'r grisiau, mae Ivy'n gorwedd ar y soffa efo'i llygaid ar gau. Mae Len yn gwylio'r teledu, fel bob tro. Dwi'n llyncu 'mhoer ond does yna'r un o'r ddau fel tasen nhw'n sylwi arna i.

'Dydi Nain ddim yn teimlo'n dda heddiw,' medda Mel

dan ei hanadl, gan rythu arna i. 'Be 'di'r broblam?'

Mae'r cyfan yn tasgu allan mewn un ffrwd a dwi'n gorffen drwy ddweud, 'Mae gen i 'nhystysgrif geni. Mae Mam yn ei chadw hi yn ei drôr gemwaith hi, ond does gennan ni ddim doctor, felly sut alla i gael y llythyr yna? Dwi angen Mam yn ôl adra, Mel. Dwi'n gweld ei hisio hi gymaint.' Dwi'n trio sychu fy wyneb efo fy llawes.

'Hmm,' medda Mel.

Mae Len yn stwyrian yn ei gadair ac yn mwmial iddo'i hun.

Mae cloch y drws yn canu. Mae pawb yn sythu ac mae Ivy'n agor y mymryn lleia ar ei llygaid.

Dwi'n syllu ar Mel ac mae hi'n syllu yn ôl.

'Y doctor, i Nain.' Mae hi'n mynd i lawr i agor y drws. Dwi'n clywed dynes yn siarad mewn llais siriol wrth i Mel ei harwain hi i fyny'r grisiau. Mae'r stafell fach yn sydyn yn teimlo'n llawn dop o bobl.

'Dos i ista yn y gegin.' Mae Mel yn amneidio arna i. Dwi'n gadael y stafell ac yn cau'r drws. Mae murmur y lleisiau i'w glywed drwy'r wal. Does gen i'm syniad be i'w wneud. Mi fydd hi'n wythnosau ac yn wythnosau tan y bydd Mam allan o'r carchar.

'Josie, ty'd yma.' Mae Mel yn galw arna i. Dwi'n mynd yn ôl i'r stafell fyw. Mae'r doctor yn dal yno.

Mae Mel yn sôn wrthi am Mam ac am y ddyled ac yn dweud bod fy mhen-blwydd i fory a 'mod i'n gweld ei heisiau hi cymaint. Mae'r doctor yn gwenu'n dosturiol arna i. Mae ganddi groen brown golau a smotyn coch yng nghanol ei thalcen. Mae hi tua'r un oed â Mam ac mae hi'n gwisgo top tywyll a throwsus.

'Felly be 'dan ni'i angen, Dr Kumar,' medda Mel, 'ydi llythyr gennach chi, plis, yn cadarnhau pwy ydi Josie.'

Mae Dr Kumar yn syllu arna i am ychydig funudau. 'Mae Mel wedi sôn wrtha i amdanat ti o'r blaen, Josie. Dwi'n gwybod ei bod hi'n poeni nad oes gen ti feddyg.'

Dwi'n nodio.

'Dwi'n teimlo 'mod i'n dy nabod di'n barod. Mae Mel yn dweud wrtha i bo' chdi'n ferch dda, yn helpu dy fam ac yn gweithio'n galed yn yr ysgol.' Mae hi'n codi ael ymholgar ac mae Mel yn nodio'n gadarnhaol. 'Dwi'n fodlon sgwennu'r llythyr.'

Cyn i fi allu dweud gair, mae Len yn gweiddi, 'Gôl!' ac mae pawb yn chwerthin.

Mae'r doctor yn eistedd i lawr wrth fwrdd bwyta Mel, yn estyn papur efo pennawd – un crand iawn yr olwg – ac yn ysgrifennu am ychydig funudau, cyn rhoi'r llythyr i fi.

'Dyna ti. Mae dy fam yn lwcus iawn bod ganddi ferch mor gall. Dwi'n siŵr ei bod hi'n dy werthfawrogi di'n fawr.'

Dwi'n llwyddo i fwmian fy niolch ac mae'r doctor yn fy rhwbio fi'n ysgafn ar fy ysgwydd. Mae Mel yn ein harwain ni'n dau allan.

Dwi'n rhedeg yr holl ffordd adre a'r cyfan dwi eisiau'i

wneud ydi dweud wrth Tasha. Tydi hi'n rhyfedd sut mae pethau'n newid?

PENNOD 28

Tasha

'Da-ra!' Dwi'n chwifio fy llaw fel cyflwynydd teledu ac yn tywys Josie i'w llofft ei hun.

'Waw, Tash! Anhygoel.'

Dwi wedi llwyddo i wagio hanner y stafell a chlirio'r ffenest. Dwi wedi'i hagor hi'n llydan agored ac mae haul y bore'n llifo i'r llofft. Dwi wedi ffeindio cynfasau newydd i'r gwely a gorchuddion Hello Kitty. Brand afiach, dwi'n gwybod, ond dyna'r unig ddewis.

'Mae'r ddau obennydd yn newydd hefyd,' medda fi. 'Mi oedd dy fam yn dipyn o gasglwr.'

'Ti'n deud wrtha i,' medda hi dan ochneidio. 'Lle mae'r holl fagiau a bocsys?'

'Dwi 'di bod yn andros o ofalus, Josie, onest. Dwi 'di rhoi rhai petha yn y lle gwag yn y stafell fyw. Dwi 'di tacluso'r gweddill a'u rhoi nhw wrth y wal.'

Dwi'n pwyntio at bentwr o bethau sy'n ymestyn ar draws y wal bron mor uchel â 'nghanol i, ond bellach wedi'u gorchuddio â chynfas wen lân.

Mae Josie yn nodio'n fodlon ac yna'n sylwi ar ei desg. 'Tash! Ti 'di tacluso fy llyfrau i. Gwych. A sbia'r potyn beiros ciwt yna!'

'Ia, mae 'na bob math o stwff sgwennu yn un o'r bagiau 'na pan fyddi di'n mynd yn ôl i'r ysgol...'

'Os...' medda hi, gan ysgwyd ei phen.

'Na, Josie, pan, dim os. Ti'n dipyn o sgolar fel Dom a Branwen Brychni. Ti jest angen chydig o amser i gael dy ben yn iawn.'

Mae hi'n chwifio darn o bapur. 'Dwi 'di'i gael o!'

'Be?'

Mae hi'n sôn am y pres a llythyr y doctor.

'Bob dim wedi'i sortio 'ta,' medda fi.

Dwi'n syrthio ar y gwely ac yn gafael mewn ffeil ewinedd. Mi ddois i o hyd i ryw gant ohonyn nhw yn un o'r sachau ac mae gwir angen trin y dwylo yma.

Mae Josie yn ochneidio. 'Gobeithio. Ffoniodd Jordan. Ddudais i wrtho fo bo' fi'n un ar bymtheg fory.'

'Be ddudodd o?'

'Bod ganddo fo gystadleuaeth arall.'

'Rhamantus iawn.'

Mae hi'n chwerthin yn sydyn. 'A sôn am ramant, mae Jordan yn cytuno efo fi.'

Dwi'n culhau fy llygaid.

'Mae Dom mewn cariad efo chdi.'

'Cau dy *geg*! Dach chi'ch dau'n wallgo. Ges i neges gan

Dom yn deud ei fod o'n cyfarfod Branwen heddiw. Maen nhw'n gweithio drwy'u hawr ginio achos mae hi'n sownd ar ei syms neu rwbath.'

Mae gen i deimlad mor rhyfedd yn fy stumog ers cael neges Dom. Mae o wastad wedi bod yn gefn i fi; dwi'n ei gymryd o'n ganiataol. Ond rywsut, dros yr wythnos ddiwetha mae 'nheimladau i wedi troi'n gymysg i gyd. Mae'n siŵr mai cenfigennus ydw i.

'Dwi'n falch bod fy Nom bach annwyl i wedi dod o hyd i rywun arbennig,' medda fi, gan ffeilio fy ewinedd yn ffyrnig. 'Mae o'n haeddu bod yn hapus. A beth bynnag, mae Branwen, ti'n gwbod...'

'Be?'

'Yn gîci.'

Rydan ni'n chwerthin lond ein boliau. Medda Josie, 'Bechod 'sa gen i gyfrifiadur.'

'Gei di ddefnyddio fy un i unrhyw bryd.' Dwi'n estyn am fy ngliniadur ac yn ei roi o i lawr ar ei desg hi. 'Yli, ti'n edrych fel rhywun clyfar go iawn rŵan. Be arall ddudodd Jordan?'

'Dim byd mawr.' Mae hi'n syllu drwy'r ffenest.

Dwi ddim yn gwybod beth i'w ddweud ac rydan ni'n fud am sbel. Mae Josie yn troi'r gliniadur ymlaen ac yn dechrau syrffio'r we. A dwi'n gorffen tacluso fy ewinedd gan estyn deuddeg farnais gwahanol o fag y des i o hyd iddo yng nghanol y 'nialwch. Dwi'n dewis lliw coch llachar ar y gwaelod, ac wedyn yn rhoi cynnig ar wahanol liwiau ar y top mewn patrwm. Dwi'n dechrau synfyfyrio am gael swydd mewn siop trin ewinedd, a'r eiliad honno mae fy ffôn i'n canu. Mam sydd yna.

Dwi'n edrych draw ar Josie ond mae'i llygaid hi wedi'u hoelio ar y sgrin.

Dwi'n pwyso'r botwm ac yn dweud, 'Iawn.'

'Sut wyt ti?' Mae'i llais hi'n swnio'r un mor stiff â fy un i.

'Iawn,' medda fi eto.

'Mae Chaz i ffwrdd.'

'Wel?'

'Awn ni am ginio, Tash. Mae'n bryd i ni sortio petha, tydi?'

Dwi ddim yn ateb. Dwi'n gallu teimlo'r dagrau'n cronni. Be mae hi'i eisiau go iawn? Ond dwi'n gweld eisiau 'ngwely a fy llofft a fy holl bethau i. Dwi wir eisiau mynd adre.

'Tash? Ty'd i 'nghwrdd i am ginio, yn y lle pitsa wrth Swyddfa'r Post. Mae'r fflat fel mynwent heb dy fiwsig di.' Mae hi'n chwerthin mymryn.

Dwi'n teimlo fy hun yn meddalu. Mae hi'n gweld fy eisiau i. Efallai fod hynny'n golygu y gallwn ni ddatrys pethau.

'Iawn. Hwyl.'

Dwi'n diffodd y ffôn ac yn edrych ar fy oriawr. 'Dwi angen cawod.'

Dydi Josie ddim yn codi'i phen. 'Hmm, iawn.'

Dwi'n stwffio lliain i 'mag. Mae o'n un newydd sbon y gwnes i ei ffeindio yng nghanol y 'nialwch efo trowsus fy maint i mewn pecyn newydd, sanau du a thri bra, un ohonyn nhw'n fy ffitio i. Dwi'n dewis dillad isa newydd a dillad glân, ac yn eu pacio nhw i gyd efo fy stwff cawod i.

'Dwi'n mynd i'r pwll ac wedyn mae Mam isio cyfarfod am ginio,' medda fi mewn llais didaro.

Mae pen Josie yn codi'n sydyn. 'A Chaz?'

'Mae o i ffwrdd.'

'Ocê, wel, mae fy ffôn i ymlaen ac mi alla i ddod atach chdi'n gyflym os bydd angen.'

Dwi'n nodio ac yn dal y bws i'r pwll nofio.

Wrth i fi gael cawod, gwisgo, ac anelu yn ôl am y Stryd Fawr, dwi'n ymarfer drosodd a throsodd yn fy mhen be dwi'n mynd i'w ddweud wrth Mam.

Mae Chaz yn sglyf.

Mae o'n licio genod ifanc.

Pam na alli di weld hynny? Wyt ti'n fy ngharu i?

A miliwn o bethau eraill ond does yna ddim byd yn swnio'n iawn ac erbyn i fi gyrraedd y lle pitsa, mae 'mhen i'n troi. Mae'n teimlo fel tasai o wedi cael ei stwffio i un o'r peiriannau yn y *launderette* a'i roi i droelli.

Mae Mam eisoes wrth un o'r byrddau'n astudio'r fwydlen. Wrth iddi 'ngweld i, mae hi'n llamu ar ei thraed ac yn fy nghofleidio i'n dynn. Mae hi'n camu yn ôl. 'Dwi 'di gweld dy isio di.' Mae hi'n codi fy llaw ac efo chwerthiniad yn dweud, 'Dwi'n licio dy winadd di!'

Dwi'n codi fy sgwyddau ac yn eistedd i lawr. 'Ella y gwna i gwrs harddwch yn y coleg, agor siop trin gwinadd.'

'Hmm.' Mae hi'n gwgu. 'Mae'n rhaid i chdi orffen yn yr ysgol gynta, ac maen nhw wedi bod yn cwyno wrtha i nad wyt ti 'di bod yn mynd. Be sy'n mynd ymlaen?'

'Dwi 'di bod yn brysur.' Dwi eisoes wedi penderfynu peidio â dweud gair wrthi am y clwyf ar fy mhen nac am Shirl a Bazza. Dwi 'di rhoi 'ngwallt mewn pìn dros y dresin ac mae'n go anodd ei weld o. Doedd hi ddim yno yn gefn i fi, felly be 'di'r pwynt?

'Iawn,' medda hi. 'Gad i ni archebu bwyd ac mi gawn ni drafod wedyn.'

Rydan ni'n archebu pitsa, salad, cola a tsips. Dwi ar lwgu ac mae Mam yn dweud y galla i gael unrhyw beth. Mae hi'n trio gwneud iawn, dwi'n gwybod.

'Dyma chdi bres, dos i brynu dillad newydd.' Mae hi'n gwenu ac yn rhoi dyrnaid o bapurau arian i fi. Tri phapur ugain. Gwych.

Dwi'n eu cadw nhw ym mhoced fy jîns. 'Diolch.'

Mae yna rywbeth yn rhyfedd am y ffordd mae hi'n edrych arna i. Mi driodd Chaz roi pres i fi hefyd, do?

Ond wedyn mae hi'n dechrau paldaruo am ei gwaith a dwi'n fy narbwyllo fy hun 'mod i'n gorfeddwl. Fy mam i ydi hon, mae hi i fod i roi pres ac ati i fi.

'Ti'n cofio Maddy o'r gwaith?' medda Mam. Dwi ddim

ond dwi'n nodio, fy ngheg i'n llawn tsips.

'Wel, mi oedd ei pharti plu hi nos Sadwrn diwetha, felly aethon ni i gyd allan a meddwi gymaint mi oedd yn rhaid i ni ffonio tacsi i fynd adra.'

Mae ganddi wên mor wirion ar ei hwyneb hi. Dwi'n gweiddi'n sydyn, 'Be am Chaz? Allai o'm dod i dy nôl di?'

'Oedd o i ffwrdd.' Mae hi'n cnoi am funud. 'Ti wedi'i gam-ddallt o'n llwyr, Tasha.'

'Nac ydw, dwi ddim.'

'Sbia, y cyfan dwi isio'i ddeud ydi, os doi di adra a mynd yn ôl i'r ysgol, dwi'n addo y gwna i'n siŵr nad ydach chi'ch dau byth ar eich pennau'ch hunain eto. Dwi 'di rhoi clo ar dy ddrws di.'

'O.'

'Allith Chaz byth fynd i'r llofft rong eto.'

'Na allith, am wn i.'

Mae hi'n edrych ar ei horiawr. 'Rhaid i fi fynd, Tash, ond pam na ddoi di draw nos fory? Mi fydd Chaz adra ac mi wna i ginio dydd Sul ac mi gawn ni i gyd ista i lawr a sortio petha. Wnei di, Tash? Plis.'

Mae hi'n edrych yn fach ac yn anghenus yn sydyn. Does gen i mo'r galon i wrthod. 'Ti'n addo wnei di wrando ar fy ochr i i'r stori?'

'Wrth gwrs.'

'Iawn,' medda fi ac mae hi'n fy nghofleidio, yn talu'r bil ac yn gadael.

Dwi'n gorffen fy mwyd, yn pendroni am yr holl bethau ddywedodd hi, gan chwilio am gliwiau ei bod hi'n fy ngharu fi go iawn, ei bod hi fy eisiau i adre ac y bydd hi'n fy nghoelio fi ynghylch Chaz.

Ond pwy yn y byd a ŵyr, fel byddai Dom yn ei ddweud. Does gen i ddim syniad a fydd hi a Chaz yn gwrando ac yn cytuno bod gen i reswm i deimlo'n ofnus.

Ond os nad ydw i'n mynd yno fory, ydi hynny'n golygu y bydda i wedi gadael cartre am byth ac na fydda i byth yn gweld Mam eto?

Mae o'n syniad rhy erchyll o lawer, felly dwi'n penderfynu rhoi un cynnig arall arni.

Wrth adael y bwyty, mae 'nghoesau i'n teimlo'n wan ac mae 'mhen i'n troi eto. Dwi'n codi fy llaw ac yn cyffwrdd y clwyf drwy'r dresin. Mae o'n curo ac yn teimlo'n ofnadwy o boeth.

Ai arwydd ydi hynny? Bod angen i fi fynd adre?

PENNOD 29
Josie

Fore dydd Iau dwi'n deffro cyn wyth ac yn cofio'n syth bìn.

Pen-blwydd hapus, Josie. Ac mae'r dagrau'n llenwi fy llygaid i. Dydi Mam erioed wedi colli fy mhen-blwydd i o'r blaen. Ac wedyn dwi'n sylwi ar barsel ar waelod fy ngwely i. Gan Tash. Rhaid ei bod hi wedi sleifio i mewn yn hwyr neithiwr neu'n gynnar iawn bore 'ma. Dwi'n agor yr anrheg. Bag colur yn llawn dop o bob math o finlliw, penseli llygaid a phob math o bethau eraill. Fedra i ddim peidio â gwenu. Dwi'n codi ac yn mynd i lawr i lofft Tasha. Mae'r drws ar agor ac mae hi'n cysgu'n drwm. Dwi ddim eisiau'i styrbio hi. Mae hi wedi bod yn wythnos mor anodd a beth bynnag, mae gen i dasg fawr o 'mlaen heddiw.

Dwi'n gwisgo'n gyflym, yn gwneud yn siŵr bod popeth yn fy mag i am yr ugeinfed tro, ac yn camu allan o'r tŷ.

Mi chwilotais i drwy ddrôr gemwaith Mam eto neithiwr a dod o hyd i 'nhystysgrif geni. Roedd hi wedi crebachu yng nghefn y drôr, ac mae yna rwyg mawr ar hyd y canol. Dyma fi'n defnyddio tâp gludiog i drwsio'r rhwyg, ond be os na fydd y gymdeithas adeiladu'n derbyn y dystysgrif?

Dwi'n cadw fy llaw yn fy mag yr holl ffordd i'r Stryd Fawr rhag ofn i'r llythyr gan y doctor syrthio allan. Mae 'ngheg i'n sych ac mae 'nghoesau i'n simsan wrth i fi wthio drws Fieldings a chamu i mewn.

Dyma ni, medda fi wrtha i fy hun. Dos at y ddynes a gofyn am y pres.

Ond dwi'n stopio ar ôl camu drwy'r drws. Be os byddan nhw'n dweud na? Be os byddan nhw'n fy ngyrru fi i ffwrdd? Be os...?

Dwi bron â sgrechian yn uchel, Jest dos, Josie Tate! Paid â meddwl! Mae'r geiriau'n taranu drwy 'mhen a dwi'n fy ngorfodi fy hun i gerdded at y cownter.

'Alla i'ch helpu chi?' medda'r ddynes. Dydi hi ddim yn gwenu ond ddim yn gwgu chwaith.

Dwi'n gwthio'r llyfr cynilion drwy'r twll efo'r dystysgrif geni a'r llythyr gan y doctor. 'Dwi'n un...' Mae fy llais i'n torri.

Mae'r ddynes yn rhythu arna i.

Dwi'n llyncu 'mhoer ac yn rhoi cynnig arall arni. 'Em, dwi'n un ar bymtheg heddiw a dwi isio tynnu chydig o'r pres yma allan.'

Mudandod mawr. Mae'r ddynes yn edrych ar y llyfr cynilion ac wedyn mae hi'n byseddu'r dystysgrif geni a'r llythyr. Mae hi'n edrych arnyn nhw am oes, efo gwg ar ei hwyneb erbyn hyn.

Mae hi'n gofyn, 'Faint ydach chi isio'i dynnu allan?'

'£5,500,' medda fi dan fwmian, a'r chwys yn llifo o dan fy ngheseiliau wrth sôn am gymaint o bres.

Mae wyneb y ddynes yn niwtral eto. Mae hi'n troi yn ei chadair ac yn siarad efo rhywun wrth ei hymyl hi. Maen nhw'n nodio ac mae hi'n troi yn ôl ata i. 'Dau funud, plis.'

Mae 'nghalon i'n suddo. Wnân nhw ddim rhoi gymaint â hynny o bres i blentyn fel fi. Dwi'n gwisgo côt orau Mam eto i drio edrych yn aeddfed ac yn gyfrifol, ond dydyn nhw ddim am gael eu twyllo, nac ydyn?

Mae dyn tal, tenau mewn siwt a thei yn ymddangos ac yn plygu i lawr at y ddynes. Maen nhw'n mwmian ac yn nodio. Mae'r dyn yn syllu'n hir arna i. Dwi'n plygu 'mhen ac yn teimlo'r gwrid yn llifo i lawr fy ngwddw.

Medda'r ddynes, 'Mae o'n lot o bres i'w dynnu allan. Fyddai hi ddim yn well ei drosglwyddo fo i'ch cyfri banc chi?'

'Na! Hynny ydi, allwch chi ddim!' medda fi dan weiddi, wedi drysu. 'Dwi angen y pres heddiw. Does gen i ddim cyfri banc ac mae Mam, wel, rydan *ni*, yn gorfod talu dyled treth y cyngor heddiw. Mae'n rhaid ei thalu hi heddiw...' Dwi'n teimlo'r dagrau'n trywanu fy llygaid i.

'Allith eich mam ddim dod efo chi i gael y pres?' ydi cwestiwn y dyn tenau.

'Mae hi yn y carchar.'

Distawrwydd, ac wedyn mae'r dyn yn siarad mewn llais

meddalach. 'Dwi'n gweld. Rydach chi isio talu'r ddyled i'w rhyddhau hi.'

Dwi'n nodio.

Mae o'n pwyso at y ddynes eto ac maen nhw'n mwmial. 'Mi fydd y pres yn barod mewn pum munud os hoffech chi gymryd sedd,' medda fo.

Mae o'n amneidio at gadeiriau a dwi'n mynd i eistedd cyn i 'nghoesau simsanu'n llwyr.

Y funud nesa, dwi'n cerdded i lawr y Stryd Fawr at swyddfa'r cyngor, efo dros bum mil o bunnoedd mewn amlen drwchus yn fy mag. Dim ond un rhwystr arall i'w ddringo cyn i fi ryddhau Mam.

Alla i ddim methu rŵan, dydi hynny ddim yn opsiwn. Ond dwi'n crynu fel deilen a bechod na fyddai Tasha hurt bost yn gwmni i fi, neu hyd yn oed Dom. Ond dim Jordan, mi fyddai hynny'n ormod o gywilydd.

Dwi'n camu i adeilad y cyngor ac yn cerdded heibio i'r ddynes wrth y dderbynfa, sydd ddim hyd yn oed yn codi'i phen. Mae 'nghoesau i rywsut yn llwyddo i 'nghario fi yr holl ffordd ar hyd y coridor hir i'r swyddfa Ymholiadau.

Mae'r un ddynes wrth ei desg. Mae hi'n teipio ar gyfrifiadur a heb godi'i phen mae hi'n dweud, 'Ia?'

Dwi'n rhoi 'mag i lawr, yn tynnu'r amlen drwchus ohono, ac yn tywallt papurau hanner canpunt dros ei desg hi. Maen nhw'n creu pentwr mawr pinc. Mae'r ddynes yn rhythu arnyn nhw cyn codi'i phen i syllu arna i, ei llygaid hi'n syfrdan.

'Pres i dalu treth y cyngor. Mae fy mam i mewn dyled. Dwi isio iddi ddod allan o'r carchar achos dwi'n cael fy mhen-blwydd yn un ar bymtheg heddiw a dwi'n gweld ei hisio hi'n ofnadwy.'

Mae fy llais i'n torri, fy nghoesau i'n rhoi, a dwi'n syrthio'n ddiymadferth ar gadair, yn crio'n dawel.

'Rŵan, rŵan,' medda'r ddynes.

Dwi'n sychu fy llygaid efo fy llawes. Dwi'n eistedd wrth iddi gyfri'r holl arian yn ofalus. 'Mae 'na £5,500 yma,' medda hi. 'Be wnest ti, torri i mewn i fanc?' Ond mae yna wên gellweirus ar ei gwefusau hi.

'Taid adawodd y pres i fi,' medda fi, wrth igian yng nghanol crio, a dangos y llyfr cynilion iddi.

Mae hi'n nodio. 'Mi wna i be alla i ti, del.' Mae hi'n agor drôr ac yn chwilota am ychydig, ac wedyn yn cynnig rhywfaint o bres i fi. 'Dy newid di, £33.58.'

Dwi'n estyn fy llaw ac yn ei gymryd. Mae hi'n teimlo'n braf cael ychydig o bres Taid yn fy llaw.

'Rŵan,' medda'r ddynes yn sionc, 'mae'n rhaid i fi ffonio ychydig o bobl, llenwi ffurflenni ac anfon neges ffacs neu ddwy er mwyn i'r llys allu dweud wrthyn nhw am ryddhau dy fam. Gyda lwc mi fydd hi adra cyn y penwythnos. Os gadewi di dy rif ffôn, mi ffonia i cyn gynted ag y clywa i unrhyw beth.'

Mae argraffydd yn gwneud sŵn yn y gornel ac mae'r

ddynes yn pwyso draw ac yn estyn dalen o bapur. Mae hi'n ei rhoi hi i fi. 'Dy dderbynneb di.'

Dwi'n rhythu arni hi. Dwi ddim yn gwybod be i'w feddwl. Ond mae'n rhaid i fi ymddiried ynddi, does? Dwi wedi gwneud fy ngorau glas, ac rŵan mae'n rhaid aros. Dwi'n cymryd y dderbynneb ac yn sgwennu mewn llythrennau mawr fy rhif ffôn, fy enw llawn ac enw llawn Mam ar ddarn o bapur, ynghyd ag enw'r carchar, rhag ofn i neb wneud camgymeriad. Wedyn rydan ni'n dweud hwyl fawr, a dwi'n diolch o leia dair gwaith fel ei bod hi'n gwybod pa mor ddiolchgar a thaer ydw i.

Y tu allan, mae'r haul yn disgleirio ac mae hi bron yn un ar ddeg o'r gloch. Dwi'n teimlo ar goll. Dwi ddim eisiau mynd i'r ysgol, ond does yna unman arall y galla i fynd iddo heblaw am adre.

Mae fy ffôn i'n canu. Jordan. 'Pen-blwydd hapus, cariad. Barod am dy sypréis?'

Dwi'n chwerthin mor uchel, mae dyn yn siglo ar ei feic wrth fynd heibio. 'Pa sypréis?' Mae fy llais i'n swnio fel sgrech wirion.

'Dere i gwrdd â fi yn y pwll am bump a gei di weld.' Dwi bron yn gallu'i glywed o'n gwenu, ac alla i ddim siarad.

Medda Jordan, 'Josie? Ti 'na? Wnei di gwrdd â fi?'

'Wrth gwrs,' medda fi. 'Wela i di wedyn.'

Mae o'n dod â'r alwad i ben a dwi'n rhedeg ar ras i'r stop bws fel taswn i heb bryder yn y byd. Dwi wedi talu'r ddyled, mae Mam yn dod adre ac mae Jordan eisiau 'ngweld i.

Yr holl ffordd adre, dwi'n ail-fyw pob eiliad o'r bore. Efallai y dechreua i fesur fy mywyd mewn eiliadau hefyd, yn union fel Jordan. Dwi'n dychmygu'r cloc mawr yn y pwll, a'r bys mawr du anferth yn amseru ein bywydau fesul eiliad.

Dwi eisiau gweiddi'n uchel, Dwi'n dy garu di, Jordan Price.

Yn ôl adre dwi'n stopio ac yn rhythu ar y llun o'r bwthyn sy'n dal i hongian ar y wal, heb gyllell Bazza. *Does unman yn debyg i adra.*

Does unman yn debyg i 'nghartre i, mae hynny'n saff, ond am y tro cynta ers oes, efallai nad ydw i mewn cymaint o frys i symud allan.

I fyny'r grisiau, mae 'ngwaith cwrs i ar agor ar fy nesg i sydd fel pìn mewn papur. Mae hi wedi bod mor braf cael gliniadur Tasha, ond mi fydd hi angen hwnnw yn ôl. Dwi'n penderfynu prynu un i fi fy hun efo pres Taid. Mae meddwl am be allwn i ei wneud efo'r pres yna yn gwneud i fi deimlo mor aeddfed ac annibynnol. Mi allwn i dalu am wneud ychydig o waith o gwmpas y tŷ, er mwyn helpu Mam i gael ei thraed dani. Be wedyn? Rhoi blaendal am fflat? Mae'r syniad yn gyrru ias drwydda i. Rhywbeth i feddwl amdano pan fydd Mam yn rhydd, am wn i, a dwi'n gwthio'r syniad i gefn fy meddwl.

Mi allwn i ffonio Dom i weld fyddai gan Gari a Bari ddiddordeb mewn dod acw i helpu i glirio'r tŷ. Mi allwn i fforddio'u talu nhw'n iawn rŵan, dim mewn cwrw'n unig. Efallai y gallen ni baentio a phapuro.

Mi fydd yn rhaid i Mam gytuno i newid y tŷ, dyna i gyd. Mae'r pilipalas yn dal i hedfan o gwmpas fy stumog i wrth feddwl am sut mae hi wastad wedi gwrthod tacluso'r mymryn lleia ar y lle.

Mi fydd yn rhaid i fi ei herio hi. Bod yn blwmp ac yn blaen nad ydw i'n barod i fyw fel hyn mwyach. Wedi'r cyfan, fi ydi'r un sy'n ei rhyddhau hi o'r carchar ofnadwy yna, yn union fel y gwnaeth hi erfyn arna i yn y llythyr.

Mae ganddi waith diolch i fi.

Andros o waith diolch!

Mae hi bron yn bryd mynd allan. Dwi'n gwisgo jîns glân a thop gwyrdd efo smotiau arian i fynd i gyfarfod Jordan. Mi ddywedodd o wrtha i am ddod â 'mhethau nofio, felly be sydd mor arbennig am hynny?

Wrth gyrraedd y pwll, mae o eisoes yn aros y tu allan. 'Eich limo, madam,' medda fo, gan agor drws tacsi.

Rydan ni'n swatio yn y cefn ac mae'r tacsi'n ein gyrru ni o gwmpas cyrion y dre tan y galla i weld y bryniau yn y pellter, yr un bryniau sydd i'w gweld yn yr olygfa o dŷ Jordan. Rai munudau wedyn rydan ni'n troi i lawr ei stryd o.

'Ydan ni'n mynd i dy dŷ di?' ydi 'nghwestiwn i, a ias yn llifo drwydda i.

'Byth bythoedd.'

Mae'r tacsi'n gwibio heibio, ymlaen i dŷ ymhellach o

lawer i lawr y stryd. Mae Jordan yn talu ac rydan ni'n camu allan.

O'n blaenau ni, mae yna balas arall y tu ôl i gatiau. Mae Jordan yn defnyddio'r bysellbad i roi'r cod i mewn. Mae'r giât yn agor led y pen.

''Dan ni'n torri i mewn i dŷ'r cymdogion?'

'Ein ffrindie ni sy'n byw 'ma,' medda Jordan, gan afael yn fy llaw a 'nhynnu i ar hyd y llwybr. 'Maen nhw bant ar hyn o bryd ond maen nhw wedi rhoi'r cod i ni.'

Rydan ni'n cerdded o gwmpas y tŷ ac mae yna adeilad unllawr yn ymestyn ar draws y lawnt gefn anferth. Gwydr ydi'r waliau ar y ddwy ochr bron i gyd.

'Ffordd hyn.' Mae Jordan yn camu at ddrws ar yr ochr ac yn defnyddio bysellbad arall i roi cod. Mae o wedyn yn troi ata i. 'Cau dy lyged, Josie. Creda fi, dyma'r anrheg penblwydd gorau gest ti erioed.'

Dwi'n teimlo gwefr ac yn cau fy llygaid. Mae Jordan yn gafael yn fy llaw. Dwi'n clywed y drws yn agor ac rydan ni'n camu drwyddo. Dwi'n gallu teimlo aer cynnes ar fy wyneb. Medda Jordan, 'Agora nhw nawr.'

'Waw!'

Alla i ddim coelio'r peth. Yn ymestyn o 'mlaen i, mae yna bwll nofio efo goleuadau tanddwr sy'n troi o fod yn wyrdd i goch. Mae yna risiau llydan yn arwain i lawr i'r dŵr ac o amgylch y pwll mae yna welyau torheulo yn llawn clustogau mawr meddal. Dwi'n syllu drwy'r wal wydr ar y bryniau yn y pellter sy'n pylu yn y machlud.

Dwi'n teimlo ias o fraw. 'Jordan, mae o'n hyfryd, ond ella y dylan ni fynd cyn i rywun ein dal ni.'

Mae o'n chwerthin. 'Does neb o gwmpas, a beth bynnag, ma 'da fi hawl i nofio fan hyn pryd bynnag fi moyn.'

'Anhygoel.'

'Cer i newid a wela i di yn y dŵr.'

Mae o'n pwyntio at ddrws. Dwi'n camu i stafell newid fechan, efo dwy gawod a sychwyr gwallt go iawn. Paradwys.

Mi fyddai Tasha wrth ei bodd yma. Dwi'n gwybod faint mae hi'n gweld eisiau cysur cartre.

Dwi'n sbio ar fy ffôn. Dim byd ganddi. Rhaid ei bod hi efo'i mam. Efallai fod y Chaz ofnadwy yna wedi diflannu ac y gallan nhw fod yn ffrindiau eto. Efallai y gwneith hi aros yno dros nos, hyd yn oed.

Dwi ddim yn meddwl mwy am Tasha wrth i fi gamu am y pwll, sydd bron mor gynnes â bath. Wrth arnofio a gwylio Jordan yn gwibio i fyny ac i lawr, dwi'n teimlo fel tywysoges gyfoethog efo 'nhywysog.

Mae Jordan yn nofio ata i ac wedyn yn plymio o dan y dŵr. Mae o'n fy nghodi ar ei ysgwyddau ar ei ffordd i fyny.

Dwi'n gwichian wrth iddo fo 'nghario fi i fyny ac i lawr y pen bas, cyn fy ngollwng i'n ofalus.

Rydan ni'n sefyll yn wynebu ein gilydd, hyd at ein boliau yn y dŵr cynnes, wrth i ryw wres od ruthro drwydda i. Dwi'n teimlo'r gwrid yn llifo i lawr fy ngwddw.

Mae'i lygaid o wedi cilio hefyd, fel maen nhw'n gwneud pan fydd o'n meddwl yn rhy galed. 'Heddiw, ti'n mynd i nofio yn llwyr ar dy ben dy hun,' medda fo.

'Paid â malu,' medda fi dan chwerthin yn uchel.

Ond mae o'n fy ngwthio fi, yn fy mherswadio i, yn fy annog i wrth i fi fy nhaflu fy hun o gwmpas, gan drio symud yn y dŵr heb i 'nhraed i gyffwrdd y gwaelod. A finnau ar fin rhoi'r ffidil yn y to, mae rhywbeth yn clicio rhwng fy nghoesau a fy ymennydd, ac yn sydyn dwi'n gorwedd ar fy hyd yn y dŵr, yn symud fy mreichiau a 'nghoesau mewn rhythm. Alla i ddim coelio'r peth. Dwi'n nofio go iawn, ond mae pen draw'r pwll yn bell i ffwrdd.

Mae Jordan yn gweiddi, ''Na ti, dal i fynd, dere, yr holl ffordd i'r pen draw, alli di wneud hyn, symuda'r breichie 'na, anadla...'

Dwi'n rowlio ac yn cicio ac yn gwthio 'mreichiau ac wrth godi 'mhen, dwi'n gweld y pen draw. Dwi'n ymestyn fy mysedd tan eu bod nhw'n brifo ac yn cyffwrdd y wal. Dwi wedi llwyddo! Wedi nofio hyd cyfan ar fy mhen fy hun. Y teimlad mwya anhygoel yn y byd.

'Medal aur Olympaidd i Josie Tate!' ydi gwaedd Jordan.

Dwi'n sythu ac yn sychu'r dŵr o fy wyneb. Mae Jordan yn gafael am fy nghanol ac rydan ni'n neidio i fyny ac i lawr, yn chwerthin ym mreichiau ein gilydd. Ac wedyn rydan ni'n cusanu tan ein bod ni'n colli'n hanadl.

'Diwrnod gorau 'mywyd i, erioed,' medda fi.

‘Fi hefyd,’ medda Jordan. ‘Ffish a tsips?’

‘Lyfli.’

‘Wela i di tu allan mewn deg munud.’

Wrth i fi gamu i fy stafell newid breifat, sgleiniog, dwi’n teimlo bod fy mywyd i’n dechrau newid am byth.

PENNOD 30
Tasha

Dwi'n agor drws y fflat ac yn sefyll y tu mewn, yn gwrando. Mae hi'n hanner awr wedi pump ac mi ddylai Mam fod adre o'r gwaith.

'Tash? Chdi sy yna? Dim ond fi sy adra.'

Dim Chaz, dwi'n sylweddoli, diolch i'r drefn. Dwi'n cerdded ar hyd y coridor ac yn dweud, 'Haia.'

Mae Mam yn torri llysiau ac mae yna arogl hyfryd yn dod o'r popty.

'Mae Chaz yn hwyr. Gawn ni swper hebddo fo. Mi fydd o 'nôl yn nes ymlaen.'

Mae 'nghalon i'n suddo eto. Does 'na'm dianc.

'Iawn,' medda fi, 'dwi'n mynd i'r llofft am chydig.'

Mae hi'n gwenu arna i ac yn dechrau torri'r llysiau eto.

Mae hi'n teimlo'n od agor drws fy llofft ar ôl yr holl amser yma. Mae yna haen drwchus o lwch ar y lamp a'r bwrdd wrth y gwely, ac mae'r gwely'n flêr, yn union fel oedd o pan ddihangais i rhag Chaz. Mae llun Dad wedi llithro yn ei ffrâm. Dwi ddim yn meddwl bod Mam wedi bod i mewn yma ers i fi adael.

O'n i'n meddwl y byddai hi wedi gwneud y llofft yn lân ac yn braf i fi, tasai hi wir eisiau i fi ddod adre.

Ydi hyn yn arwydd arall, tybed?

Dwi'n codi llun Dad, yn dadsipio fy mag, ac yn ei roi o i mewn, yn gwmni i Mickey. Dwi ddim yn mynd i unman heb Mickey y dyddiau yma. Does wybod i le y bydda i'n gorfod mynd.

Mae'r clwyf yn fy mhen i'n curo ac mae o'n teimlo mor boeth. Ydw i'n saff adre? Os nad ydw i, i le ydw i'n mynd nesa? Fydd hi ddim yn hir cyn i Josie ryddhau ei mam o'r carchar ac mi fydd y ddwy yn ôl yn fodlon eu byd fel mam a merch eto. Fuodd Mam a fi fyth felly, taswn i'n onest.

'Ty'd i osod y bwrdd,' ydi galwad Mam, fel taswn i erioed wedi bod i ffwrdd.

Dwi'n mynd i'r gegin ac yn estyn dau blât.

'Estyn un i Chaz hefyd, bosib y bydd o yma cyn pwdin.'

Dwi'n syllu arni am eiliad neu ddwy. Mae hi'n dal fy llygad ac wedyn yn troi'i chefn. O'n i wedi meddwl efallai y byddai hi'n ymddiheuro. Dwi'n tuchan. Dim golwg o hynny.

Mae'r swper yn hyfryd. Y pryd gorau i fi'i gael ers gadael. Cyw iâr, tatws rhost, pwdinau Swydd Efrog, a thri llysieuyn.

'Mae gen i bei *banoffee* wedyn,' medda Mam. Dwi'n gallu gweld ei bod hi'n trio, felly dwi'n gwenu.

'Lyfli.'

Mae hi'n gofyn am yr ysgol, a dwi'n dweud y celwyddau

mae hi eisiau'u clywed, 'mod i'n mynd yno bob dydd ac yn gwneud fy holl waith cartre. Mae hi'n bodloni'n hawdd. Dydi hi ddim yn holi a stilio fel byddai mam go iawn. Mi fyddai mam Dom yn cwestiynu pethau... ond does yna ddim pwynt, nac oes? Un fam rydach chi'n ei chael a hon ydi fy un i, Heather Brown, bron yn 44 ac yn desbret.

'... felly be am Chaz?' Dwi'n torri ar draws stori mae hi'n ei hadrodd am y genod yn y swyddfa.

'Be ti'n feddwl?' Mae'i llygaid hi'n culhau ac mae hi'n dechrau hel y platiau.

Dyma'r sgwrs o'n i'n meddwl ein bod ni am ei chael, ond dwi'n sylweddoli ei bod hi wastad yn gwybod y byddai Chaz yn hwyr ac nad oedd ganddi fwriad wynebu dim byd.

Mae'r clwyf yn trywanu 'mhen i, a dwi'n teimlo fy hun yn mynd yn boethach ac yn boethach. Mae hi'n teimlo fel ffwrnais yn y fflat ac mae'r stafell yn troelli.

'Ti'n gwbod be dwi'n feddwl, Mam. Ti'm isio fi yn ôl adra?'

'Paid â gwneud i fi ddewis, Tasha. Dydi hynny'm yn deg. Mae Chaz a finna'n dallt ein gilydd yn dda ac fel mae o'n deud, mae angen i chdi dyfu i fyny a derbyn hynny.'

'O, felly Chaz sy'n penderfynu be sy'n digwydd yn ein bywydau ni rŵan.'

Dwi'n clywed sŵn goriad yn y clo a'r drws ffrynt yn agor. Mae Mam a fi'n fferru a dwi'n syllu arni, fy llygaid yn llydan agored. Mae hi'n llyfnhau ei sgert, yn patio'i gwallt ac yn trio gwenu'n chwydlyd wrth i Chaz ymddangos yn y drws.

'Wedi gweld dy isio di, cariad!' Mae o'n brasgamu ati, yn gafael ynddi, ac yn ei chloi hi mewn cusan afiach. Mae o'n ei rhoi i lawr ac yn troi ata i, 'Ac mae'r hogan fach 'di penderfynu dod adra o'r diwadd.' Mae'i dôn o'n gas ac yn watwarus.

Dwi'n dy gasáu di, dwi'n dy gasáu di, dyna sy'n mynd rownd a rownd fy mhen, ac mae hwnnw'n brifo cymaint.

Ond mae'n rhaid i fi drio, medda fi wrtha i fy hun. Dydi o ddim wedi gwneud dim byd i fi. Eto.

Mae Mam yn rhoi swper ar blât i Chaz a phei i ni. Dwi'n ei wthio fo o gwmpas fy mhlât.

Mae Mam a Chaz yn sgwrsio ac wedyn mae rhywbeth hurt bost yn digwydd.

Mae Chaz yn troi ata i ac yn dweud, 'Tasha, dwi a dy fam wedi gweld dy isio di'n fawr, do, Heather?'

Mae hi'n nodio ac yn gwenu arna i.

'Y cyfan dwi isio'i ddeud ydi, sori os gwnaethon ni gam-ddallt ein gilydd. Os symudi di yn ôl i mewn, mi fydda i'n hynod o ofalus. Ddudais i, do, Heather?'

Mae Mam yn nodio. 'Mi wnaeth o, Tasha, mae o 'di bod yn deud hynny drwy'r wsnos.'

'Ac mae dy fam wedi rhoi bollt ar ddrws dy lofft. Ti'n hogan fawr rŵan, bron yn un ar bymtheg, dwyt? Ti angen preifatrwydd. Felly be ti'n ddeud?'

A bod yn onest, mae o'n edrych ac yn swnio fel yr hen Chaz, wythnosau yn ôl, cyn yr holl bethau rhyfedd, pan o'n i'n bwriadu bod yn forwyn Goth yn eu priodas nhw a phan aeth o â ni i'r ffair i'n sbwylio ni.

Mae'n hawdd gwneud camgymeriad wrth farnu pobl weithiau. Efallai 'mod i'n anghywir. Tasai o wir wedi bod eisiau gwneud rhywbeth i fi, mi fyddai o wedi dod o hyd i fi. Tre fach ydi hon. Mae'n anodd cuddio am hir.

Dwi wedi blino'n lân ac mae gen i gymaint o gur yn fy mhen. Mi fyddai hi mor braf mynd i fy llofft ac i 'ngwely bach fy hun efo Mickey, a chysgu a chysgu. Mi fydda i'n saff efo'r follt newydd. Dwi eisoes wedi'i phrofi hi a fedrith neb ddod drwy'r drws.

Dwi'n nodio. 'Ro i un cynnig arall arni.'

'Da'r hogan,' medda Chaz.

Mae Mam yn dod rownd y bwrdd ac yn fy nghofleidio i, a dwi'n gorffwys ar ei mynwes hi. Bechod na allwn i aros fel yna, yn saff ac yn gynnes am byth.

Mae Chaz yn gorffen ei swper ac yn mynd i'r stafell fyw i wylio'r gêm. Mae Mam yn fy hel i oddi yno a dwi'n ystyried mynd i wylio'r teledu, ond mae rhywbeth yn fy stopio i. Mae yna hen ddigon o amser i hynny os bydd popeth yn iawn.

Dwi'n mynd i fy llofft, yn cau'r follt, yn eistedd ar fy ngwely ac yn edrych ar fy ffôn. Neges gan Dom. Mae'i fam o'n sâl ac mae o'n gorfod gofalu am ei frodyr bach. Maen nhw wedi'i gadw fo'n effro ers pump, mae o ar ei hôl hi efo'i waith cartra ac mae o wedi ymlâdd.

Dom druan.

Dwi'n anfon neges at Josie.

aros efo mam gweld ti dros y penwsnos

Mae hi'n anfon neges yn ôl rai munudau wedyn.

grêt ar ddêt anhygoel efo'r sboner

Sboner! Pwy ddiawl sy'n siarad fel yna? Mae hi gynddrwg â Dom a'i rapio. Fedra i ddim peidio â gwenu. Tasai 'ngliniadur i gen i, mi fyddwn i'n recordio flog. Creu cofnod at y dyfodol, neu beth bynnag, am symud yn ôl adre.

Ond dwi ddim yn siŵr am y peth eto. Un noson ar y tro, medda fi wrtha i fy hun.

Hyd yma, mae pethau'n iawn. Mae hi bron yn ddeg o'r gloch a does neb wedi bod yn ratlo fy nrws i.

Dwi'n rhy flinedig i lanhau 'nannedd, felly dwi'n newid i fy mhyjamas, sef trowsus tracwisg a siwmper, yn dal Mickey yn dynn at fy nghalon, ac yn tynnu'r flanced dros fy mhen. Dwi'n syrthio i drwmgwsg.

Dwi'n deffro i glywed rhywun yn curo ar ddrws fy llofft. 'Tash?'

O mam bach! FO sydd yna! Mae fy esgyrn i'n fferru wrth i fi afael yn dynn yn Mickey.

Ond does yna neb yn ratlo'r drws. Mae Chaz yn gweiddi, 'Mae dy fam yn deud wrthach chdi am wisgo, mae hi'n gwneud bacwn ac wy i chdi i frecwast. Mae'r bathrwm yn wag. Fydda i yn y gegin.'

Dwi'n clywed sŵn ei draed o'n diflannu i lawr y coridor ac mae popeth yn tawelu.

Mae hi'n saith o'r gloch ar fy nghloc larwm i. Dwi yn fy ngwely fy hun, yn fy llofft fy hun, ac mae Chaz yn ymddwyn, wel, fel oedd o ar y dechrau. Mae'r pythefnos diwetha bron fel breuddwyd, rhwng ei ymddygiad budr o a chysgu mewn hen dŷ afiach yn llawn 'nialwch, a hwnnw heb fathrwm.

Y cyfan sy'n rhaid i fi ei wneud rŵan ydi bachu lliain a cherdded i'r gawod. Wrth i'r dŵr poeth raeadru dros fy mhen, dwi'n teimlo'r plaster yn llacio ar y clwyf. Dwi'n ei dynnu oddi yno ac yn ei roi o yn y bin. Mae'r clwyf yn teimlo'n lympiog ac yn boeth, ond does yna ddim gwaed.

Yn ôl yn fy stafell, dwi'n estyn dillad glân ac yn gwisgo fy mŵts ffyddlon. O leia does yna ddim tyllau ynddyn nhw fel sgidiau Josie. A hithau bellach efo pres, gobeithio y bydd hi'n prynu wardrob gyfan newydd. Mi allen ni fynd i siopa efo'n gilydd. Dwi'n gwenu wrth feddwl am hynny.

Dwi'n troi fy fferau ac yn edmygu'r blaenau dur ar fy mŵts, y rhai y gwnaeth fy athrawes ddosbarth fygwth eu tynnu efo sgriwdreifar taswn i'n eu gwisgo nhw i'r ysgol eto. Peidio â chael dy ddal ydi'r peth, dyna fydda i wastad yn ei ddweud wrth Dom. Dydi o byth yn torri unrhyw reolau. Dwi'n pendroni sut mae pethau arno fo, yn trio gwneud brecwast i'w frodyr blinderus a'i fam o'n sâl yn ei gwely.

Mi allwn i gynnig mynd draw a'i helpu fo, wedyn dwi'n meddwl, na, Branwen Brychni sy'n cael gwneud hynny rŵan. Hi ydi'i gariad o, ac am ryw reswm, mae'r dagrau'n cronni yn fy llygaid i.

Dwi'n eu sychu nhw ac yn mynd yn ôl i ddatgloi'r follt.

Wrth agor y drws, dwi'n ebychu.

Mae Chaz yn sefyll yno, mor agos nes ei fod o bron yn fy nghyffwrdd i. Mae'i fys o ar ei wefusau.

Tybed ai jôc ydi hon? Mae o'n gostwng ei fys ac yn mwytho fy moch, yn union fel y tro diwetha. 'Dwi mor falch bo' chdi 'di newid dy feddwl, Tash,' medda fo drwy'i anadl.

Mae o'n rhoi ei law ar fy ysgwydd i nesa ac mae hi'n teimlo fel feis. Mae o'n fy ngwthio fi yn ôl i fy llofft.

'Na!' medda fi dan sgrechian. Mae Mam yn rhoi ei phen o amgylch drws y gegin. 'Tynna dy ddwylo oddi arna i!'

Mae'i wyneb o'n newid mewn amrantiad, yn ddannedd i gyd, a'i anadl boeth o ar fy wyneb i wrth iddo fo ddweud mewn llais uchel, 'Yr ast fach! Wnes i ddim byd, Heather, onest.'

'Mam! Ddaru o... ddaru o...' Does gen i'm geiriau. Mae Mam yn camu ar hyd y coridor. Mae'r olwg ar ei hwyneb hi'n fwy ffyrnig na'r olwg ar Chaz ac wrth iddo fo gamu i'r naill ochr, mae'i llaw hi'n swingio ac yn fy slapio i ar draws fy moch fel sioc drydanol.

Dwi'n sgrechian ac yn baglu drwy'r drws. Does neb

yn fy nal. Mae fy ysgwydd i'n taro yn erbyn y ffrâm, gan wneud i fi grio eto.

Fy mag i! Mickey! Dwi'n troi, yn rhuthro i fy llofft, ac yn bachu 'mhethau. Dwi'n gallu clywed Mam yn beichio crio a Chaz yn dweud, 'Dod yma i gael dy bres di ddaru hi.' Gan wthio heibio i Chaz efo fy holl nerth, dwi'n rhedeg i lawr y grisiau ac allan i'r stryd.

Dwi'n troi ac yn edrych yn ôl ond does neb yn fy nilyn i.

Alla i ddim coelio'r peth. Mae o wedi meddiannu ei bywyd hi ac mae hi fel rhyw fath o sombi. Dydi hi ddim yn malio botwm amdana i. Mae hi fel tasai hi wedi fy nileu i o'i bywyd.

Wrth i fi faglu i lawr y stryd yn y glaw, fy moch i'n llosgi a fy ysgwydd i'n pwnio, mae'r clwyf yn dechrau brifo eto. Mae'n rhynllyd y tu allan, a dwi wedi anghofio fy siaced. Ond does dim ots. Dwi'n teimlo 'mod i mewn ffwrnais. Mae 'nghlwyf i'n fy nghadw i'n boeth, rhywbeth nad ydi fy mam i'n trafferthu'i wneud.

Dwi'n troi i lawr y Stryd Fawr, a dyna'r *launderette*, yn gynnes ac yn glyd efo'r dillad yn troi a throi, yn troelli fel fy mhen i, ac yn fy nenu fi i ganol ei fyd breuddwydiol.

Dwi'n eistedd yno tan i fi golli pob synnwyr o amser. Mae hi'n nosi y tu allan.

Mae ci'n chwyrnu ac yn sniffian o gwmpas fy nhraed, a dwi'n gweld y dyn efo'r goriadau'n rhythu arna i eto. 'Dwi 'di deud wrthach chdi o'r blaen, yr ast, dim pobl ddigartra fama.'

Mae 'nheg i'n rhy sych i siarad. Gan godi fy mag, dwi'n camu i'r stryd.

Ac wedyn mae popeth yn troi fel y fagddu.

PENNOD 31
Josie

Mae Gari a Bari yn cyrraedd am ddeg fore dydd Gwener i ddechrau clirio'r gegin. Alla i ddim peidio â theimlo'n nerfus wrth iddyn nhw lusgo sachau a bocsys drwy'r drws ffrynt. Mi fydd yn rhaid i Mam dderbyn y peth, dyna i gyd. Gyda lwc, ar ôl wythnos neu ddwy mewn tŷ gwag a glân a braf, mi fydd yn gas ganddi'r 'nialwch lawn cymaint â fi pan ddaw hi adre. Dwi wedi bod yn edrych ar fy ffôn bob eiliad i weld ydi'r cyngor neu hyd yn oed y carchar wedi anfon neges.

Mae'r fan yn dechrau llenwi a dwi'n taflu sach ddu i'r cefn. Yr eiliad honno, dwi'n teimlo rhywun yn cyffwrdd fy ysgwydd yn ysgafn.

'Hei, gad i mi helpu.' Mae Jordan yn bachu'r sach ac yn ei thaflu hi i'r fan. 'I le mae'r rhain yn mynd?'

'I'r dymp.' Dwi ar bigau'r drain yn llwyr a dwi'n gollwng potel ar y llawr a honno'n chwalu'n deilchion.

'Hei, gan bwyll,' medda Jordan. 'Be sy'n bod?'

Dwi'n codi fy sgwyddau. Bosib na fydd Mam allan am

ddyddiau eto, felly does yna'm pwynt dweud wrtho fo pam 'mod i'n nerfus.

Rydan ni'n creu cadwyn ar hyd y cyntedd. Bari yn y gegin, fi a Jordan yn y canol, a Gari ar y stryd yn taflu'r stwff i'r fan.

'Y popty,' medda Bari, gan stopio i sychu'i dalcen.

Dwi'n camu i'r gegin a dyna fo'r popty, yn faw ac yn saim i gyd. Mae Jordan yn dod ar fy ôl i ac mae yna olwg arno fo fel tasai o ar fin cyfogi.

'Faint ydi pris un newydd?' medda fi.

'Dau gant a hannar, ia. Fydd Gari yn gwbod am le da i gael un, ia.'

Dwi'n ychwanegu'r popty at y rhestr yn fy mhen, at y gawod, y sinc, y toiled a'r miliwn o bethau eraill newydd.

'Mi fydd pres Taid wedi mynd mewn dim,' medda fi wrth Jordan. 'Fydd yna ddim byd ar ôl i'r coleg, go brin.'

'Fe allen i ofyn i 'nhad am gyngor am sut i'w fuddsoddi fe.'

Dwi'n ysgwyd fy mhen. Dim tad Jordan, byth bythoedd. Dwi'n dechrau llusgo sach arall. Ac wedyn dwi'n clywed gwaedd o'r stryd a llais dynes.

Amhosib!

Dwi'n llamu i lawr y cyntedd, a Jordan yn fy nilyn. Mae Gari yn sefyll wrth ymyl ei fan, ei freichiau wedi'u plethu. A dyna hi Mam!

Dwi'n sgrechian ac yn fy nhaflu fy hun ati hi. Rydan ni'n cofleidio am oes. Mae hi'n camu yn ôl ac am eiliad, prin 'mod i'n ei hadnabod hi. Mae hi wedi torri'i gwallt nes nad ydi o'n fwy na modfedd o drwch, ac mae o wedi'i liwio'n wyn llachar. Mae o'n edrych yn echrydus.

Mae yna gylchoedd tywyll o amgylch ei llygaid hi, bron fel cleisiau. Roedd hi'n teimlo'n denau wrth i ni gofleidio. Mor denau nes gallwn i deimlo'i hasennau hi drwy'r siaced, bron iawn. Mae hi'n arogli'n rhyfedd. Ond fy mam i ydi hi, ac mae hi adre.

Mae hi'n dweud mewn llais cryg, od, 'Be maen nhw'n neud, Jose? Be sy'n digwydd?'

Dyma fy nghyfle i. ''Dan ni'n clirio, Mam. Fel y dudon ni y bydden ni ryw ddydd.'

'Clirio?' Mae'i llygaid hi'n culhau ac mae'i llais hi wedi tawelu. 'Tu ôl i 'nghefn i? Pwy ti'n feddwl wyt ti, madam, yn dod â phobl i 'nhŷ fi, yn busnesu yn fy nghasgliad hyfryd i...'

'Ond Mam, allwn ni ddim byw fel'ma. Ti'n gwbod hynn–' Mae fy llais i'n troi'n fud wrth i Mam lamu i gefn y fan.

Mae hi'n dechrau crafangu am y sachau a'r bocsys, cyn eu taflu nhw i'r stryd, gan arthio fel rhywun lloerig. 'Dwi'n diflannu am bythefnos ac yli be ti'n neud. Pwy ydi'r bobl 'ma? Be maen nhw'n ei neud yn fy nhŷ i? Chdi!' Mae hi'n pwyntio at Gari. 'Rho bopeth, a dwi'n golygu popeth, yn ôl yn union lle ffeindiaist ti nhw!'

Mae Gari yn codi'i sgwyddau ac yn edrych arna i.

'A chdi!' Mae hi'n pwyntio at Jordan. O mam bach! Mae hi'n gweiddi: 'Dos â hwn i'r tŷ!' A heb unrhyw rybudd mae hi'n taflu bocs i'w gyfeiriad. Mae hwnnw'n taro'i fraich dde ac mae o'n gweiddi mewn poen.

'Jordan! Gad i fi weld,' medda fi, fy llais i'n crynu gan ddicter a chywilydd ofnadwy. Ond mae o'n troi'i ysgwydd ata i, gan afael yn ei fraich boenus. Dwi'n baglu yn ôl.

Mae Mam yn dal i weiddi. 'Ewch allan o 'nhŷ fi ac o'r stryd yma.'

'MAM!' dwi'n sgrechian yn ôl, ac yn sydyn rydan ni'n gweiddi ac yn sgrechian ar ein gilydd fel dwy gath mewn lôn gefn.

Mae Jordan yn ysgwyd ei ben ac yn dal i afael yn ei fraich boenus. Mae'i wyneb o'n gynddeiriog o dywyll wrth iddo fo redeg i lawr y stryd a rownd y gornel.

Wela i byth mohono fo eto! Mae'r ofn yn fy nhrywanu yn fy mhen wrth i fi sefyll yno'n syllu ar ei ôl, yn fud gan sioc. A hyn wrth i Mam gicio a gwthio a thaflu'r holl stwff o'r fan i'r stryd. Mae rhai o'r bagiau'n rhwygo ar agor ac mae pethau'n llifo i'r gwter; poteli plastig, cloc wedi torri, teganau meddal, yr holl bethau sy'n dda i ddim nad ydi Mam yn gallu dioddef bod hebddyn nhw.

Mae hi'n neidio o'r fan ac yn gwthio Gari fel tasai o'n was bach iddi. 'Does 'na'm croeso i chdi fama, boi,' medda hi dan chwyrnu.

Mae Gari yn gweiddi rhywbeth ar Bari ac maen nhw'n cau drysau cefn y fan, yn dringo i mewn, ac yn gyrru i ffwrdd.

Does neb wedi dweud hwyl fawr wrtha i.

Dwi'n sefyll ar y stryd, y dagrau'n llifo i lawr fy wyneb i. Mae Mam yn codi ac yn llusgo sachau a bocsys yn ôl i'r cyntedd, a ninnau newydd glirio lle call yno. Mae hi wedi gyrru pawb i ffwrdd, yn union fel mae hi wastad wedi cadw pobl draw.

O'n i'n dyheu i Mam ddod adre ond mae hi wedi sbwylio 'mywyd i eto fyth. Mae hi wedi gyrru 'ngharia d gorjys, caredig, meddylgar i ffwrdd, ac wedi chwalu 'ngobeithion i o glirio'r tŷ er mwyn i ni allu gwahodd ffrindiau draw. Dydi'r carchar ddim wedi newid dim arni, dim ond ei gwneud hi'n waeth.

Wrth i fi wrando ar Mam yn paldaruo ac yn arthio am ei 'nialwch hurt, bron 'mod i'n gallu clywed Tasha yn dweud yn ei llais llawn syrffed, 'Hurt bost neu be?'

Dwi'n sylweddoli bod fy nyddiau i fan hyn ar ben, ac yn teimlo gwendid drwy fy holl gorff. Mi allwn i syrthio'n ddiymadferth ar y pafin. Dwi'n fy ngorfodi fy hun i symud, i wthio heibio i Mam ac i fyny i fy llofft. Dwi'n cymryd un cip arall. Mae'r lle mor lân a braf, diolch i Tasha. Ac wedyn dwi'n stwffio ambell ddilledyn i 'mag ysgol, yn bachu 'mhwrs, yn gwisgo fy siaced, ac yn cerdded i lawr y grisiau.

Mae Mam yn y gegin yn arthio arni hi'i hun, 'Mae pob dim wedi symud. Mi fydda i wrthi drwy'r nos yn eu rhoi nhw yn ôl.' Mae hi'n troi ata i ac yn gweiddi, 'Lle mae dy barch di?! Ti'n gwbod yn iawn be ydi'n rheola ni! Does 'na neb i hyd yn oed sbecian drwy'n drws ffrynt ni!'

Dwi'n troi 'nghefn arni ac yn camu drwy'r drws agored i'r stryd. Mae'i llais hi'n pylu wrth i fi gefnu arni hi a 'mywyd am byth.

Dim mwy o Jordan, dim mwy o Tasha a Dom, dim mwy o Gari a Bari, dim mwy o Angel yn trin fy ngwallt i. Dydw i ddim i fod i gael ffrindiau a chariad. Dim efo mam fel fy mam i.

Dwi'n oedi wrth y gornel. Does gen i'm syniad lle nesa.

Be am Mel? Efallai y medra i gysgu ar ei llawr hi am ddiwrnod neu ddau tan i fi benderfynu be i'w wneud.

Dwi'n cerdded i lawr y stryd i'r fferyllfa. Mae'r arwydd yn dweud bod y lle ar gau, felly dwi'n curo ar ddrws ffrynt Mel. Dim ateb. Dwi'n canu'r gloch.

'Maen nhw wedi mynd.' Dyn y siop anifeiliaid anwes sydd yna, ac mae o'n crechwenu'n gas.

'I le?'

'Dim syniad. Dydi'r Mel yna'n deud dim gair wrtha i. Aethon nhw i gyd i'w char hi a dyna'r cip ola ges i arnyn nhw.'

Mae o'n mynd yn ôl i'w fflat ac yn cau'r drws, gan fy ngadael i ar fy mhen fy hun ar y pafin.

Ydi'r ferch arall wedi dod i chwilio am Ivy a Len, a Mel wedi gorfod mynd â nhw i rywle i'w gwarchod nhw? Bosib na cha i fyth wybod, sy'n fy ngwneud i braidd yn drist. Does neb yn saff adre. Dydi Tasha ddim, dydw i ddim, a doedd yr hen gwpwl clên yna ddim chwaith.

Does gen i ddim opsiynau ar ôl. Dwi'n ddigartre, sef be oedd gan Tasha wastad ei ofn. Fi fydd yn cysgu mewn drws siop heno.

Mae hi'n dechrau bwrw glaw eto. Mae hi wedi bwrw'n gyson am wythnosau, ers noson y storm pan ddihangodd Tasha o'i chartre ac ymddangos ar garreg fy nrws i.

I le mae pobl ddigartre'n mynd pan mae hi'n bwrw glaw?

Dwi'n cerdded i ffwrdd yn ddifeddwl ac mae hi'n teimlo fel tasai oriau'n pasio. Dwi wedyn yn gweld goleuadau caffi o 'mlaen. Dwi mewn rhan arw o'r dre. Mae Mam yn fy rhybuddio i gadw'n glir o fan hyn. Ond be ydi'r ots bellach? Does yna neb yn malio dim amdana i. Mae'n siŵr mai dyma'r lle iawn i rywun fel fi.

Dwi'n camu i'r caffi, yn prynu mẁg craciog o de wrth y cownter, ac yn eistedd i lawr wrth fwrdd ger y ffenest.

Dwi'n syllu drwy honno am oriau, wedi drysu'n lân, a'r golau'n graddol bylu. Mae hi wedi tywyllu y tu allan. Mae'r caffi'n gwagio ac wedyn mae rhywun yn gofyn, 'Sgen ti dân?'

Mae yna hogyn yn sefyll drosta i. Mae'i wyneb a'i ddwylo fo'n llawn tatŵs ac mae ganddo fo fodrwyau drwy ei drwyn, ei wefus isa a'i ddwy ael.

Dwi'n clywed chwarddiad gwichlyd y tu ôl iddo fo a sŵn mwmial. Mae o'n edrych dros ei ysgwydd ar grŵp o dri o hogiau a dwy hogan yn pwyso dros fwrdd yn y gornel. Mae ganddyn nhw i gyd datŵs a thyllau yn eu cyrff, ac maen nhw'n edrych mor frawychus dwi'n teimlo cryndod.

Mae'r hogyn yn edrych yn ôl arna i ac yn gorfodi'i geg gam i wenu. 'Anwybydda nhw. Idiots.' Mae'i lais o'n gryg ac mae'i lygaid o'n fflachio i bob man. Mae o'n chwifio'r sigarét sydd heb ei chynnau o 'mlaen i.

Dwi'n ysgwyd fy mhen. 'Dwi'm yn smocio, sori.'

Mae fy llais i'n swnio'n grand yn y twll yma o le. Mae'r cloc ar y wal yn dweud ei bod hi'n ddeg ac mae'r perchennog ar fin cau.

Mae'r hogyn yn diflannu yn ôl at ei grŵp ac maen nhw i gyd yn pwyso dros ei gilydd ac yn edrych arna i. Dwi'n teimlo ias o 'nghorun i'm sawdl.

Mae'n bryd mynd. Wrth i fi godi, mae'r grŵp yn symud yn sydyn ac mae'r hogyn yn sefyll yn y drws.

'Ty'd efo ni i barti.' Mae hi'n swnio fel tasai'i dafod o'n dew. Maen nhw wedi meddwi neu ar gyffuriau neu rywbeth.

Dwi'n tynnu braich yr hogyn yn sydyn tuag ata i, ac yn ei lusgo fo heibio i fi, nes ei fod o'n syrthio i ganol ei ffrindiau swrth. Dwi'n rhuthro drwy'r drws.

Dwi'n clywed sŵn gweiddi y tu ôl i fi wrth i fi igam-ogamu dros y ffordd ac i lawr stryd gefn. Mae hi'n pistyllio bwrw glaw ac mae'n rhaid i fi sychu fy wyneb bob munud. Dwi'n baglu ac mae 'mag i'n llithro oddi ar fy ysgwydd i. Dwi'n gallu clywed yr hogyn yn gweiddi y tu ôl i fi, 'Ladda i hi!'

Does gen i'm amser i stopio am fy mag. Dwi'n dal i redeg a rhedeg, gan wibio i lawr un stryd gefn ac wedyn un arall. A finnau'n meddwl na alla i redeg gam ymhellach, dwi'n sylwi ar finiau anferth y tu ôl i siop tecawê. Maen nhw'n drewi'n waeth na phopty Mam adre ond does gen i'm dewis. Dwi'n clywed lleisiau'n agos. Maen nhw bron â chyrraedd y stryd gefn yma.

Dwi'n codi caead un o'r biniau, yn fy nhaflu fy hun i mewn, ac yn suddo i ganol y slwtsh o sbwriel wrth i'r caead gau uwch fy mhen. Dwi'n cyrcydu ac yn stwffio fy llaw i 'ngheg i beidio â sgrechian.

PENNOD 32

Mae sŵn traed yn dod yn nes ac yn nes ac yn stopio reit wrth ochr y bin. 'Mae hi 'di mynd,' medda rhywun. 'Awn ni. 'Dan ni wedi cael ei bag hi.'

Mae yna sŵn mwmial a chwyno ond yn y diwedd dwi'n eu clywed nhw'n cerdded i ffwrdd. Mae popeth yn troi'n fud. Dwi wedi 'ngorchuddio â bwyd pwdwr; mae o yn fy ngwallt, y tu ôl i 'nghlustiau, dros fy wyneb i, ym mhobman. Maen nhw wedi dwyn fy mag i efo 'nillad i, fy arian i, hyd yn oed fy ngoriad i. A dwi'n sownd mewn bin yn rhan waethaf y dre. Does gen i ddim hyd yn oed y llyfr banc i gael pres yn y bore. Mi guddiais i hwnnw o dan fy matres i'w gadw fo'n saff. Wnes i ddim meddwl amdano cyn gadael y tŷ. Pa mor wirion oedd hynny?

Dwi'n chwilota yn fy mhoced am fy ffôn ond dydi o ddim yno. Ac wedyn dwi'n cofio: mi adawais i o ar y bwrdd wrth y gwely i wefru. Alla i ddim ffonio neb am help, hyd yn oed taswn i eisiau. Ond does yna neb, nac oes?

Rhaid bod Jordan yn fy nghasáu i gymaint ar ôl gweld fy mam hurt i. Bosib ei fod o wedi brifo'i fraich go iawn, a dyna ddiwedd ei freuddwyd Olympaidd o. Wneith o fyth dorri gair efo fi eto, a dwi ddim yn gweld bai arno fo.

Be ydi pwynt dal ati? Be ydi pwynt dim byd? Waeth i fi daflu fy hun oddi ar glogwyn.

Dwi'n aros lle ydw i am oesoedd. Dwi'n clywed sŵn siffrwd wrth fy nhraed ac mae rhywbeth yn rhedeg i fyny 'nghoes. Dwi'n gallu teimlo tapio drwy fy jîns. Llygoden fawr!

Mae hi fel taswn i wedi cael fy nghicio yn fy mhen ôl. Dwi'n neidio i fyny, yn gwthio'r caead yn ôl nes bod hwnnw'n creu andros o dwrw, ac yn llamu o'r bin. Mae'r llygoden yn hedfan oddi ar fy nghoes i ac yn sgrialu i lawr y stryd gefn. Dwi'n gyfoglyd a dwi'n pwyso drosodd ac yn taflu i fyny nes bod y dagrau'n llifo i lawr fy wyneb.

Alla i ddim aros fan yma. Dwi'n arswydo y bydd y gang yn dod yn ôl ac yn fy lladd i.

Dwi'n brwsio cymaint o'r darnau bwyd ag y galla i oddi ar fy nillad a 'ngwallt, yn claddu 'nwylo mochaidd yn fy mhocedi, ac yn cerdded yn drwm drwy'r glaw. Taswn i'n rhewi i farwolaeth heno, o leia mi fydda i yn yr awyr agored o dan y lleuad gwyn a'r sêr, sy'n ffres ac yn lân fel carped Nariko ac yn bell o fudreddi pobl.

Dwi'n cerdded ac yn cerdded tan 'mod i'n gweld golau tân o flaen adeilad sy'n edrych fel adfail. Mae yna ychydig o bobl yn eistedd ac yn sefyllian o gwmpas y tân, rhai'n gorwedd ar y llawr mewn sachau cysgu, ond dim golwg o'r hogyn a'i gang. Mae'r bobl yma'n hŷn ac mae yna ddynes neu ddwy yn eu plith nhw. Mae yna garreg ar un ochr i'r tân, a dwi'n disgyn yn swp arni. Does yna neb yn cymryd dim sylw ohona i, diolch i'r drefn.

Wedyn mae yna rywun yn dod tuag ata i a dwi'n gwingo, ond mae hi'n cymryd fy llaw ac yn gwthio cwpan bapur yn llawn cawl poeth iddi. 'Jest yfa hwnna, does dim rhaid i chdi ddeud dim, cariad,' medda llais dynes.

Dwi ddim yn codi 'mhen, dwi ddim yn ymddiried yn neb fan hyn. Ond wrth iddi symud i ffwrdd, dwi'n ciledrych arni'n sydyn. Mae ganddi ddillad cynnes, a dydi hi ddim yn edrych fel y cardotwyr eraill sydd o gwmpas y tân, y rhai digartre a'r rhai sydd ar goll fel fi. Mae hi'n cerdded at fan ac mae yna bobl eraill yno hefyd sy'n estyn bwyd.

Dwi'n sipian y cawl ac yn gwrando ar fwmial y lleisiau o gwmpas y tân. Mae yna un hen ddyn, a'i wyneb yn flew i gyd a'i ddillad yn garpiog, yn dechrau dadl swnllyd efo dynes. 'Bai y llywodraeth ydi hyn i gyd!' ydi'i waedd o.

Mae o'n simsan ar ei draed fel tasai o'n feddw, ac mae o'n cymryd llymaid o botel blastig. Mae'r ddynes yn ei wthio fo i ffwrdd, gan regi mewn llais gwichlyd.

Mae yna ddrysau'n clepian. Mae pobl y cawl yn dringo i flaen y fan ac yn gyrru i ffwrdd.

Rhaid ei bod hi'n ofnadwy o hwyr, tua dau neu dri o'r gloch y bore. Mae holl wres y cawl wedi diflannu. Dwi mor oer dydw i ddim eisiau cefnu ar y tân, ond dydw i ddim eisiau aros yma efo'r tramps chwaith.

'Lle mae dy gardbord di?' Llais o'r tywyllwch y tu ôl i fi.

Dwi'n troi ac yn codi 'mhen. Hogan sydd yno, hŷn na fi, efo gwallt hir blêr a wyneb main, a bag anferth dros un ysgwydd. O dan y fraich arall mae hi'n cario darn o gardbord.

Dwi'n codi fy sgwyddau ac yn troi 'nghefn arni.

'Mocha,' medda hi mewn llais mwy cyfeillgar. Dwi'n troi yn ôl. 'Be?'

'Mocha ydi fy enw fi ar y stryd,' medda hi. 'Pwy wyt ti?'

'Josie.'

Mae'r hogan yn dod draw ac yn cyrcydu o 'mlaen i. 'Ti'n newydd,' medda hi a thuchan. 'Does 'na neb yn rhoi'i enw go iawn ar y stryd. Mae gen i ddigon i ddau os ti isio rhannu.' Mae hi'n amneidio ar y darn o gardbord o dan ei braich.

Dwi'n ysgwyd fy mhen. Dwi ddim eisiau syrthio i gysgu efo'r dyn meddw'n baglu ar fy mhen.

'Ddim fama efo'r diawliaid yma.' Mae Mocha'n amneidio at y bobl o gwmpas y tân.

'Lle 'ta?'

'Dilyn fi.' Mae hi'n codi ar ei thraed ac yn cerdded am y ffordd.

Dwi'n petruso cyn meddwl, pam ddim? Dwi'n codi ac yn dilyn Mocha sy'n brasgamu i ffwrdd, yn crymu o dan ei bag anferth.

'Alla i gario'r cardbord,' medda fi, ac mae hi'n gadael i fi ei gymryd oddi arni.

Rydan ni'n cerdded yn ein blaenau'n dawel cyn cyrraedd rhes o siopau. 'Lawr fama,' medda Mocha ac rydan ni'n mynd i stryd gefn. 'Mae hi gan amla'n sych a wneith neb ein styrbio ni.'

Mae hynny'n swnio'n dda. Dwi eisoes wedi dysgu mai'r peth ola ti'i eisiau ar y stryd ydi pobl eraill.

Felly pam ti'n trystio'r Mocha yma? medda Tasha yn fy nghlust i.

Pa ddewis sydd gen i? ydi fy ateb i, wrth i Mocha ollwng ei bag ar y llawr hanner ffordd i lawr y stryd gefn.

'Fama,' medda hi. Mae hi'n iawn. Mae'n sych yma a dydi'r arogl ddim yn rhy ddrwg.

Dwi'n gosod y cardbord ar lawr ac mae Mocha'n agor sip ei bag ac yn tynnu sach gysgu a blanced ohono. Mae hi'n taflu'r flanced i fi. 'Does gen ti'm stwff, nac oes?'

'Dwi 'di'i golli fo,' medda fi. 'Diolch.'

Mae Mocha'n gosod ei sach gysgu ar lawr, yn cropian i mewn, yn tynnu'r top dros ei phen, ac yn cau'r sip nes mai dim ond ei hwyneb hi sydd yn y golwg.

Dwi'n gorwedd ar y cardbord ac yn rowlio fy hun yn y flanced. Dydi hi ddim yn arbennig o gynnes, ond am y tro cynta ers yfed y cawl dwi'n stopio crynu.

'Mae'n saffach cael ffrind ar y stryd,' medda Mocha. 'Ers faint ti allan?'

Dwi'n gorwedd yno mewn distawrwydd am funud, a

llais Tasha yn fy nghlust yn fy rhybuddio i beidio â dweud gormod.

Dwi wedi arfer cadw cyfrinachau efo mam fel fy un i. Ond wedyn dwi'n teimlo pang o boen wrth feddwl am Mam ac am faint ro'n i'n gweld ei heisiau hi tra oedd hi yn y carchar. O'n i wedi edrych ymlaen gymaint i'w chael hi adre ac i gael ein sgyrsiau bach clyd ar y gwely eto. O'n i'n teimlo'n siŵr y byddai hi mor falch 'mod i wedi dechrau clirio o'r diwedd. Pam wnaeth hi ymateb mewn ffordd mor ofnadwy?

A be am Jordan? Ond dydw i ddim eisiau meddwl amdano fo ar y funud. Dwi'n mwmial, 'Adawais i bnawn ddoe.'

'Yr wsnos gynta ydi'r waetha,' medda Mocha. 'Dwi ar y stryd ers dwy flynedd, ers dwi'n bymtheg. Os ti isio cyngor, cadwa'n glir o'r rhai sydd ddim yn gall.'

'Sut ti'n dal i fynd?' Dwy flynedd. Alla i ddim dychmygu'r peth.

'Dwi jest yn gneud. O'n i yn yr ysbyty mis diwetha am wsnos. Niwmonia. Un diwrnod, ddudon nhw wrtha i am fynd adra.'

'Felly pam wnest ti ddim?'

'Mae Mam wedi marw ac mae Dad yn chwil gaib o hyd, ac yn fy nyrnu fi. Dwi'n saffach ar y stryd. Chditha?'

Dwi ddim eisiau dweud wrthi am Mam, felly dwi'n dweud, ''Run fath.'

'Rhieni,' medda Mocha gan duchan, ac wedyn dim ond sŵn chwyrnu sydd.

Wna i byth syrthio i gysgu, medda fi wrtha i fy hun, ond yr eiliad wedyn mae rhywun yn fy ysgwyd i ac mae'n olau dydd. Mae 'ngheg i'n sych a dwi'n teimlo fel taswn i heb folchi ers misoedd.

Mae Mocha ar ei thraed, yn stwffio'i sach gysgu i'w bag anferth.

Dwi'n codi ar fy nhraed, yn plygu'r flanced, ac yn ei rhoi hi iddi hi. 'Diolch.'

'Dim chwys. Brecwast?'

'Sgen i'm pres.'

'Dwi'n gwbod am le mewn eglwys.'

Mae hi'n brasgamu i lawr y stryd gefn a dwi'n codi'r cardbord ac yn ei blygu o dan fy mraich.

Wrth i fi gamu i'r stryd, mae Mocha'n aros amdana i. 'Gollwng hwnna a hel dy draed. Ty'd,' medda hi dan hisian.

Mae hi'n edrych yn nerfus dros ei hysgwydd, sydd braidd yn od. Ond bosib ei bod hi wedi gweld un o'r bobl yna sydd 'ddim yn gall'.

Dwi'n sylwi ar fin sbwriel ac yn rhoi'r cardbord yn daclus wrth ei ochr. Mae yna hen ddyn gerllaw, yn pwyso ar ffon gerdded, yn chwilota drwy boced ei siaced, a golwg ddryslyd ar ei wyneb o.

Dwi ar fin gofyn iddo fo ydi o'n iawn cyn i Mocha fachu fy mraich, fy nhynnu i lawr y stryd ac i mewn i gaffi.

'Brecwast llawn?' medda hi, yn gafael mewn waled a honno'n llawn papurau pumpunt.

Dwi'n syllu arni, wedi drysu. 'Lle gest ti honna?'

'Ar y pafin. Lwc pur.'

'Be? Naci ddim. Welaist ti'r hen ddyn yna'n chwilio drwy'i bocedi? Be os mai'i bres *o* ydi hwn?'

Mae hi'n codi'i sgwyddau. 'Rhaid i bawb fyw, does? Dwi'n llwgu, ti'n llwgu, 'dan ni'n cysgu ar y stryd. 'Dan ni angan y pres yn fwy na fo.'

'Byth, Mocha. Mi fyddai'n well gen i lwgu.'

Mae'i llygaid hi'n lledu ac am eiliad maen nhw'n llawn tristwch ofnadwy, ond wedyn maen nhw'n culhau. ''Nes i ddim dwyn dim byd. Dwi'm fel'na. Ond mae hi'n galad ar y stryd, Josie. Ddoi di i ddallt yn ddigon buan.'

Mae 'nghalon i'n gwaedu drosti, a dwi bron ag ildio, ond wedyn dwi'n dod at fy nghoed ac yn dweud mewn llais isel, 'Rho'r waled i fi.'

Mae Mocha'n rhythu arna i fel taswn i'n wallgo. 'Rho'r waled i fi neu dwi'n ffonio'r heddlu.'

Mae hi'n ochneidio ac mae'i sgwyddau hi'n syrthio fel balŵn yn colli'i aer. Mae hi'n gollwng y waled ar y bwrdd, yn codi'i bag, ac yn cerdded o'r caffi, ei chorff tenau hi'n crymu o dan bwysau'i holl stwff.

Dwi'n codi'r waled ac yn ei hagor hi. Y tu mewn, mae yna lun o hen bâr yn gwenu. Dwi'n camu o'r caffi ac yn syllu ar y dyn. Fo ydi o'n bendant. Mae o'n dal i chwilota drwy bocedi ei siaced.

Dwi'n anadlu'n ddwfn ac yn cerdded tuag ato fo. 'Esgusodwch fi, syr. Dwi wedi ffeindio hon ar y pafin. Chi piau hi?'

Mae yna olwg o ryddhad llwyr ar ei wyneb o. 'Ia, o ia, o am hogan dda. Ro'n i newydd estyn ugain punt i neud negas a be fyddwn i wedi deud wrth y wraig?' Mae o'n mynd i'w boced, yn estyn darn dwybunt, ac yn ei wasgu i fy llaw. 'Am fod yn onest,' medda fo.

Dwi'n sefyll yng nghanol y pafin wrth iddo fo gerdded i ffwrdd, a'i ffon yn tapio'r llawr. Dwi'n syllu ar y darn arian yng nghledr fy llaw fel tasai hwnnw'n gweiddi arna i, 'Deffra, Josie Tate! Be ar wyneb y ddaear wyt ti'n ei wneud?'

Pam ydw i'n cysgu ar y stryd ac yn cadw cwmni i hogan ddigartre sy'n meddwl bod ganddi hawl i gadw popeth mae hi'n ei ffeindio? Dwi'n meddwl am Ivy a Len a pha mor glên oedden nhw. Bechod na fydden nhw'n nain a thaid i fi. Efallai nad ydi Mocha erioed wedi cyfarfod â hen bobl glên.

Ai dyna pwy wyt ti eisiau bod, Josie Tate?

Dwi'n cofio bod yna doiled yn y caffi. Mi a' i yn ôl yno, prynu te a thost efo pres yr hen ddyn, a mynd i'r tŷ bach lle galla i folchi orau y galla i cyn mynd adre.

Adre! Mae'r gair yn unig yn fy ngwneud i'n fwy sionc. Beth bynnag sy'n fy wynebu fi a Mam, dwi ddim yn perthyn i fan hyn. Alla i ddim peidio â theimlo tosturi at Mocha. Does ganddi hi neb. Ond rhywun arall ydw i.

Os na fydd pethau'n gweithio adre, mi symuda i allan. Mae gen i bres Taid o hyd. Ond tan hynny, mae'n rhaid i fi gael lle diogel i gysgu. Fel arall, mi fydda i fel yr hen bobl o gwmpas y tân mewn dim o dro.

PENNOD 33

Mae'n ganol bore erbyn i fi gyrraedd adre. Dwi'n taro'n galed ar y drws ffrynt ac yn ratlo'r blwch llythyrau ond mae hi fel y bedd. Dwi ddim yn dallt. Dwi wedi arfer cymaint â miliynau o bobl yn cyrraedd y drws ffrynt dros y pythefnos diwetha ac yn mynd a dod fel tasai hynny'r peth mwya normal yn y byd.

Ond dydi Mam byth yn agor y drws ac alla i ddim ei ffonio hi. Mae fy ffôn i yn fy llofft.

Dwi'n plygu i lawr, yn gwthio'r blwch llythyrau ar agor, ac yn galw, 'Mam! Fi sy yma! Agora'r drws.'

Dwi'n gweiddi tan i fi golli fy llais. A finnau ar fin rhoi'r ffidil yn y to, mae'r drws yn agor a dyna lle mae Mam yn hisian, 'Ty'd i mewn, sydyn!'

Dwi'n neidio drwy'r drws ffrynt ac mae hi'n ei gau â chlep. Ac wedyn mae hi'n dechrau beichio crio ac yn gafael amdana i, dan weiddi, 'Lle wyt ti 'di bod? Dwi 'di cael cymaint o fraw. Mi ffoniais i dy ffôn di ac wedyn ei glywed o yn dy lofft. Be sy'n mynd ymlaen?' Mae hi'n oedi i gael ei gwynt a dwi'n sefyll yno, yn mwynhau bod ei breichiau hi'n fy nal i'n dynn. Wedyn mae hi'n dweud,

'Mi oeddet ti'n gwbod 'mod i angen dy help di i roi'r casgliad yn ôl.'

Mae fel tasai hi newydd osod bom i ffrwydro oddi tana i. Dwi'n ei gwthio hi i ffwrdd ac yn sgrechian, 'Be goblyn!! Ti'n hollol wallgo?! Ti'm 'di gweld fy isio i o gwbl, naddo? Yr unig beth sy'n bwysig i chdi go iawn ydi dy gasgliad GWIRION! Ti'n disgwyl i fi wneud be wyt ti isio tra ti'n claddu 'mywyd i gyd o dan domen o... o... RYBISH llwyr!!'

'Josie, sut fedri di ddeud...?'

'Dduda i beth bynnag dwi isio'i ddeud. O'n i'n meddwl y byddet ti'n falch 'mod i wedi dechrau clirio. O'n i'n meddwl y byddet ti'n falch 'mod i wedi dy ryddhau di o'r carchar efo pres Taid. O'n i'n meddwl y byddai'r carchar wedi dy newid di. Dydi o ddim wedi dy newid di o gwbl. Wel, cyn belled â dwi yn y cwestiwn, ti ar dy ben dy hun rŵan. Gei di gadw dy holl stwff afiach. Dwi'n gadael!'

Dwi wedi ymlâdd cymaint ar ôl bod ar y strydoedd ofnadwy yna, heb fwyta'r nesa peth i ddim ers deuddydd, ac rŵan mae Mam yn ymddwyn fel hyn. Dwi'n syrthio'n ddiymadferth yn erbyn y wal. Be ydw i wir ei eisiau ydi dringo i 'ngwely fy hun, tynnu'r cynfasau Hello Kitty dros fy mhen, a chysgu am byth.

Medda Mam mewn llais tawel, 'Wrth gwrs bo' chdi'n gadael. O'n i'n gwbod y byddet ti'r funud ar ôl i chdi droi'n un ar bymtheg. Dyna ddudais i wrth yr hogyn.'

'Pa hogyn?'

‘Mi oedd o yma ddoe, yn curo ar y drws, yn deud nad oeddet ti’n ateb dy ffôn. Wnes i ddim ei adael o i mewn.’

Jordan? Dwi wedi blino ac wedi drysu cymaint, fedra i ddim teimlo dim byd. Mae’r cyfan drosodd, Josie. Ta waeth, bosib mai Dom oedd yno, eisiau trafod Tasha. Dydi Mam ddim yn nabod neb o’r bobl yma. Dydi hi ddim yn nabod Mel nac Ivy a Len, na phobl fel y Prices a’u tŷ hyfryd nhw a’u bywydau perffaith. Mae fy mam i’n byw mewn swigen wallgo a does ganddi neb ond fi.

Dwi’n edrych arni’n sefyll o ’mlaen i, yn crynu’n llythrennol, ei llygaid gwyrdd hi’n llydan agored ac yn llawn braw, a’i gwallt carchar afiach hi’n codi o’i chorun. Mae hi’n meddwl ’mod i ar fin troi cefn arni am byth, ac ydw, dwi’n cyfadde: mi fyddai rhan ohona i wrth fy modd yn gwneud hynny.

Ond alla i ddim, na alla i? Mae yna olwg mor wan arni.

Mae gen innau fy egwyddorion hefyd. Fy mam i ydi hon. Alla i ddim cefnu arni hi.

Dwi’n ochneidio ac yn dweud, ‘Panad?’

Mae Mam yn sychu’i llygaid efo’i llawes ac yn nodio.

Rydan ni’n mynd i fyny i fy llofft, sy’n dal yn lân ac yn daclus, a dwi’n rhoi’r tegell ymlaen.

Mae Mam yn eistedd ar fy ngwely ac yn mwytho’r cynfasau Hello Kitty. ‘Mae hi’n neis yma.’

‘Dyma sut ddylai’r holl dŷ fod, Mam.’

Mae hi’n fud am oesoedd maith. Dwi’n gwneud y

baned ac yn rhoi'i chwpan hi i lawr ar y bwrdd wrth ochr y gwely. Mae hi'n llymeitian. Dwi'n eistedd wrth fy nesg ac yn syllu ar liniadur Tasha. Mae'n siŵr y dylwn i ei ffonio hi, a threfnu i'w roi o yn ôl.

Mae fy ffôn i ar y bwrdd wrth ochr y gwely a dwi'n ei godi. Dwsinau o alwadau a negeseuon gan Mam, Dom a Jordan. Does gen i ddim egni i ddechrau eu darllen nhw i gyd.

'Lle gysgaist ti neithiwr?' ydi cwestiwn Mam.

'Ar y stryd.'

'Josie! Mam bach! Dwi'm yn coelio'r peth.' Mae hi'n gafael yn fy mraich mor dynn nes ei fod o'n brifo. 'Pam na ddest ti adra? Mam bach! Allai unrhyw beth fod wedi digwydd i chdi.'

'Ti'n gwbod pam na ddois i adra, Mam, a ti'n gwbod nad oes gen i ddim ffrindiau achos...' Dwi'n chwifio fy llaw at y pentwr o stwff sydd yn dal yn domen yn erbyn y wal. 'Achos 'mod i'n byw efo hordiwr.'

Mae Mam yn ochneidio ac yn gollwng fy mraich. Mae'i phen hi'n syrthio at ei brest hi, bron iawn.

Mae hi'n fud a dwi'n dechrau ystyried dweud wrthi am adael er mwyn i fi gael mynd i 'ngwely. Dyna pryd mae hi'n siarad. 'Pan o'n i yn y carchar do'n i ddim yn dda. Ges i fy anfon at y seiciatrydd ac mi ges i dabledi i 'nhawelu fi. Dwi'n meddwl eu bod nhw wedi 'ngwneud i chydig yn wirion.'

‘Dwi’m yn siŵr am y gwallt,’ medda fi, yn ofalus.

Mae hi’n tynnu’i llaw drwy’r sbeics byr. ‘Mae o’n afiach, dydi? Un o’r genod dorrodd o. A Shirl yn ei hannog hi. Fedrwn i ddim gwneud llawer. Maen nhw i gyd yn eitha peryg yna.’

Dwi’n teimlo ton o ddicter ac yn brathu, ‘Pam wnest ti anfon Shirl a Bazza yma?’

‘Do’n i’m yn fy iawn bwyll yn y carchar. Mi oedd gen i ofn a hiraeth, o’n i’n gweld dy isio di a...’

‘Y ’nialwch yma,’ medda fi dan chwyrnu. Mae hi’n gwingo.

Dwi’n cadw fy llygaid wedi’u hoelio ar fy ffôn, felly mae hi’n dal i siarad. ‘Mi oedd Shirl yn glên. Dwi’n meddwl ei bod hi wedi llwyddo i ddylanwadu arna i, efo effaith y tabledi hefyd. Felly mi rois i’r llythyr iddi.’

‘A hithau’n ei ddarllen o ac yn ei ddangos o i Bazza, yr anghenfil yna! Wnest ti’m meddwl y gallai hi ddod yma i drio dwyn gennan ni?’

Mae Mam yn ysgwyd ei phen, ei llygaid hi’n llawn cywilydd.

‘Pam wnest ti’m fy ffonio fi, Mam? Fuais i’n aros ac yn aros, ond chlywais i’m gair gen ti.’

‘Allwn i ddim, mae’r genod yn gwrando ar dy holl alwadau di. Does yna nunlle preifat yn y carchar. O’n i’n meddwl y byddet ti’n sgwennu yn ôl yn syth ar ôl darllen y llythyr.’

Dwi'n ochneidio'n ddifynedd. Pa mor dwp ydi hynny!

Ond mae yna olwg mor drist a gwan arni, ei sgwyddau hi'n grwm, a hithau'n gafael yn dynn yn ei phaned fel mae Tasha yn gafael yn dynn yn Mickey Mouse i gael cysur. Alla i ddim gweiddi arni hi eto.

Rydan ni'n dawel am sbel ac wedyn mae hi'n dweud mewn llais bach, 'Ddudais i wrth y seiciatrydd amdanat ti. Ddim bo' chdi adra ar dy ben dy hun. O'n i'n ofalus ac mi ddudais i bo' chdi'n aros efo dy anti. Ond pan ddudais i wrth fo am y casgliad, mi ddudodd o...'

Mae hi'n stopio ac yn syllu arna i.

Dwi'n dal fy anadl. Be ddywedodd o wrthi hi?

'Ia, Mam?'

Mae Mam yn hanner ochneidio. 'Mi ddudodd o 'mod i'n hordiwr obsesiynol a 'mod i angen help neu 'mod i am dy golli di.'

Dwi'n gollwng fy anadl ac yn nodio. 'Dwi'n gwbod, Mam.'

'Felly pam na ddudaist ti wrtha i?'

'Fyddet ti ddim wedi gwrando. A beth bynnag, dim ond newydd ddallt ydw i.'

Mae'r ddau ohonon ni'n flinedig iawn drwy weddill dydd Sadwrn. Rydan ni'n pendwmpian am oriau ac wedyn tua chwech o'r gloch, mae Mam yn ffonio am decawê Tsieinîs.

'Dydan ni ddim yn bwyta hwnna yn y llofft,' medda fi

ar ôl iddo fo gyrraedd.

'Ond...'

'Na, Mam! Mae o'n gwneud i'r llofft ddrewi. Mi gawn ni eistedd ar y grisiau.'

Mae hi'n agor ei cheg i ddadlau ond wedyn yn ei chau'n glep ac yn nodio.

Ar ôl bwyta, dwi'n casglu'r holl sbwriel ac yn mynd â hwnnw allan i'r bin wrth ochr y tŷ. Pan dwi'n cyrraedd yn ôl, mae Mam yn eistedd ar ei dwylo, yn crynu a'i chorff hi'n siglo o'r naill ochr i'r llall.

'Mam, gwranda.' Dwi'n gafael yn ei sgwyddau hi. Mae hi'n codi'i phen. 'Mi gawn ni ddechrau ailgylchu go iawn pan fydd y tŷ yn daclus ac yn lân. Dwi *yn* coelio mewn achub y blaned.'

'Wyt ti?'

'Wrth gwrs 'mod i. Does yna'm ffordd arall o stopio'r newid yn yr hinsawdd. Ond allwn ni ddim gwneud y cyfan ar ein pennau'n hunain, na allwn?'

'Dyna ddudodd y seiciatrydd. Deud os nad ydw i'n clirio'r 'nialwch ac yn gwneud ein tŷ ni'n lle braf i chdi ddod â dy ffrindia yma, wel 'mod i am dy golli di.' Mae'i llais hi'n troi'n sibrwd. '*Ti'n un ar bymtheg rŵan, felly mi fydda i ar fy mhen fy hun eto.*'

'Na fyddi, Mam! Fyddi di ddim! Does yna'm byd arbennig am fod yn un ar bymtheg. Dwi ddim am ddiflannu.'

'Ond sbia be ddigwyddodd i fi yn un ar bymtheg.'

'Dim chdi ydw i. Josie Tate ydw i a dwi isio byw efo fy mam hyfryd a'i hegwyddorion cry a 'dan ni am achub y blaned efo'n gilydd. Ond dim mwy o siopau elusen, iawn?'

'Mi wna i 'ngora, Jose, dwi'n addo.'

Erbyn naw o'r gloch rydan ni'n dau'n barod am ein gwlâu ac wrth roi sws nos da i Mam wrth ddrws ei llofft, mae o'n deimlad mor braf. Mi wnes i weld ei heisiau hi'n ofnadwy, ac rŵan dwi'n gwybod faint mae hi'n fy ngharu i. Mae hi wedi cytuno 'mod i'n cael gofyn i'r brodyr ddod yn ôl i wagio'r tŷ, ac wedyn mi geith y ddau osod bathrwm newydd. Y tro yma rydan ni am roi tâl iawn iddyn nhw o bres Taid.

Alla i ddim aros.

Dwi'n syrthio i gysgu yr eiliad mae 'mhen i'n taro'r gobennydd hyfryd, glân. Dwi'n cael fy neffro gan sŵn curo byddarol ar y drws ffrynt. Mae pelydrau'r haul yn tywynnu drwy'r ffenest ac mae'r cloc wrth ochr fy ngwely'n dweud ei bod hi'n hanner awr wedi un ar ddeg. Dwi wedi cysgu am dros ddeuddeg awr.

Mae drws fy llofft i'n agor a phen Mam yn ymddangos. 'Paid ag ateb,' medda hi, a'i haeliau wedi crychu.

Dim gobaith y bydd hynny'n digwydd. Dwi'n codi, yn gwisgo siwmper dros fy mhyjamas, ac yn dweud, 'Mam, mae pethau'n wahanol rŵan. Pan fydd rhywun yn y drws, 'dan ni'n ei agor o.'

Mae hi'n cerdded yn ôl i'w llofft ei hun, yn mwmial,

ond dydi hi ddim yn trio fy stopio i.

Mymryn o gynnydd, felly. Mae'r curo ar y drws yn mynd yn fwy swnllyd. Mae fy ffôn i'n bipian hefyd, felly dwi'n ei godi ac yn mynd i lawr y grisiau.

Dwi'n agor y drws a dyna lle mae Jordan. Mae o'n estyn amdana i, ond dwi'n hanner gwthio'r drws ar gau. Dwi ddim yn barod am hyn, ddim ar ôl sut rhuthrodd o i ffwrdd ddydd Gwener.

'Josie,' medda fo. 'Dere mla'n, dere 'ma. Ble ti 'di bod? 'Wy 'di bod yn becso. Doedd dy fam ddim yn agor y drws nac yn gweud dim.'

'Wrth gwrs,' medda fi.

Mae o'n syllu arna i, a golwg ddryslyd ar ei wyneb o. ''Wy'n diall bo' ti'n grac. Onest, 'wy'n diall. Redes i bant. 'To.'

'Do, mi wnest ti,' medda fi mewn llais pwyllog.

Mae o'n codi'i sgwyddau ac yn taro'i fraich. 'Edrych, 'sdim difrod, dim ond clais. 'Wy wedi bod yn ymarfer drwy'r bore. 'Wy'n dal yn y tîm sy'n mynd i'r Olympics.'

'Popeth yn grêt, 'ta,' medda fi, dan duchan yn union fel Tasha. Neu Mocha.

Mae o'n edrych i lawr ac yn dweud mewn llais tawel, 'Felly beth amdanon ni?'

Dwi'n syllu arno fo am bron i funud, ond all o ddim edrych i fyw fy llygaid i.

Ac wedyn dwi'n anadlu'n ddwfn ac yn dweud, 'Mae fy

mam i'n hordiwr obsesiynol ac mae angen clirio'r tŷ yma o'r top i'r gwaelod. Dydan ni ddim yn byw fel chdi, Jordan. Os wyt ti dal isio bod yn gariad i fi, mi fydd yn rhaid i chdi 'nerbyn i fel ydw i.'

Mae'i lygaid o'n lledu ac mae o'n nodio. 'Wrth gwrs, Josie. 'Wy'n diall, wir i ti. Ond 'wy wedi gweld y rhaglenni 'na am hordwyr ar y teli. Ti wir yn credu y bydd hi'n newid?'

'Mae hi'n gwbod y bydda i'n gadael os na fydd hi.'

'O'r gore, felly... symuda i mewn 'da ni. Digon o le 'da ni.'

'Jordan Price! Ti'n gofyn i fi fyw efo chdi?'

Mae o'n gostwng ei ben eto ac wedyn yn edrych yn ôl i fyny arna i, yn dal i wenu fel giât. 'Hei, pam lai? Neu gallen ni fynd am fyrger a shêc?'

Dwi'n teimlo'r cryndod cyfarwydd yn fy nghalon, ac mae'n rhaid cyfadde, er bod bywyd Jordan yn fêl i gyd, mae o wastad yn dod yn ôl ata i, er gwaetha popeth mae o'n ei glywed amdana i a 'mywyd i. Alla i ddim troi 'nghefn arno fo, na alla i? Ond mae'n rhaid i fi fod yn siŵr.

'Er bod fy mam i'n hordiwr a bod fy nhŷ fi'n afiach?'

''Sa i'n becso. Ti yw 'nghariad i a fi moyn bod 'da ti.'

'Yr atab cywir, cariad.'

Mae Jordan yn plygu yn ei flaen tan bod ein talcenni ni'n cyffwrdd, ac wedyn dwi'n troi fy wyneb ac rydan ni'n cusanu. Mae'n teimlo yr un fath ag o'r blaen, yn union fel oedd pethau cyn i Mam ddod adre a thrio sbwylio 'mywyd i eto. Ond dwi'n trio newid ein bywydau ni, dwi wedi cymryd yr awenau, ac mae hi wedi sylweddoli bod yn rhaid iddi newid. Rydan ni'n dechrau bywyd newydd efo'n gilydd.

Dwi'n gwybod 'mod i eisiau i Jordan fod yn rhan o'r bywyd hwnnw.

Dwi ar fin rhyddhau fy hun o'i afael er mwyn paratoi i fynd allan pan mae fy ffôn i'n canu. Dom sydd yna.

'Josie! Rhaid i chdi ddod. Mae Tasha 'di llewygu. Mae hi yn yr ysbyty.' Mae o'n diflannu cyn i fi allu dweud gair.

'Beth sy'n bod?' ydi cwestiwn Jordan.

'Tasha yn yr ysbyty. Rhaid i fi fynd.'

'Alwa i dacsi,' medda fo, yn deialu yn ei ffôn yn barod. 'Cer i newid. Fydd hynny'n gynt.'

Dwi'n petruso. 'Iawn.'

Wrth lamu i fyny'r grisiau, dwi'n gweiddi ar Mam ac wrth wisgo, yn gobeithio 'mod i wedi gwneud y penderfyniad iawn am Jordan. Dim ond amser a ddengys. Ond ar yr eiliad yma, mae'n rhaid i ni helpu Tasha Brown.

PENNOD 34
Tasha

Nos Iau mae fy ffôn i'n canu. Dom sydd yna. Ers iddo fo ddallt 'mod i yn yr ysbyty ddydd Sul, mae o'n ffonio bob rhyw ddwyawr. Dydi o ddim wedi sôn dim mwy am fynd allan efo Branwen Brychni. Efallai eu bod nhw wedi gorffen. Pwy sy'n poeni beth bynnag?

'Tân gwyllt penwsnos yma,' medda fo.

'Wel?'

Mae'r cartre plant dwi ynddo fo yn cynnal parti i'r efeilliaid un ar ddeg oed sydd byth yn siarad, ac i Steffan sy'n ddeuddeg ac mewn cadair olwyn. Maen nhw eisoes wedi dweud dim sbarclers – iechyd a diogelwch – ac mae'n rhaid i bawb wylio drwy'r drysau patio o'r stafell fyw.

Hollol hurt.

'Mae Clay, fy nghefndar i, yn cael parti nos Sadwrn efo cwrw, barbeciw, tân gwyllt ac olwyn Gatrin maint olwyn ffair,' medda Dom.

'Dwi wastad wedi bod isio mynd ar olwyn ffair,' medda fi wrtho fo, yn teimlo'n ddigalon.

'Allwn ni drefnu hynny. Ta waeth, goda i chdi am wyth.'

Mae'i lais o'n swnio mor normal. Does ganddo fo ddim syniad. Dwi mewn gofal bellach. Dwi ddim yn byw efo rhieni normal mewn tŷ normal nac yn mynd i bartïon normal.

'Tash?'

'Wneith fy ngweithiwr cymdeithasol i ddim gadael i fi ddod.'

'Gwneith, mi wneith hi. Dwi 'di trefnu'n barod.'

'Be?'

'Mi ffoniodd Mam y cartra. 'Dan ni 'di addo y bydd Dad yn ein gyrru ni yno ac yn ôl ac y byddi di adra erbyn un ar ddeg.'

'Byth bythoedd'

'Do, bêbs! Pwy ydi'r lejand?'

Alla i ddim peidio â chwerthin, Dom bach annwyl yn trio bod yn cŵl. Wneith o byth lwyddo ond dyna ni.

'Dominique Steven Jensen, mi *wyt* ti yn lejand pur.'

Flog Tasha, dydd Iau, 31 Hydref, 9.56 p.m.

Dwi 'di bod yn Awelfa ers dydd Mawrth. Mae o'n lle ofnadwy, yn union fel o'n i'n gwbod y byddai o. Jest edrychwch ar y papur wal.

y camera'n panio o amgylch y llofft

O leia dwi'm yn gorfod rhannu. Eto. Mae Jen, fy ngweithiwr allweddol i *griddfan* yn deud y bydd yn rhaid i fi rannu os bydd yna hogan arall yn cyrraedd. Bechod na fyddai Josie yma. Gawson ni gymaint o hwyl wedi'n gwasgu yn ei gwely gwirion hi. Pan ddoth hi i 'ngweld i efo Jordan ddydd Sul, mi ofynnais i iddi oedd hi 'di cadw'r cynfasa Hello Kitty. Wrth gwrs, medda hi, i fy atgoffa i o winedd dy draed di'n fy mhigo fi.

Ddoth Dom yn nes ymlaen ar ôl i'r lleill adael. Wnes i ddim byd ond syllu a syllu arno fo wrth iddo fo fwydro am yr ysgol a phetha felly. Ac wedyn, well i fi fynd, medda fo, dwi'n cyfarfod â Branwen i astudio. Mi bwysodd o drosta i a rhoi cusan ar fy moch i cyn diflannu.

O'n i'n gwbod i sicrwydd wedyn bod Josie a Jordan yn iawn. Mae Dom wedi syrthio mewn cariad efo fi. Dwi'm yn siŵr iawn pa bryd. Ond yn sicr yn y misoedd diwetha yma. Ond allwn i ddim gweld hynny. Mae hi fel taswn i wedi methu'r darn yna, heb drafferthu sylwi ar y peth, ac rŵan mae hi'n rhy hwyr. Mae Dom 'di cael llond bol ar aros ac wedi gwirioni ar Branwen yn lle hynny.

Dwi ar fy mhen fy hun eto. Dwi'n crio lot y dyddia yma ac mae'r gweithiwr cymdeithasol yn deud mai oherwydd y gnoc ar fy mhen i mae hynny. Ond dydi hynny'm yn wir. Dwi'n crio achos wnes i'm sylweddoli 'mod i mewn cariad efo Dom – dwi mor hurt a gwirion.

Saib

Dwi'n crio cymaint alla i ddim dal ati i wneud y flog. Dwi'n dal ddim yn teimlo'n dda iawn. Mi ddywedon nhw yn yr ysbyty mai dim ond rŵan o'n i'n teimlo'r ergyd i fy mhen, a bod gen i wres oherwydd haint. Felly mae'n rhaid i fi gymryd tua miliwn o dabledi.

Mi ddaeth y gweithwyr cymdeithasol draw ac mi ddywedais i wrthyn nhw am Chaz a dweud nad o'n i eisiau mynd adre. Felly mewn cartre plant ydw i ac mae'n rhaid i Mam ddod i ryw fath o gyfarfod gwirion wythnos nesa i esbonio. Beth bynnag mae hi'n ei ddweud, dwi ddim eisiau byw efo hi eto, ac mae'r gweithwyr cymdeithasol wedi dweud nad oes yn rhaid i fi os nad ydw i'n teimlo'n saff.

Yn y pen draw, dwi ddim yn ei thrystio hi, a dydi hi ddim wedi sôn gair am daflu Chaz o'r tŷ. Dydi hi ddim hyd yn oed wedi dod i 'ngweld i nac wedi anfon tecst na dim byd. Felly dwi'n sownd yn Awelfa tan 'mod i'n gadael yr ysgol ac yn cael fy fflat fy hun. Fflat yn union fel roedd Josie ei heisiau. Dim ond nad ydi *hi* angen fflat erbyn hyn.

O'n i'n iawn am Mam, doeddwn? Hyd yn oed a finnau yn yr ysbyty, dydi hi'n newid dim. Dydi fy mam i ddim yn fy ngharu fi nac yn malio dim amdana i, yn wahanol i fam Josie. Mae'n swnio fel mai carchar oedd yr union beth roedd *hi*'i angen, ac mae popeth yn fêl i gyd yn nhŷ'r hordiwr ar y funud.

Cha i ddim mynd i'r ysgol tan wythnos nesa, felly mae hi mor ddiflas treulio'r diwrnod cyfan yn y cartre. O leia mi ddaeth Josie â 'ngliniadur i'r ysbyty. Mae Dom yn dweud y bydd hi a Jordan yn y parti ond be ydi'r pwynt? Does gen i ddim byd i'w wisgo, hyd yn oed.

Fore dydd Sadwrn, mae Jen yn mynd â fi allan i brynu dillad newydd. 'Rhaid i ti edrych yn dda i fynd ar dy ddêt,' medda hi efo gwên.

'Dydi Dom ddim yn gariad i fi,' medda fi dan fwmial.

Mae hi'n taflu cip rhyfedd arna i. Mae hi'n hŷn na Mam, dipyn go lew yn hŷn, felly be mae hi'n ei wybod?

Ond rydan ni'n cael jîns du cul a siaced neis ofnadwy sy'n cyrraedd fy ngwasg, efo streip lachar i lawr y ddwy lawes. Wrth i fy syllu yn y drych, alla i ddim peidio â meddwl y byddai hi'n braf tasai Rory yno heno a hwnnw'n syrthio mewn cariad efo fi.

'Does 'na neb yn dy garu di, Tasha Brown,' medda fi dan sibrwd.

Mae'r bobl sy'n gweithio mewn cartrefi plant yn gwneud hynny i gael pres. Dydyn nhw ddim yn malio go iawn be sy'n digwydd i ti. Gwaith mamau a thadau a brodyr a chwiorydd ydi hynny, fel yn nheulu Dom. Does gen i ddim o'r rheini mwyach. Does gen i ddim cartre. Mae gen i gartre gofal. Dydi hynny ddim yr un fath, beth bynnag maen nhw'n ceisio'i wneud, hyd yn oed os ydyn nhw'n galw'r lle yn Awelfa fel tasai o'n blasty efo lluniau ar y wal a mygiau a phlatiau yr un fath yn y gegin. Dydi'r plant eraill ddim yn golygu dim byd i fi. Fyddai dim ots gen i tasen nhw i gyd yn diflannu. Dwi'n camu o'r stafell newid i ddangos y dillad i Jen.

'Am neis, Tasha. Fyddi di'n ddigon cynnes, cariad?'

Mae ganddi olwg bryderus ar ei hwyneb ond gwneud ati mae hi, yndê? Dwi'n codi fy sgwyddau. 'Pwy sy'n poeni?'

'Fi,' medda Jen, mewn llais tawel.

Dwi'n teimlo braidd yn gas, felly dwi'n dweud, 'Mi allwn i wisgo sgarff.'

'Hyfryd, ty'd i ni gael un i fatsio.'

Rydan ni'n dewis sgarff lwyd wlanog ac mae Jen yn ei throelli o amgylch fy ngwddw. 'Ti'n edrych yn glyd iawn.'

Mae hi'n gwisgo persawr ysgafn dwi'n ei hoffi, ac mae'i dwylo hi'n dyner wrth droelli'r sgarff o 'nghwmpas i. Mae rhywbeth y tu mewn i fi'n meddalu a dwi'n dweud, 'Diolch, Jen.'

'Croeso, cariad, mae hi'n lot gwell i ti gael mynd i barti efo dy ffrindiau na bod yn Awelfa efo'r plant bach.'

Flog Tasha, dydd Sadwrn, 2 Tachwedd, 4.45 p.m.

Mi oedd hi'n braf cael mynd i siopa heddiw, dim ond fi a Jen. Mae hi'n iawn, am wn i. O leia dydi hi ddim yn fy nhrin i fel plentyn. Ar y cyfan, dwi'n licio'u bod nhw'n gadael llonydd i fi yma. Dwi i fod i orffwyso er mwyn i 'mhen i wella ac mae'n dawel yn fy llofft i. Mae'r plant eraill yn licio eistedd i lawr grisiau efo'r gweithwyr cymdeithasol a chwarae gemau gwirion.

Dwi 'di bod yn syrffio'r we. Mae ganddyn nhw Wi-Fi gwych yn y cartre. Ar YouTube mae 'na bob math o bobl ifanc fel fi yn creu flogs ac ma gen i dipyn o ffrindia rŵan. Mae rhai ohonyn nhw'n byw mewn cartrefi plant, ac maen nhw ym mhob rhan o'r byd. Mae hi fel cael criw hollol newydd o ffrindia, dim ond nad oes rhaid i fi adael y tŷ.

Mi roddodd #Konrad2491 o Hamburg flog i fyny ddoe am fyw ar y stryd ar ôl i'w lystad ei daflu fo allan. Dim ond deuddeg oed ydi o.

Mae o'n deud bod pethau'n well o lawer mewn cartre plant. 'Dwi'n teimlo'n hapus, yn saffach a does 'na ddim cyffuria,' medda fo ar ei flog. Mae ganddo fo graith fawr ar un o'i fochau. Pwy wnaeth hynny, tybed?

Dwi'n rhoi sylw am y parti tân gwyllt heno.

Mae Konrad yn ateb i ddeud y dylwn i sôn am y peth fory.

Gawn ni weld. Dim ond os bydd rwbath diddorol yn digwydd.

Dylyfu gên yn ddiflas

Nos Sadwrn, mae Dom yn canu'r gloch am wyth ar ei ben. Mae Jen yn gweiddi, 'Mwynha dy hun, cariad.'

Dwi'n gwenu arni, yn troelli fy sgarff rownd fy ngwddw, ac yn camu drwy'r drws. Mae hi'n teimlo fel taswn i wedi cael fy rhyddhau o gawell.

'Lle mae Branwen?' medda fi, yn disgwyl iddi hi fod yn y car hefyd.

Mae aeliau Dom yn closio at ei gilydd. 'Dydi hi'm yn dod.'

Rydan ni'n setlo yn y sêt gefn efo'n gilydd. Mae'i glun o'n cyffwrdd fy un i, ac mae o'n teimlo mor gynnes a chyfeillgar. Mae'i arogl melys, ffres o'n hofran drosta i a dwi'n gobeithio i'r nefoedd y bydd heno'n noson dda ar ôl yr holl wythnosau diwetha, a finnau wedi bod mor drist ac unig. Mae hyd yn oed bywyd Josie a'i mam wallgo yn well. Y cyfan mae fy mam i eisiau'i wneud ydi fy slapio i yn fy wyneb.

Felly dwi'n dweud, 'Diolch, Dom.'

Mae o'n codi ael ac yn syllu i fy llygaid.

'Wel,' medda fi, 'am fod yn gefn i fi ar ôl yr holl stwff gwallgo 'na efo Chaz a Mam a gorfod mynd i'r cartra gofal.'

''Di o'm byd, Tasha. Ti werth y byd.'

Mae o'n codi bys bach ei law chwith, fel roedd o'n arfer ei wneud yn yr ysgol pan oedden ni'n fabis a rhywun yn bod yn gas efo fi. Siocled a hufen, dyna oedden ni'n arfer galw ei fys brown tywyll a fy un gwyn i. Dwi'n clymu bys bach fy llaw dde i yn ei fys o, ac rydan ni'n aros felly tan i ni gyrraedd y parti. Bechod na allen ni aros fel hyn am byth.

Mae Clay, cefnder Dom, yn andros o dal a ryw ddwy flynedd yn hŷn na ni. Mae o a Dom yn malu awyr drwy daro'u dyrnau am sbel ac wedyn mae o'n rhoi diodydd ysgafn i ni – dwi ddim yn cael yfed alcohol ar ôl taro 'mhen – cyn crwydro i ffwrdd. Mae'r ardd yn llawn dop o ffrindiau Clay o'r coleg a llwyth o gefndryd a chyfnitherod Dom. Mae ganddo fo deulu anferth.

Mae rhywun yn fy nhapio ar fy ysgwydd a dwi'n troi i weld Josie yn gwenu fel giât, a braich Jordan am ei sgwyddau hi.

'Hwrê! Tasha Brown,' medda Josie ac mae hi'n fy nghofleidio i.

Mae Jordan yn fy rhwbio'n ysgafn ar fy mraich wrth iddyn nhw sefyll yno yng ngolau'r tân. Mae gan Josie gadwyn hyfryd am ei gwddw efo calon aur yn disgleirio arni.

'Presant?' medda fi.

'Gan Jordan ar fy mhen-blwydd.'

'Neis.'

'Mae'n braf gweld chdi a Dom,' medda hi.

Mae Dom yn cyrraedd efo cŵn poeth ac mae Jordan yn llusgo Josie i ffwrdd i gael rhai hefyd. Mae'r rocedi'n sgrechian i awyr y nos ac mae'r tân yn goleuo'r holl wynebau hapus.

Ac wedyn mae Clay yn cynnau'r olwyn Gatrin ac roedd Dom yn iawn. Dyma'r tân gwyllt mwya i fi'i weld erioed. Mae'r goelcerth yn chwilboeth rŵan a dwi'n syllu ar yr olwyn droellog o dân, a'r golau'n fy swyno. Mae Dom yn fy nhynnu'n dyner yn ôl. Mae hi'n oerach yn y cysgodion ac mae golau'r olwyn yn troelli fel rhyw haul rhyfedd, gwallgo. Dwi eisiau i hyn bara am byth fel nad oes rhaid i fi ddychwelyd at realiti ac at y bywyd sydd rŵan o 'mlaen i, bywyd na fyddwn i fyth wedi'i ddewis.

Mae Dom yn galw ar ei gefnder ar ochr arall y goelcerth. 'Iawn, Clay? Am barti, boi.'

Mae o'n sefyll yn union y tu ôl i fi a bron 'mod i'n gallu teimlo gwres ei gorff o drwy fy siaced i.

Mae'r tân gwyllt wedi gorffen a dwi'n troi rownd i wynebu Dom. Am y tro cynta dwi'n sylweddoli bod ei lygaid o ar yr un lefel â fy rhai i. Mae Dom bach annwyl wedi tyfu yr hydref yma, ac mae'i lais o wedi torri o'r diwedd hefyd. Sut na sylwais i ar hyn o'r blaen? Mi oedd pethau mor llwm yn fy mywyd fy hun, mi wnes i ei anwybyddu fo, a mwy neu lai ei wthio fo i freichiau Branwen.

Ond dydi hi ddim yma heno.

Ai hon ydi fy moment i? Os nad ydw i'n gwneud rhywbeth rŵan, yn mynd amdani ac yn dangos be ydi cariad, efallai y bydd fy nghyfle fi'n diflannu am byth fel y tân gwyllt.

A 'nghalon i'n llamu, dwi'n pwyso yn fy mlaen, yn cau fy llygaid ac yn rhoi cusan i Dom ar ei wefusau. Am eiliad does yna ddim byd, a dwi'n dechrau tynnu yn ôl, yn teimlo mor wirion a siomedig.

Ond wedyn mae o'n fy nghusanu fi yn ôl a hon ydi eiliad felysa fy mywyd i gyd.

Ond dydi hynny ddim yn para'n hir. Mae o'n tynnu yn ôl a dwi'n agor fy llygaid. Mae o'n syllu arna i, a rhyw olwg ddryslyd, bryderus ar ei wyneb o.

'Dwi'm yn siŵr be ddigwyddodd fanna,' medda fo, gan gamu yn ôl a stwffio'i ddwylo i'w bocedi.

O mam bach, dwi wedi bod mor wirion, dydw? Dwi wedi chwalu pen Dom, wedi sathru ar ei deimladau o ac wedi gwneud llanast o bob dim. Dim syndod ei fod o wedi drysu. Ond alla i ddim rhoi'r ffidil yn y to rŵan. Rhaid i fi roi cynnig arall arni.

'Josie sy wedi bod yn deud bo' chdi'n fy licio fi,' medda fi, a fy llais i'n crynu. 'Ond wnes i'm gwrando a wedyn o'n i'n meddwl bo' chdi a Branwen...'

'Ti *o ddifri*?'

Mae Dom yn edrych fel tasai o wedi cael sioc a dwi'n teimlo mymryn o ryddhad. 'Dim ond chdi oedd erioed,' medda fo dan fwmial. 'Ond os ydi hi'n well gen ti fod efo Rory, dwi'n dallt. Mae'n iawn.'

Mae'i lais o'n tawelu wrth i roced hedfan i'r awyr y tu ôl i ni. Mae pobl yn cymeradwyo a rhywun yn troi'r gerddoriaeth yn uwch. Mae hi'n oerach rŵan ein bod ni wedi symud oddi wrth y tân, a dwi'n crynu. Dydi Dom ddim yn symud nac yn rhoi'i freichiau o 'nghwmpas i.

Dwi ddim yn ei feio fo. Dwi wedi bod yn paldaruo ers

oes am fod mewn cariad efo Rory – a hwnnw'n amlwg heb ddim diddordeb. Wnes i ddim meddwl am eiliad am Dom, dim ond ei gymryd o'n ganiataol. Mi wnes i lanast o bethau. Fedra i ddatrys hyn, 'ta ydi hi'n rhy hwyr?

'Dydi Rory ddim yn poeni am neb ond amdano fo'i hun. Dydi o'n ddim byd tebyg i chdi, Dom.'

Dwi eisiau dweud cymaint mwy ond dydi'r geiriau ddim yn dod, a dwi'n teimlo'r ennyd yma'n llithro o 'ngafael i. Mae'r goelcerth yn saethu gwreichion i'r awyr ac mae pawb yn chwerthin ac yn bloeddio'n hapus y tu ôl i ni. Efallai y dylwn i ffonio fy ngweithiwr cymdeithasol a gofyn iddi ddod i fy nôl i. Dyna'i diwedd hi fan hyn, yndê?

Ac wedyn medda Dom, 'Felly ydan ni'n cŵl, Tish Tash?'

Be mae o'n ei ddweud? Mae'i lais o'n sydyn yn swnio mor bendant a dwi'n teimlo ton o obaith yn llifo drwy 'nghorff. Paid â gwneud llanast o hyn, medda fi wrtha i fy hun, gan syllu i'w lygaid o.

''Dan ni'n cŵl,' medda fi, a fyntau'n syllu yn ôl.

Mae o'n tynnu'i ddwylo o'i bocedi. Gan roi'i freichiau o 'nghwmpas i, mae o'n fy nhynnu yn erbyn ei gorff. Rydan ni'n cusanu ac yn cusanu tan i ni golli ein hanadl.

Ac wedyn rydan ni'n troi yn ôl i wynebu'r goelcerth. Wrth i fi orffwyso 'moch ar ei ysgwydd, dwi'n gwybod 'mod i, o'r diwedd, wedi dod adre.

NODYN GAN YR AWDUR

Hoffwn i ddiolch i Savita a Hish Kalhan am fod mor barod i roi sylwadau am ddrafftiau o'r gyfrol hon. Diolch yn arbennig i Caroline Hooton am y cyngor cyfreithiol ynghylch peidio â thalu treth y cyngor. Rhoddodd Rhys Gormley, Prif Hyfforddwr Pwll Nofio Barnet Copthall, wybodaeth hynod ddefnyddiol am sut mae nofwyr Olympaidd y dyfodol yn ymarfer.

Diolch i bawb yn Firefly, a Penny Thomas a Rebecca Lloyd yn enwedig, am eu hymrwymiad i'r llyfr hwn ac am eu holl gefnogaeth. Diolch yn arbennig i Anne Clark, fy asiant, am ddod o hyd i gyhoeddwr mor wych ac am ei holl waith caled ar fy rhan i.

Pan oeddwn i yn fy arddegau, dangoswyd drama o'r enw *Cathy Come Home* gan y cyfarwyddwr Ken Loach ar y teledu. Roedd y ddrama yn adrodd stori dorcalonnus am bâr ifanc a'u plant, a'r rheini'n dioddef cryn galedi. Yn y pen draw, maen nhw'n colli'u cartref. Taniodd hyn y diddordeb a fu gennyf erioed yn nhrafferthion pobl ddigartref a'm cefnogaeth i'r elusen Shelter, a sefydlwyd ar ôl i'r ddrama ennyn protestiadau yn y wlad.

Yn ôl y Joseph Rowntree Association (www.jrf.org.uk), mae o leiaf 75,000 o bobl ifanc yn dod i gyswllt â gwasanaethau i bobl ddigartref bob blwyddyn. Mae mwy o fenywod ifanc na dynion yn debygol o ddod yn ddigartref. Perthnasau'n chwalu yw'r prif beth sy'n achosi digartrefedd ymhlith pobl ifanc.

Am wahanol resymau, mae fy nghymeriadau, Josie a Tasha, yn wynebu bywyd ar y stryd. Oherwydd hynny, maen nhw'n wynebu peryglon gan gynnwys cael eu cam-drin, mynd yn gaeth i sylweddau, troseddu a chlefydau.

Yn ein cymdeithas ni, mae gennym ni o hyd beth wmbreth o waith i'w wneud i sicrhau nad oes neb yn gorfod cysgu ar y stryd.

Miriam Halahmy
www.miriamhalahmy.com